La puerta del infierno

Primera edición: junio 2012

© Ricardo Cano Gaviria, 2011
© Ediciones Igitur, 2011
© Vaso Roto Ediciones, 2011
Madrid – México
c/ Alcalá 85, 7º izda., Madrid, 28009
Gruta Azul 147, Col. Valle de San Ángel
San Pedro Garza García, N.L., 66290
vasoroto@vasoroto.com
www.vasorotoediciones.blogspot.com

Diseño de colección: Josep Bagà

Impreso en México
Imprenta: Gráfica Creatividad y Diseño
ISBN: 978-607-95580-1-7

Ricardo Cano Gaviria
La puerta del infierno

Vaso Roto / Ediciones

·Ediciones Igitur·

A Victoria de Silva, in memoriam

De todos modos la llevo perdida...
LEÓN DE GREIFF, *Relato de Sergio Stepansky*

Al punto ordenaba a mis otros amigos,
que embarcaran aprisa en las rápidas naves,
no fuese que comiesen algunos la flor y
olvidasen la patria.
HOMERO, *Odisea, canto IX*

«Deber antes que vida», con llamas escribió.
Himno nacional colombiano

I

—Rolando, ¡Rolando Dupuy!... —exclamó el hombre rubio y flaco al verlo aparecer en la esquina del boulevard Pasteur, rumbo al Service Catholique des Funérailles, sesenta y seis rue Falguière, abriendo de par en par sus flacos brazos de espantapájaros—. ¿De dónde sales, carajo? ¿Y qué haces aquí?

Por un momento todo se tambaleó a su alrededor, pero al fin algo que tenía que ver con su instinto de supervivencia, y se avenía mal con el horrible edificio del Service Catholique, parcialmente iluminado allá al fondo por una titubeante racha de sol, lo hizo reaccionar. «¿Que qué hago aquí? —repitió para darse tiempo, sintiendo que debía pronunciar una palabra mágica, alguna especie de abracadabra—. Pues venir a verte, Héctor Ugliano, pedazo de...» —dijo al fin, todavía inseguro. «¿De pendejo?, ¿de güevón?», caviló, ligeramente aturdido por el tráfico del boulevard, «¿pero cuánto hace que no uso esa palabra?» Luego, animado por los grandes bigotes que le sonreían sin sombra de recelo, giró la cabeza hacia un lado y, con un leve estremecimiento, se hundió en el abrazo del aparecido. Fue así como, en un tris, los dos amigos se encontraron en medio de la acera discutiendo sobre qué rumbo tomar para celebrar el encuentro, ante el regocijo y espanto de los peatones —alcanzó él a pensar—, los cuales se giraban al pasar junto a ellos, asombrados por esos dos tipos algo pintorescos —el uno con su chaqueta roja de verano, que llevaba puesta, pues a esa hora la mañana seguía nublada, el otro con su camisa verde a rayas y su alborotada melena—, que se exhortaban y tironeaban el uno al otro, avanzando cuatro pasos en un sentido para luego retroceder cinco en el opuesto.

«Como un baile regional: cumbia, pasodoble... o tal vez bolero: ¿el bolero de los adioses?», observó, con una risita nerviosa, pero justo entonces, reaccionando con decisión, Héctor Ugliano puso simplemente rumbo al boulevard. Mientras lo seguía, sobreponiéndose al brusco desmadejamiento de las piernas, se preguntó si alguna benéfica deidad, ¿la que amparaba tal vez a los amigos que no se ven más que de tiempo en tiempo, cada dos o tres lustros, a raíz de algún encuentro fortuito en una gran urbe, o –por qué no decirlo– de algún hecho fuera de lo normal relacionado con la vida y la muerte?, había decidido protegerlos, y fue así como, inesperadamente compenetrados, minutos más tarde estaban ya charlando de forma muy animada en un café restaurant de la rue de Rennes. Allí, arrullado por el blablablá del hombre de los grandes bigotes, repasó con distracción los carteles pegados a la pared, uno de los cuales, el más nuevo, recomendaba: *Viaje a Grecia este verano*, junto a otro muy arrugado en el que alcanzó a leer: *Côte Nord de l'Espagne. La côte de la Mort... mais c'est le paradis...*, y reparó en el denso olor que venía de la cocina. Allí, una mujer grande y ágil maniobraba muy sofocada entre platos y sartenes, con un ir y venir de fiera enjaulada, ¿no se parecía una barbaridad a aquella gorda jovial que una noche, cuando no eran más que dos jóvenes trasnochadores sudamericanos de juerga en París, los congratuló con dos peces horribles por haberle ayudado a descargar su mercancía?... «¿No te acuerdas de ella? Nos regaló tres bagres enormes que no pudimos cocinar porque empezaban ya a pudrirse», rememoró con entusiasmo, volviendo casi a sentir el alegre miasma a flores, verduras, carne y pescado fresco del desaparecido Les Halles, tan semejante al de los mercados de las muy lejanas barriadas bogotanas, aunque privado del olor intenso de ciertas frutas tropicales.

—Sí, empezaban a pudrirse, pero no eran bagres sino truchas de río... –precisó Ugliano, inesperadamente quisquilloso, y le reprochó–: ¡es increíble que todavía no sepas que el bagre es un pez tropical! Como si nunca hubieras probado el viudo de bagre...

—En Honda fue, pendejo. Pero hace tanto que ni me acuerdo...

—Pues de las cosas de comer yo me acuerdo mejor cuanto más lejos están. Por ejemplo, el chicharrón de escalera...

—Ah, sí, el chicharrón con arepa... Pero, si quieres que te sea sincero, yo prefiero el sabor e incluso el olor de la natilla y los buñuelos... –aprovechó él para divagar–. ¡Si la tante Leonie los hubiera conocido, al diablo con las magdalenas!...

Ugliano lo miró con risueña curiosidad, se acomodó para escuchar y, el mentón apoyado en la palma de mano, dejó durante unos minutos que su amigo se explayara a gusto sobre la memoria involuntaria, esa especie de oscuro charco viscoso donde los recuerdos dormían como larvas hasta que un día, gracias a un sabor, un olor o un sonido, según Proust, despertaban como seres maduros capaces de resucitar el pasado en nuestro cerebro. Luego, al calor de la segunda ronda, un geniecillo chispeante y jovial dotó de nuevas alas a la conversación, que voló con renovada fuerza hacia un paraje distinto, característico de aquellos días, ¿finales del sesenta y nueve?, en que el mono Ugliano se mostró muy solidario con él, lo apoyó todo el tiempo y, en aquel momento difícil, fue seguramente su mejor compañía. Él se había quedado no solo sin Magalí, sino también sin alojamiento ni dinero, y Ugliano disponía por dos meses de un piso que le había prestado una española cerca de la Place Daumesnil. La española, intentó hacerle recordar el de los masivos bigotes, había dejado España por culpa de un novio mujeriego y antifranquista al que quería con locura, y tenía un hermano reportero que había vivido durante años en Bogotá haciendo crítica de cine en los principales periódicos y que por entonces trabajaba en la sede central de France Press...

—Era una mujer grande y maternal, muy melancólica. Nos daba consejos y nos recomendaba a gente muy rara... Me acuerdo por ejemplo del tipo aquel tan maricón al que le caíste en gracia y que te llevó a ver a cierto erudito al que llamaban el «señor de la montaña» porque vivía junto al Sacré Coeur... ¿Te acuerdas de él?

—Sí, monsieur Farfán...

—Eso es, ¡monsieur Farfán! Me contabas sus teorías... Todavía puedo ver su mapa ofídico de París, ¡qué poema! Pero tú andabas

13

sobre todo muy impresionado con su teoría de los ciclos humanos, los ciclos humanos cada veinte años, ¿te acuerdas?

—Sí, claro...

—No entendía por qué te impresionaban tanto esas cosas,
mientras parecías olvidarte cada vez más de que habías venido a
París a estudiar...

—Sí, sí... Pero no fue exactamente monsieur Farfán quien me
orientó por otro camino.

—Qué más da, Rolando, qué más da –veleidoso e inconsistente, Ugliano saltaba de un tema a otro, mirando a todos lados,
mientras allá, tras la vitrina de los dorados cruasanes, la máquina
de café-exprés lanzaba un sonido de pequeña e impaciente locomotora de vapor, impregnando la mañana con una sensación
de apremio, la de los viajeros que, habiendo ocupado a tiempo
sus asientos, solo esperan la señal de partida–. Lo que importa es
que por esa época te juntabas con una gente que ni para qué... ¡Y
dabas unos bandazos!

—¿Qué quieres decir?

—Sí, hombre... Tan pronto estabas con una muchacha lindí-
sima, un verdadero *bocatto di cardinale*, como te paseabas por el
Barrio Latino con una especie de madremonte. Nunca entendí
por qué cambiaste a la una por la otra –concluyó Ugliano, evitando mirarlo a los ojos, y él pensó que simplemente estaba dándole cuerda para que hablara...

Pues hablar a toda costa, hablar de lo que fuera y hasta por los
codos, ¿qué otro viaje podían emprender después de tanto tiempo
sin verse? Un viaje para el que no se precisaba un tiquete especial,
y ni siquiera era necesario ponerse de acuerdo, pues bastaba con
aceptar las cosas como venían, encontrarse un día en una esquina
y empezar a hablar como cotorras, hablar y parlotear, hablar hasta
morir y así hacerse cada uno más real para el otro...

—No, señor, no las intercambié, sino que me consolé de la
pérdida de una con la otra... –dijo.

Alguien había dejado en la mesa contigua un periódico doblado en la parte de la predicción meteorológica del día, y él alargó el cuello y leyó: tiempo soleado por la mañana en la región parisina, nubes intermitentes por la tarde, lluvia en el macizo central... «¡Mentiras!», pensó.

—Y a pesar de eso te avergonzaba que tus amigos pudiéramos compararlas a las dos –oyó decir a Ugliano.

—¡Hombre, tienes una memoria de elefante!

—Son los gajes del oficio, compañero –fanfarroneó aquel y, al volver a mirarlo, comprobó que su presencia allí como alguien real, alguien que vive y colea, resultaba ya difícilmente cuestionable: en lo físico porque su rostro parecía ahora perfectamente definido, con sus grandes bigotes y sus gafas, y en lo mental porque mostraba ya sus principales rasgos de carácter: bromista, exaltado, sarcástico e incluso avieso–. ¿Pero cómo se llamaba la muchacha? –añadió tras una pausa–. ¡Era el nombre de una canción muy vieja!...

—Sí, Magalí... –no tuvo él que esforzarse en recordar, pues con frecuencia pensaba en ella, y en lo que su nombre significaba–. *O Magalí, si tu t'en vas sur les nuées le vent de mer je me ferai...*

—Ah, Magalí... ¡Qué nombrecito, Rolando! –apoyó Ugliano, y luego frunció el ceño y pareció recordar–: ¿por cierto, hablando de nombres, no fue la misma Magalí la que durante una época se empeñó en llamarte Pollo?...

—Pollo no... *Poulet roti, monsieur Poulet roti,* en francés, por favor. Así suena mejor.

—¿En homenaje al *coq gaulois*? ¡Siempre fuiste tan afrancesado!

—No, hombre, al gallo francés no –corrigió de nuevo él, riendo, condescendiente–. En homenaje al pollo americano...

—¡Pero era indigno que te dejaras llamar así en público por esa mocosa!... –con una mueca hilarante, Ugliano hizo de abogado del diablo–. Todos nos moríamos de risa... *Mon Poulet roti, est-ce que tu m'aimes?*

15

—Hombre, no seas exagerado... –defendió él a su amiga y lo que ella significaba–. Magalí no tenía nada de cursi. Solo que a veces su ironía se nos escapaba...

—¿Su ironía?

«¿Cómo llamarlo si no?», pensó. Para él y los que eran como él, incluido el propio Ugliano, el pollo asado era desde Bogotá, y probablemente desde la infancia, la comida más apetecida, pollo asado con papa frita, el colmo de la opulencia. Mientras que ella, Magalí, la hermana pequeña de Étienne y la hija de monsieur Achiles Hortefeux, director de la más importante sucursal parisina del Crédit Lyones, conocía sin duda otras exquisiteces...

—Sí, ella se burlaba de mí, de forma tierna y cariñosa...

—Bah, qué bobadas dices –protestó Ugliano–. Yo lo único que sé es que cualquiera que se hubiera dejado llamar cucaracha o lo que fuera por una criatura tan linda como esa... ¡Qué muchacha, carajo! –se sobresaltó, quedándose un instante meditabundo, como si paladeara la jactanciosa rotundidad de sus palabras; luego, cambiando de expresión, declaró–: ¿Pero sabes una cosa? Yo hubiera sido incapaz de tocarla...

—¿Cómo así, compañero? –dijo él, abriendo mucho los ojos, escandalizado–. ¿Cómo así?

—Demasiado bella, Rolando... –declaró el hombre de los bigotes, negando con la cabeza–. La mujer sensual tiene que tener algún defecto. Debe haber en ella algo que sude, que tenga un olor animal, ¿no cierto?, y esa niña era una especie de arcángel, que olía a incienso y agua de rosas...

—Pues yo te puedo asegurar que cuando salía de clase de expresión corporal tenía un aroma acre, muy raro. Y sus besos, sus besos sabían a manteca de cacao... –dijo él, y miró a su amigo con recelo–. ¡Pero qué burradas me obligas a decir, hombre!

«¿Cuál de los dos se ha vuelto más idiota durante los años que llevamos sin vernos?», pensó, «¿y cuál de los dos más frívolo?» Aunque no fue más que un centelleo dentro de su cabeza, nada que hiciera pensar en una pregunta, la respuesta no tardó en llegar, como un inesperado premio: «sin duda él» concluyó. Luego, hundido en una resignada perplejidad, durante unos instantes sostuvo la expresiva mirada de Ugliano por encima del estrépito del bar, cuya máquina tragaperras de pronto empezó a vomitar su pintoresca cascada de ruidos electrónicos. Un tipo sumamente parecido a Harpo Marx, aunque sin harpa, y con cierto aire de *enragé* universitario, echó en ella unas monedas antes de ensayar dos giros danzantes junto al mostrador, y él volvió a hundir la mirada en las cervezas. Cuando el ruido disminuyó, se oyeron los racheados sones de una canción que venía de algún sitio, y que decía: «*Cet air qui m'obsède jour et nuit, cet air n'est pas né d'aujourd'hui il vient d'aussi loin que je viens, traîné par cent mille musiciens...*», en la voz bronca y adhesiva de Édith Piaf. Fue como una señal para el hombre de los mostachos que, ahora más sosegado, hizo un gesto de resignación y recapituló:

—Sea como sea, Rolando, creo que tuviste una suerte tremenda al encontrar a esa muchacha acabando de llegar; ella fue como una compensación por tu horrible aterrizaje en París, carajo... Ah, todavía me acuerdo de lo del Hilton. Cuando yo me enteré en Colombia creí que te ibas a volver... ¡Qué me iba a imaginar que ibas a salir tan airoso del lance! Porque si mal no recuerdo yo llegué a finales de noviembre y creo que fue solo a comienzos del verano del sesenta y nueve cuando la conociste, ignoro por qué, y hasta me contaste que te gustaba hacer manitas y otras cosas con ella en cierto banco del Square d'Ajaccio... –dijo Ugliano, guiñándole un ojo.

—¿En el Square d'Ajaccio? –preguntó él, sorprendido por la acuciante minuciosidad de su amigo, y también un tanto molesto por su insinuante, casi untuosa forma de hablar–: qué vaina, hombre, ¿me vas a creer si te digo que yo ni siquiera me acuerdo? Ah, si tuviera una memoria de elefante como la tuya...

—Y dale con lo de la memoria de elefante. Pero si yo lo que tengo, Rolando, es una memoria de tutú, así de chiquita –bromeó el hombre rubio de los gestos enfáticos y la mirada insistente, alzando la mano y juntando casi el índice y el pulgar.

—Claro, de mono: el mono Ugliano...

—De todos modos, mi querido señor, no puedo sacarme de la cabeza que París aún te recuerda a tu inconformista...

—¿Que París aún me recuerda a Magalí? –replicó él, levantando la mano para ahuyentar la idea como quien espanta una mosca–. ¡Qué va, hombre, qué va!...

II

—Imagínese que eso fue lo primero que pensé, cuando lo vi aparecer en mi casa con aquel amigo francés suyo de hace veinte años: que era demasiado sensible... –dijo madame de Grégoire con suficiencia, y por unos instantes él vio su rostro color sepia sostenerse sobre la luz casi sólida de la tarde, que lo lamía lateralmente, dorando su perfil, mientras sus ojillos tiernos y levemente achinados lo miraban socarrones–. ¿Se acuerda del piso de la rue Vulpien? Sí, esa vez nada más verlo yo me dije lo mismo que le repito ahora, que todo su problema se resume en su sensibilidad. Con una sensibilidad tan aguda como la suya, mijo, uno no puede militar en un partido político, donde tantas veces hay que tragar crudo y hacer la vista gorda... –concluyó ella y, volviéndose hacia la ventana, junto a la que montaba guardia con digno porte burgués el difunto monsieur de Grégoire, miró abstraída hacia las ramas de un castaño que alcanzaba a mostrarse, al fondo, enseñando un puñado de hojas doradas, iluminadas por el sol.

Sí, era totalmente cierto, pensó. Siempre había ido a su aire, sin esforzarse apenas en acallar su borrasca individual para tener carné de militante, siempre había estado ayudando y asintiendo, compartiendo ideas y propagándolas, pero en el fondo de sí

18

mismo, muy en el fondo –allí donde la maternidad ecuménica de madame Violeta de Grégoire (doña Violeta para todos) supo añadirlo como enésimo hijo adoptivo a su congregación de jóvenes asilados parisinos, la mayoría de los cuales se preparaban para cambiar el mundo, o bien para tener algún salvavidas cuando tuviesen que aceptar que no podían hacerlo–, él se reprochaba la incapacidad para el compromiso total (¿otro rasgo de su síndrome?)... Una incapacidad que, por cierto, lo hacía sentirse inferior a su padre y a todos los que, como él, habían llegado a tener carné de militante, a su incorregible y contemplativo padre, cuya imagen lo había acompañado en su niñez como la de un Robespierre de cartón piedra o una incorrupta abstracción, él, miembro fundador de una de las primeras «células» de su ciudad...

Fue así como la evocación lo remitió de golpe y porrazo al escenario de la infancia, que en los últimos tiempos era su más legítimo punto de referencia, toda vez que el compromiso con los insectos con que jugaba de niño –primero las hormigas y luego las cucarachas–, podía considerarse de hecho como el primero adquirido con una causa justa, así como su primera experiencia de colectivismo. Porque, ha de entenderse, ya entonces actuaba, si bien con la intuición de un simple niño solitario y observador, movido por los sentimientos más elevados y –cosa que resultaba francamente novedosa– de acuerdo con las más estrictas reglas de la clandestinidad revolucionaria. Fuera como fuese, solo ahora caía en la cuenta de que, a lo largo de los últimos años, se había negado siempre a abordar ese aspecto de su niñez, como si haber crecido rodeado de propaganda soviética, y aprendido casi a leer en los manuales de Plejanov y los informes de la Academia de Ciencias de la URSS, para no mencionar al honesto Gorki –«¡loor y gloria a ti, oh crédulo, desprevenido y derrotado padre, que guardaste un lugar en tu mundo para un narrador!», pensó–, lo avergonzara tanto como, en otro sentido, lo enorgullecía el haber descubierto por su cuenta a Julio Verne a los quince años, a Freud y Marx a los veinte, y al propio Marcel Proust a los veintiuno. Por eso tenía la corazonada de que si, cuando jugaba con sus pobres insectos, a los que al menos una vez no pudo salvar del exterminio, era ya un ser completamente politizado, lo que importaba era la forma como su inconsciente relacionaba todo eso con su padre, con las expectativas de esperanza o los sentimientos de desengaño que había heredado de su progenitor...

—Pero no le dé tantas vueltas, su mercé –escuchó a madame de Grégoire...

—¿Quién? ¿Yo?... –farfulló, y no atinó a decir nada más.

La vieja dama rio con nerviosismo, a causa de su repentino silencio, luego negó con un suave y reiterado movimiento de cabeza, como si estuviera ante un caso perdido, y finalmente, desconfiada y enternecida a la vez, le dijo que aunque nunca dejó de temer por él, por culpa de su «excesiva sensibilidad», siempre confió en su rectitud y eficacia, puestas a prueba en la labor que en su momento le fue encomendada. Al oírla, no pudo menos que recordar con orgullo lo bien que se había sentido tiempo atrás por haber sido llamado a filas, así no fuera más que como «simpatizante», y por haber sabido mostrarse a la altura en una labor que, por lo demás, pudo llevar cómodamente a cabo, sin tener que salir de su propio terreno: el de los libros y las bibliotecas. ¿Que ellos estaban solos allá en la lejana montaña, y no tenían a nadie que les enviara material para no embrutecerse? Él era el hombre indicado, imposible encontrar una mejor conexión en Europa; aparte de una sólida base ideológica, tenía un sentido pedagógico muy desarrollado y la capacidad de imaginar lo que, en sus muy peculiares circunstancias, podía resultarles a «ellos» de mayor utilidad. Ahí estaba pues fotocopiando montones de artículos en francés, que resumía o simplemente traducía, y con los cuales formaba voluminosos paquetes que eran enviados desde París directamente a una pequeña ciudad de los Andes, donde alguien los recogía, los seleccionaba y los preparaba de nuevo para la multicopiadora. «Su mercé, sus amigos le envían las gracias, están muy satisfechos», le decía ella y él pensaba con entusiasmo en sus lejanos «amigos» y lo orgulloso que se hubiera sentido su padre si hubiese vivido para verlo, pero sobre todo en el momento en que lo comentaría con Magalí, quien, después de contemplarlo deslumbrada, admirando su capacidad de pasar de Proust y Kafka a los áridos teóricos marxistas (¡«camarada Proust», «camarada Kafka», en sus momentos más luminosos se burlaba ella de él!) que poblaban la mente de los que empuñaban las armas, seguramente lo abrazaría y lo besaría, y una vez más acabaría por evocar la noche del diez de mayo en que, actuando prácticamente sola, pues su hermano corría en una calle vecina, se las arregló para que los habitantes de la rue le Goff arrojaran grandes cantidades de agua desde las ventanas a fin de amortiguar el efecto de los gases lacrimógenos...

—¿Me regala un vaso de agua? –pidió entonces él, y tuvo la impresión de que antes que para saciar su propia sed, lo hacía para rendir tributo a las almas en pena que lo habitaban, unas almas muy especiales, capaces de saciar su sed con agua en vez de sangre... ¡al diablo con Ulises!

—Por dios, si todavía no le he ofrecido nada, ¡hágame el favor! –oyó que decía con apuro madame de Grégoire, poniéndose de pie–. La dicha de verlo me ha despistado, ¡ni siquiera le he preguntado por Solange! Pues bien, venga conmigo a la cocina y ayúdeme a matar dos pájaros con la misma piedra...

Fue así como, sin ceremonias, y de forma poco menos que casual, pudo retornar al viejo y entrañable recurso de las charlas en la cocina que desde hacía dos décadas eran, en casa de la vieja dama, privilegio casi exclusivo de los más selectos «adoptivos», y frente a la consabida taza de té inglés y la bandeja de galletas de aspecto acartonado le habló a ella de quien, si este viaje a París hubiera sido como los anteriores, estaría ahora junto a él, haciendo más animada la conversación. Primero se refirió a las cosas que su anfitriona ya conocía, como era el caso del odio que aún le profesaba a Maurice, el amigo francés cuya amistad había traicionado por Solange, con la que aquel mantenía viva una relación muy conflictiva, o también del trabajo de su compañera en el Instituto Francés de Madrid, donde se volcaba en su pasión por los niños, que tan intensamente alimentaba su vocación pedagógica, o incluso de la buena relación de ella con sus tíos, con los que la idolatrada huérfana hablaba por teléfono cada semana y a los que visitaba una o dos veces al año en Montelimar. Luego vino el turno de las cosas que ignoraba todavía, como las últimas vacaciones que había pasado con ella en un pequeño pueblo de la Alcarria, donde un conocido le prestó un viejo molino, junto a un arroyo casi extinto y un enorme, rumoroso sauce llorón. Finalmente, tras una breve pausa que aprovechó para hacer desaparecer a toda prisa en su boca un par de galletas que le dejaron un sabor amargo y antediluviano, muy difícil de disimular, le juró por lo más sagrado que Solange, la afectuosa y pragmática Solange, la amante de los niños, suave como la lluvia en verano y dura como el hielo en invierno, seguía siendo la persona más importante en su vida...

—No le estoy pidiendo que me jure nada su mercé, ni siquiera que me diga que el té está buenísimo y las galletas deliciosas...

—¡Pero si el té está buenísimo!... –comentó él, con la mejor buena fe.

—¿Y las galletas? –se percató de la omisión madame de Grégoire, mirándolo con suspicacia–. Me las trajo de Grecia madame Deprettis hace quince días...

—¿Las galletas? –él echó una nerviosa ojeada a la bandeja donde las galletas en cuestión parecían el producto de un distante hallazgo arqueológico, dudó un momento entre la verdad o la mentira, y al fin se decidió por la broma–: más que griegas me parecen minoicas, incluso troyanas –dijo, con las pupilas animadas por un destello maligno–. Dígame donde fue la excavación...

Madame de Grégoire lo miró un momento con asombro antes de soltar una risita casi explosiva, pero muy abreviada, que en la vieja dama era lo más parecido a una carcajada.

—¡Usted siempre tan chistoso, por no decir maleducado! –lo reprendió; luego cogió una galleta y, después de mirarla al trasluz, hizo el ademán de llevársela a los labios, pero justo en ese momento se interrumpió–: y por cierto, ya que alude a la guerra de Troya, ¿todavía no le he contado que Héctor Ugliano está en París desde hace meses investigando sobre la Guerra de los Mil Días?

—¡Héctor Ugliano! –repitió él, sorprendido, saliendo del apuro gracias al énfasis de sus palabras y sus gestos, y se dijo alarmado: «Fantasmas de amor que se conforman con agua, viejos amigos que reaparecen, esto no tiene buena pinta, Rolo Dupuy, ¿no está pasando aquí algo raro?», mientras, por otro lado, convocados por la aureola del nombre, se abrían paso en su mente los grandes bigotes rubios y la mirada chispeante de su viejo compañero parisino, recordado siempre con cariño, al que en realidad no veía desde hacía veinte años –pues aquel fugaz encuentro de hacía diez no era digno de ser tenido en cuenta...

—El pendejo de Ugliano, ¡qué maravilla, su mercé! –dijo una vez más, tragando saliva.

Madame de Grégoire lo contempló dichosa (la posibilidad de tener de nuevo a su lado a dos de sus más preciados «hijos adoptivos» de aquella época, ¿no era el mejor de los augurios?) y procedió a contarle que, desde que las amenazas de muerte habían empezado a llover en Colombia, el aludido pendejo se encontró en posesión de suficientes motivos para largarse, lo que solo pudo llevar a cabo el año anterior gracias a una beca del Instituto de Altos Estudios. Investigaba sobre la influencia de Francia en Latinoamérica en la época de Lesseps y el primer intento de construcción del canal de Panamá pero, aunque se había convertido en todo un erudito, en vez de hablarle de la dialéctica de los hechos, que era lo que a ella más le interesaba, le venía todo el tiempo con historias de alcoba acerca de los presidentes y los ministros...

—El otro día me contó un chisme sobre la reina Isabel ii, que dizque tuvo un hijo con un ministro colombiano. ¿Qué tal si un día los españoles descubren que tienen un rey colombiano? ¡Imagínese qué situación! —dijo madame de Grégoire y, llevándose la mano a la mejilla, lo miró consternada—. Por dios, yo quisiera saber qué hay de cierto en todo eso, porque me preocupa que un historiador serio como él le dé tanta importancia a los chismes que desentierra en los archivos.

—Lo cual me hace sospechar que ha cambiado muy poco, pues ya antes a Héctor le gustaban mucho esa clase de historias... —le siguió él la corriente, y de inmediato se cortó para no dar la impresión de que aprovechaba para restarle méritos a su viejo compañero de universidad.

—No, su mercé, se equivoca... Cuando lo vea, se va a llevar una sorpresa tremenda, pues está irreconocible... Delgado como un jockey e, imagínese, sin bigotes y sin gafas —le informó ella; luego lo miró un momento pensativa, como si no lograra acordarse de algo, y se limitó a añadir—: usted lo aprecia mucho, ¿verdad? Pues tiene que ir a verlo, su mercé, no puede perder esta oportunidad. Prométame que mañana mismo lo llamará...

—¡Claro! ¡Se lo prometo!... —declaró él con cierta rigidez teatral, un tanto extrañado por la mal disimulada vehemencia que traicionaban las palabras de su amiga—. No tenía planeado verme más que con usted, doña Violeta, ¡pero Ugliano es Ugliano! ¡Faltaría más!

III

—Rolando, no hablemos más de eso —dijo el hombre surgido en el centro de la mañana como una luminosa vibración del recuerdo, cambiando de estrategia—. Prefiero que me digas si hoy, veinte años después, andas tan soltero, viudo o desgraciado como yo. O incluso si viniste a París con algún designio malvado, a hacer lo que nuestros abuelos llamaban una calaverada...

Ugliano pronunció la última palabra casi con fruición, apartó luego su vaso, puso sus codos sobre la mesa e, inclinándose un poco hacia él, lo miró expectante.

No, estaba claro que no se arredraba ante el acoso, pensó. Por eso era mejor actuar como alguien intuitivo, capaz de captar las cosas al vuelo, pero también de reaccionar con propiedad, lo mismo ante una connivencia solidaria inspirada por el pasado que ante una ocurrencia tan anacrónica como aquella. ¿Una calaverada? Podía haber utilizado otra expresión, precisamente él... «Si al menos fuese un gran calavera, si al menos estuviéramos en México el día de los muertos, merecería su calaverada...» se dijo, cediendo a un arranque de compasión hacia su amigo, «ah, si al menos...» Pero no, estaban en París y no era el día de los muertos sino el de los vivos —o el de los que vivían gracias a una especie de voluntad de poder—, a juzgar por la luz de la mañana, y, además, pensándolo bien, era evidente que el otro ni siquiera hablaba en serio.

—Lamento no poder secundarlo en ese terreno, caballero —empezó entonces, mirando a Ugliano con premeditada frialdad; luego, al contemplar su cara de consternación, en la que el perfil de la nariz pareció por un momento un tanto borroso, se sintió obligado a decirle que tenía una compañera, una esposa o una hermana casi (y si era las dos cosas mucho mejor, al diablo con el tabú del incesto e incluso con las teorías del Jíbaro sobre los caminos divergentes de la ternura y el deseo en el complejo de Edipo, pensó) y, no pudiendo acreditar de mejor manera lo que decía, se encontró mostrándole la foto de Solange que guardaba en su billetera junto a su cédula de identidad–: es mi media naranja, ¿sabes?... *C'est ma femme, ma chacune* –repitió, con voz al mismo tiempo rígida y cálida–. Una francesa, una francesita muy decidida y valiente, toda rubia y llena de pecas...

Ugliano le arrebató el pequeño rectángulo de cartón con un movimiento brusco, casi rapaz, y lo examinó en silencio. Entonces, sorprendido al tiempo que conmovido por la expresión solemne y embebida de su amigo, él pensó: «¿pero cuál de los dos se ha hecho más descarado?». Ya que a todas luces resultaba prematuro que el intruso de los bigotes y las coquetas gafas de miope –¡imposible imaginarlo sin ellos, por mucho que madame de Grégoire se obstinara!–, con su risa desvaída aún, a pesar de su mirada melosa y su estilo juguetón, se creyera ya con derecho a meter las narices en su vida de esa manera entre desafiante y socarrona, cuando no a espiarlo a hurtadillas. Pero lo peor de todo no era eso; lo peor de todo era su obsesión por aparentar afecto y familiaridad, borrando los casi diez años de mutua indiferencia y abandono que pesaban sobre los dos, diez años que también lo implicaban a él, cuyas razones para sentirse mal no eran por supuesto menores, sí: ¡el que esté libre de culpa que arroje la primera piedra!

De pronto, la expresión del hombre de los bigotes se transformó en una mueca algo tensa que por un instante los dejó desnudos frente a frente, inútil e inesperadamente desnudos. Asustado, alargó la mano hacia él, que le devolvió la foto sin chistar...

—Es una lástima que lleves una foto tan mala que ni siquiera se le ven las pecas... –lo oyó decir–. ¿Qué apuestas a que si fuera mi novia yo tendría una foto mejor?

—Nada, porque perdería...

—¿Lo ves? ¡Debería darte vergüenza! –exclamó Ugliano con aire distraído, posando la mirada sobre el mantel, donde, ágil y temeraria, una gruesa mosca inspeccionaba con su trompa una gota de cerveza, y luego pareció volver a la realidad–: y por cierto,

¿por qué tu francesita pecosa no está aquí contigo, vigilando que no hagas ninguna calaverada?

—Eso mismo me pregunto yo... ¡No sabes Héctor cómo me siento aquí sin ella! –atrapó al vuelo la ocasión, y pensó que no, que antes de conocerla no era como él, Ugliano, debía ser ahora, sino algo mucho peor, por desembocado y salvaje: una especie de hombre lobo que, muerto de miedo y de deseo, llevaba la cuenta exacta de los días que faltaban para la luna llena. «Sí: un hombre lobo», se repitió con divertido énfasis intentando coger por los pelos el recuerdo de algo muy suyo que se le escapaba...

—¿Sabes que antes de conocerla andaba hecho un perfecto animal? –se oyó de pronto decir, de todos modos–. Dormía a cualquier hora, comía solo a veces, me comunicaba con gruñidos y refunfuñaba por todo y contra todo, hasta tal punto que estaba olvidando el lenguaje articulado, recogía gatos abandonados, me molestaba hablar con mis amigos, arrinconaba la basura debajo de la cama.

—A eso lo llaman más bien el síndrome de Diógenes, si no estoy mal... –se atrevió a decir Ugliano, con un sonsonete avieso–. ¡Nada que ver con el hombre lobo!

—¿Y por qué entonces me rascaba en las esquinas de forma indecente, y seguía a las mujeres de piernas bonitas por la calle con la cola entre las patas pero enseñando los colmillos como un perro rabioso? ¿Eh, por qué?

—Porque tu instinto te lo pedía, porque hay tipos que sin una mujer, sin el sosiego de una mujer, sacan lo peor que llevan dentro, porque... –dijo Ugliano y, al mirarlo, se interrumpió–. En fin, da igual, lo que importa es que ahora, al estar sin ella, sientes que vuelves a las andadas.

—¿A las andadas?... –se oyó otra vez decir, levantando los ojos y comprobando con una especie de complacido estupor que el hombre que tenía enfrente, y, triunfando sobre él, seguía llevándolo a su terreno gracias a un oscuro y acaso incomprensible designio, ese hombre, a pesar de las apariencias, bien podía ser algo distinto del que había conocido en mil novecientos sesenta y seis en Bogotá–. ¿Que vuelvo a las andadas? ¿A ser como un perro rabioso?... –repitió con un ligero temblor en la voz–. ¿O, más bien, como un viejo antes de hora? ¿O acaso alguien con la cabeza demasiado llena de... –dudó un momento, pues estuvo casi a punto de decir «cucarachas», y al final dijo–: de falsos dilemas, ya sabes, de pendejadas, de bobadas?...

IV

—¿Cómo así, su mercé? ¿Todavía sigue preocupada por esos animalitos? –él se escuchó decir con sorna, lanzando una furtiva mirada al armario de la derecha, donde, de forma muy sospechosa, un puntito negro acababa de moverse en dirección a la nevera, ¿o había sido su impresión?

Madame de Grégoire abrió los ojos y levantó la cabeza...

«Sí, lo había dicho, no había oído mal», pensó, renunciando a levantarse para mirar de cerca: «¡cucarachas nada menos!». Luego, neutralizando sus dudas, pudo reconstruir la frase entera, que resonaba aún en su cabeza: «Pero no me venga a mí a estas alturas con semejantes bobadas... ¡Como si no supiera el diablo más por viejo que por diablo! A usted lo que le pasa es que tiene la cabeza llena de cucarachas...».

—No sea mal pensado. Por aquí no se ve ni una desde hace años –decía ahora su amiga, con un tonillo entre digno y exculpatorio–. Por lo demás..., ¿no se habrá olvidado usted de que en aquellos tiempos eran una plaga y librábamos una guerra feroz contra ellas?

Recordó que, en efecto, madame de Grégoire solía referirse de esa manera a una época dorada de su vida en París –apenas algo anterior al arribo del último miembro de su hermandad de hijos adoptivos–, en que transcurrió la guerra de liberación contra las cucarachas, cuyo escenario fue su recién estrenado piso de la rue Vulpien. Según se comentaba entonces, en ninguna de las dos visitas que le hizo a la vivienda antes de alquilarla, los temidos insectos se dejaron ver; pero, la misma tarde en que las modestas pero iluminadas habitaciones empezaron a llenarse de muebles y de gente, aparecieron los dos primeros ejemplares de *blatella germánica*, pequeños y rápidos, y por la noche, a la hora de la cena, se elevaban ya a diez. Días después, las cucarachas se habían convertido en un problema mayúsculo para la anfitriona, tan poco dispuesta a morigerar su incontrolada pasión por los dulces o a renunciar a su costumbre de dejar en todos los rincones de la casa, especialmente en la cocina, donde aquellas tenían su cuartel general, pequeños envoltorios ya con un trozo de tarta, ya con un trozo de fruta confitada o una pastilla de chocolate, ya con los restos del pastel de durazno que le trajeron las Arango de Medellín, ya con las últimas migajas de un turrón de almendras de Alicante, para no hablar del trozo de bocadillo de guayaba enviado por correo especial desde Aracataca. Porque en esa época dorada –algunos de cuyos protagonistas muertos o simplemente ausentes parecían tan dispuestos a revivir, por lo visto, habida cuenta de la insistencia con que reaparecían en su memoria en los últimos días–, madame Violeta de Grégoire (la increíble viuda de Marcel de Grégoire, el célebre anatomista de la Salpêtrière) era ya la madre adoptiva más golosa y querida de la colonia sudamericana de París, a la que todo el mundo se desvivía por agasajar con dulces y tartas traídos de los cuatro continentes, lo que se hallaba en el origen de una guerra muy especial que, junto a las guerras e invasiones que por aquel entonces tenían lugar en otras partes del planeta –la de Indochina, en especial, y también la de Argelia–, constituía una preocupación de primer orden entre los más asiduos visitantes de su casa: la guerra contra las cucarachas.

Guerra que, como ella misma se recreaba en recordar, le había abierto las puertas de su piso a la primera generación de «adoptivos», los cuales habían empezado a venir con el pretexto de ayudarle a matar las cucarachas, aunque en realidad muchos solo venían a comer, hasta el punto de que, según las propias palabras de Héctor Ugliano, uno de sus amigos de aquella época, «cuando alguien se topaba con un colombiano hambriento en París, debía reclutarlo en el *maquis* contra las cucarachas de la rue Vulpien, que se reunía los martes por la tarde *chez* madame de Grégoire...»

Ahora bien, si ella no se había referido a los gloriosos insectos de esa edad dorada, recordados siempre con cariño, sino a los terribles insectos mentales, en los que solo podía pensar con miedo e inquietud, ¿no cabía la posibilidad de que unos y otros fuesen los mismos? ¿O de que proviniesen de una misma forma originaria, una especie de cucaracha primordial, la «idea platónica» de la cucaracha? Fue así como esa tarde –en París, y a sus cuarenta y tres años– se descubrió de repente pensando en su infancia, como si ello fuese lo más natural o como si una de las varias citas que había venido a cumplir esta vez en la Ciudad Luz fuese con el niño lejano, extraviado y olvidado que llevaba dentro de sí, y con el que le hubiera resultado muy difícil encontrarse en Madrid, donde transcurría lo más intenso de su vida de adulto, o en la misma Bogotá, donde arrastraban una vida triste y sin gloria la mayor parte de sus fantasmas de juventud. Entonces, convocado por el ensalmo luminoso de París, capaz de rescatar del recuerdo las visiones más diáfanas e inconsistentes, apareció allí, tímido y desconfiado, pero picado ya entonces por la curiosidad, el niño entomólogo. Lo pudo reconocer por su caminar sonámbulo y vencido hacia adelante o bien escorado hacia los zócalos, por sus gafitas de «cuatrojos» escarnecido por los demás niños, por sus delgadas piernas y sus rodillas encostradas, de solitario inspector de zócalos y agujeros, que era la profesión que practicaba en aquellos mustios patios por cuyos suelos se arrastraba al atardecer, junto a tapias de bahareque que lo protegían de las miradas insolentes o interrogativas de los adultos o de otros niños menos huraños. Uno de esos sitios parecía creado especialmente para él, por los hormigueros que contenía, y su ubicación a la orilla de un camino de herradura por el que, dos o tres veces al día, circulaba una carreta cargada de paja, conducida por un viejo de ruana y alpargatas que le sonreía al pasar, poco antes de que el sol casi vertical de la tarde fuera a buscar un pequeño trozo de muro amarillo para iluminarlo unos minutos, los que él empleaba en despedirse de sus hormigas, o en dejar preparada su muralla de piedrecitas para el día siguiente...

«Oh, *petit pan de mur jaune*, ¡qué pronto te encontró el pequeño Rolo gracias a las hormigas!», pensó esa vez, en plena exaltación, el hombre que se citaba con el niño en el bullicioso París, «y qué pronto te perdió, gracias a las cucarachas». Sin embargo, en su solitario avance hacia la comprensión de las cosas humanas tal como estas se prefiguraban en los insectos, según la ciencia de los hombres, pasar de las hormigas a las cucarachas fue para el niño entomólogo como pasar de una edad arqueológica a otra: de la edad de piedra a la de bronce. Allá todo era rudo y polvoriento, todo estaba impregnado de tierra y guijarros, y la vida avanzaba gracias al tesón de las cosas pequeñas que se acumulaban –incluso en esos nidos al fondo de los hormigueros las monstruosas reinas eran simples máquinas de reproducción–, aquí nos encontrábamos ante un mundo que era una compleja, enigmática y por demás inquietante combinación de luces y de sombras. De entrada, era algo evidente que, si bien en apariencia las cucarachas no eran tan gregarias, parecían más astutas y mejor dotadas para la vida en clandestinidad... Pero esa era una distinción demasiado sutil para un niño solo, incluso para un niño prematuro, capaz de interpretar las consignas de los dos hombres de aspecto disciplinado y sonriente que, casi siempre cargados de desabridos periódicos y folletos recién salidos de la imprenta, visitaban un fin de semana sí y otro no al padre de

Rolo, para contarle tanto a él como a su hijo anécdotas de la vida de Vladimir Ilich Ulianov y Nadiedska Krupskaia; no lo fue, en cambio, para el chico solitario al que, gracias a la fuerza de la palabra oída o impresa, los niños de carne y hueso con los que algunas veces se topaba, y lo invitaban a jugar al escondite, cuando no Pisingaña-Pisingaña-jugaremos-a-la-araña, no lo hubieran hecho renunciar al niño imaginario, venido desde muy lejos, en las páginas de un libro de su padre, con el único propósito de convertirse en su amigo y su cómplice. No importaba en absoluto que Platón –pues así se llamaba la criatura cuyo corazón latía en el centro de aquellas frases impresas, con tinta gris y silenciosa, en el rugoso papel amarillo– fuera un niño ruso de la época de Alejandro III, cuyo progenitor, un funcionario de policía convertido en portero y ocasional criador de pardillos, dedicaba a la educación musical de sus pájaros el tiempo y las atenciones que escatimaba a su propio hijo.

De hecho, el niño era un estorbo para él, ese niño gandul y regordete capaz, por propia iniciativa, de cosas tan horribles como quemar con un alfiler ardiente la lengua de sus mejores pájaros cantores... Ni siquiera en las cucarachas que de noche venían a comerse las sobras de los pobres animales, asustándolos, y cuyos paseos se oían de día tras los empapelados de la casa, había podido encontrar el niño huérfano de madre un camino en la infancia, cuando recibió de su progenitor una orden cruel e incitante: destruirlas. En un comienzo, haciendo caso omiso de su asco hacia los insectos, se lanzó a esa tarea con una incierta mezcla de entusiasmo y curiosidad. Reptó por los suelos, acechó en los rincones, incluso, a instancias de su padre, embadurnó de miel un retrato del Zar, sin que ninguna de estas actividades lo entusiasmara. En cuanto al solitario niño colombiano que vivía en una triste ciudad de los Andes, donde los alegres turpiales no se morían de hambre y cantaban según su libre inspiración, entendía más bien pocas cosas de lo que le ocurría realmente a su desdichado doble, pero, con absoluta perseverancia y entrega, y movido por un temprano sentimiento de piedad, durante varias tardes leyó y releyó sobre el que allá lejos, rodeado de pájaros hambrientos, carecía de un padre tan bondadoso como el suyo y hasta de un hermanito que le disputara el amor filial, para no hablar de su innata incapacidad de sentir cariño, o al menos curiosidad, hacia las cucarachas...

Pues, según recordó, una de las primeras cosas que descubrió en sus solitarias investigaciones –en las que ni siquiera contó con la complicidad o el apoyo afectivo del padre, más bien indiferente ante la afición de su hijo por los libros de su poco nutrida biblioteca–, fue que una cucaracha acosada era capaz de cosas increíbles, como levantar el vuelo por sorpresa o refugiarse en el sitio menos esperado. Además, y ello no resultó menos digno de interés para el precoz e improvisado entomólogo, las cucarachas podían aprender por medios pacíficos, según comprobó cuando una de ellas, la primera que tuvo en estado de cautiverio, llegó casi a comer de su mano. Luego, ante la evidencia de que compartían ciertas pautas de vida colectiva con las termitas y con las hormigas, ya conocidas por él, decidió formar una pequeña comunidad compuesta por una treintena de cucarachas grandes y saludables que encerró en una gran caja de cartón azul dotada de varios respiraderos. En diversos momentos del día, pero sobre todo de la noche, iba hasta su caja, la entreabría y, en la zona más despejada, con mucha delicadeza, organizaba copiosos festines para sus insectos, que comían confiados bajo su miraba embebida y satisfecha. Fue entonces cuando empezó a obsesionarlo la posibilidad de que pudiera olvidarse de darles de comer, o de que no lo hiciera lo suficiente, y en sus sueños, hasta ese momento tranquilos, irrumpió una visión terrible, la de la muerte por inanición de sus queridos huéspedes, con el subsiguiente despertar sobresaltado. Para conjurar el peligro, haciendo gala de una actitud casi heroica en un niño de tan buen apetito como él, no dudó en renunciar a parte de su dieta: a la hora del almuerzo o de la comida, a escondidas, guardaba puñados de arroz con plátano frito, trozos de pan, de pollo y hasta de fruta en un cucurucho de papel que luego se metía en el bolsillo... Nadie lo sorprendió nunca in fraganti, ni siquiera su hermano menor, ese mimado soplón y metomentodo que a veces seguía al pequeño Rolo por doquier sorbiéndose los mocos o chupándose el dedo, en cualquier caso tomando nota de todo lo que hacía con mucho interés.

Tampoco corrió el menor peligro el día en que una cucaracha se escapó y, como un pequeño fantasma, él recorrió en su busca toda la casa, colándose incluso debajo de la cama donde sus padres dormían... Había sido un ejemplar joven el que, gracias a su tamaño, había logrado escabullirse por entre el borde de la tapa de cartón, llegando en su escapada hasta la puerta de la cocina. Fue allí donde el esmerado y responsable anfitrión lo descubrió, reconociéndolo al instante gracias a una de sus alas, ligeramente averiada. Muy impresionado, se preguntó si el insecto no había actuado como la cucaracha Mandinga del cuento infantil, tan novelera y coqueta, y, como si se hubiese terminado una especie de veda, una pausada lluvia de nombres empezó a caer entonces sobre los insectos. Tras la cucaracha Mandinga vino el señor Ratón Pérez y tras este el camarada Molotov, el ruidoso señor Rubinstein y así muchos otros... Cuando se apagó su inspiración, acudió a los viejos periódicos y revistas de su padre en busca de nombres; primero fue un tal señor Franco, un mercader del desierto que un día se lio la manta a la cabeza y, como capitán de los sangrientos sarracenos, invadió varios países, luego fueron Laval y Petain, dos hermanos gemelos que al frente de los horribles teutones arrasaron las tierras del norte, y también un primo de ellos llamado señor Stalin, el líder de los sanguinarios cosacos, y finalmente un tal señor Pacelli, comerciante en objetos religiosos, que había raptado a una cantante de ópera llamada Eleanora Roosevelt. Pues en la mente del pequeño Rolo, tan solitario, había una tendencia

34

irreprimible a relacionar unos nombres con otros, mediante fantasiosos lazos de parentesco y de amistad...

Dicha tendencia llegó a su máxima expresión el día en que, al pasar las páginas de una reciente revista ilustrada, sus ojos tropezaron con la foto de una gran asamblea de hombres reunida dentro de un amplio recinto. Dos zonas destacaban en él, a la izquierda y a la derecha, la primera en forma de palco y la segunda de estrado; en aquella, custodiado por una hilera de policías, un grupo de hombres esperaba, muy dignamente sentados –algunos llevaban incluso uniforme militar–, en esta un grupo de hombres más relajados miraba sus papeles... Entre las dos se extendía una zona más baja y amplia, donde los asientos y los pupitres estaban ocupados por gente con auriculares que parecía a punto de empezar a tomar nota. A la derecha, un pequeño locutorio dotado de micrófono, muy cerca de los trípodes de las cámaras, parecía ser el tácito foco de atención de todos los que, en un primer plano, se sentaban casi de lado para ver mejor. Sin sorprenderse apenas advirtió que entre toda esa concurrencia había muy pocas mujeres, y que estas parecían muy jóvenes... O puede que, encandilado y entusiasmado por la gran foto, el pequeño Rolo se limitara a constatar que eso era exactamente lo que buscaba: un selecto grupo de personas silenciosas, reunidas tranquilamente en un espacio cerrado, como los habitantes de su caja. Por eso ni siquiera sintió curiosidad por averiguar quiénes, entre todos los que se veía allí, eran los que engrosaban la larga lista que había junto a la foto, en cuyo pie llamaba la atención el nombre de una lejana ciudad alemana: Nuremberg, ni por qué los titulares destacaban que era el juicio del siglo. Solo pensó con entusiasmo que los nombres se adaptaban bien a sus cucarachas y que, por más que no ocurriera en la Rusia de los zares, la movilización era digna de aquellas y de su amigo Platón, del que apenas se ocupaba desde hacía meses. ¡Qué orgulloso se habría sentido de todo aquello el incomprendido muchacho, tan solitario allá en las páginas de su libro! ¡Él, que en un instintivo arranque de celos llegó a torturar los pájaros de su atrabiliario progenitor, hecho que no lo consagró como un niño cruel antes que como un niño descarriado, tan diferente de lo que era él mismo, ¿pues no era por amor que había reunido en su caja a todos aquellos pobres insectos, no era por amor que actuaba en cierto modo al margen de la ley? Sí, porque había una ley en casa, una ley secreta y omnisciente, que hasta entonces había permanecido oculta para él, una ley que no encarnaba su padre, como un día, de forma dramática y fortuita, se le reveló...

¿Quién no ha tenido en su infancia un hermanito algo taimado, al que, so pretexto de ser el menor y por lo tanto el preferido, la madre obliga a actuar como delator cuando no como policía? Ocurría en las mejores familias, y eran cosas de la infancia que los hermanos bien avenidos olvidaban, y que incluso recordaban riendo de mayores... «Acerca de tu pobre hermano, Rolo Dupuy —se había dicho hacía poco, casi emocionado—, si él te delató en esa ocasión, no fue por su culpa antes que por la de tu madre, que hizo de él un espía...»

Y así fue como una noche como las demás, una noche cualquiera en que había abandonado de puntillas la cama y emprendido su excursión nocturna para visitar a sus apreciadas cautivas, se hallaba ya con las manos en la masa cuando sintió un fuerte tirón en la oreja seguido de un papirotazo. Luego su caja de cucarachas se elevó por los aires para volver a caer al suelo, en medio del silencioso estrépito provocado por los contenidos resoplidos de su madre. Aterrorizado, la vio danzar como una posesa sobre los insectos en desbandada, vio su pie abatirse aquí y allá aplastando los pequeños cuerpos crujientes y convulsos, vio allá a Martin Borman reducido a un amasijo horrible, junto a von Ribbentrop ya aplastado, y más acá a Hermann Goering bocarriba, agitando inútilmente sus patas, mientras que, como una fuerza desencadenada de la naturaleza, el rostro transfigurado por una expresión de ira, e iluminado por el resplandor del asco, el infinito asco, su madre proseguía su labor justiciera y, paralizado por el espectáculo, él ni siquiera intentaba huir. Solo atinaba a mirar sin comprender, a mirar, mirar y escuchar el leve crujido con que los pequeños cuerpos, estallando, parecían celebrar ellos mismos el feroz pisoteamiento de su madre, quien al final perdió la chancleta y, en su furia desatada, para impedir que escapara, no dudó en masacrar al último insecto, él hubiera dicho que había sido Keitel, ¿o tal vez Kaltenbrunner?, con su propio pie descalzo.

¿Y después, qué pasó después?... «Pobre Rolo Dupuy, aquí tu memoria desfallece, como si el pequeño héroe de tu historia hubiese perdido de repente la vista, o tal vez la conciencia», se decía, cada vez que, en su deseo de recordar más, se daba de bruces contra una especie de pared. Con todo, no le resultaba difícil adivinar lo que debió haber ocurrido tras la escena de la múltiple e inesperada ejecución: que su madre se dio prisa en barrer los pequeños cuerpos con la escoba, echándolos en el agujero negro del tacho de basura, sin haberlo mirado una sola vez, y olvidándose de darle la bofetada de castigo que él esperaba con el corazón palpitante, pues sabía que, según ella, la tenía más que merecida. Pero ahora se complacía en creer que aquella noche había dormido lleno de ansiedad –¿la ansiedad del correctivo que no llega?, ¿o más bien el temor de que ella hubiera descubierto los libros que lo habían inspirado, aquella vieja edición ilustrada de Maeterlink, y aquella otra, no menos insólita, por su precariedad, de un relato de Gorki llamado «Las cucarachas»? Quedaba en el aire, vaga pero incontaminada, la idea de que si los libros se salvaban de la razzia y de la quema nada en realidad se perdía, aunque su corazón hubiese quedado herido por la música sorda de aquellas muertes crujientes, grabada para siempre en su memoria, o, más intensamente aún, por el suave chapoteo del agua de la palangana en la que, con la ayuda sumisa del padre –tan solo una sombra surgida de algún oculto rincón de la noche–, su madre se lavaba los pies en el cuarto de al lado...

V

—Cuanto más inteligente se es más diferencias se captan entre un ser y otro. *Pascal dixit*... –anotó él con voz neutra, aunque un tanto envarada, tras el mediocre comentario de Ugliano, quien no hablaba de las cucarachas, no, sino de las mujeres todas, siempre tan iguales, por lo que era lógico que los hombres reaccionaran de idéntica manera ante ellas.

—En asuntos de faldas Pascal no es ninguna autoridad... –Ugliano agitó su índice delante de él, y añadió irónico–: pero, Rolando, no quiero que nos peleemos por bobadas como esa, y menos aún si nos lleva a resucitar las consignas terroristas del Jíbaro...

«En ese sentido, nadie tan inteligente como el Jíbaro», reflexionó. Pues quien capta las diferencias entre un ser y otro, ¿cómo podría no captar las confusiones que una primera percepción puede generar en la mente apriorística de un niño? Por eso el Jíbaro supo desde el primer instante que aquella famosa noche el pequeño Rolo había sido masacrado junto a sus insectos, y aún se debatía allí, palpitante e inane, prisionero de un viscoso amasijo de culpabilidad. «Si estuvieras aquí, Jíbaro, con cuánto gusto te lo narraría de nuevo, con cuánto gusto dejaría que, haciéndome ver lo que antes era para mí invisible, me abrieras los ojos con tu Freud de bolsillo, nuestro catecismo de entonces», pensó. «¿Pero por qué no estaré contigo, sino con este pendejo, cada vez más insolente?»

Plantado allí ante sus ojos, en aquella mesa de un bar de París, el mono Ugliano parecía cada vez más rebosante de vida orgánica e instintiva, con músculos debajo de la piel, con huesos debajo de los músculos, y, aunque seguía estando pálido, su expresión ávida y su mirada chispeante eran las de alguien bien dispuesto a exprimir su presente. Para no hablar de que, muy en consonancia con lo anterior, conforme su ser florecía en el diálogo, le transmitía a él esa extraña sensación de que nada importaba realmente, puesto que todo alrededor de ellos había dejado de existir, y el pasado en igual medida que el futuro había sido puesto entre paréntesis. Como si el pasado fuese una historia ajena, contada por un desconocido, y por eso pudiera ser abordado entre pullas y balandronadas, como si el futuro fuera algo ya prefijado en ese pasado, y ellos dos estuviesen allí a salvo de cualquier contingencia, mientras hablaban, gesticulaban y reían...

—Sí, tienes razón —sin levantar la mirada de la mesa, tuvo la impresión de que saltaba por encima de sí mismo, o de sus propios pensamientos, que a veces se engrescaban, formando molestos e inesperados remolinos en la corriente de la conversación—. No descubramos lo machistas que somos, ni perturbemos el sueño de los muertos; pensemos más bien en que si los llevamos dentro, Héctor, si los llevamos dentro... —añadió, y al punto sintió el leve arañazo del remordimiento, del remordimiento que llama a la inspiración—. ¿Sabes tú por ejemplo cuántos muertos llevas en la cabeza, cuántos muertos están vivitos y coleando en tu memoria?... Fíjate lo que me pasó poco antes de venirme...

—A ver. Cuenta, cuenta...

Ugliano se reacomodó en la mesa, ávido, y a él le pareció divertido comprobar que, si bien su disponibilidad a meter las narices en la vida de los demás seguía siendo la misma, por la vehemencia de sus gestos, de sus ojos y hasta de sus labios, era fácil deducir que sobreactuaba. Como si tuviera miedo de no ser el de antes, pensó, como si compitiera consigo mismo, con el que había sido hacía veinte años...

—No, no hay mucho que contar, solo que ese día me levanté mal, por el sueño que había tenido –dijo, acechando con miedo un brillo de decepción en los ojos de su amigo–. Un sueño relacionado con nuestra época dorada de París. Pero la historia no acaba ahí... –añadió, y esperó hasta que el otro parpadeara para tamborilear sobre el mantel con impaciencia–. Resulta, viejo, que ese mismo día bajé hacia la una a mirar el buzón y encontré un sobre...

—Un sobre, sí... –confirmó Ugliano con voz contenida.

—Un sobre sin remitente, y eso ya me intrigó. Lo abrí en la misma escalera y vi que en su interior había otro sin abrir, muy viejo, de por lo menos hace veinte años. Una torre Eiffel en el sello ya amarillo...

—¿Y qué pasó?

—...que era una carta sin enviar, de hace veinte años, una carta de Magalí diciéndome que se iba sin mí al Midi en busca del sol... –explicó con un asombro cruzado de irritación y durante unos instantes miró al otro sin verlo–. ¿Quién podía haberme enviado esa carta con veinte años de retraso?

—Yo qué sé, Rolando, yo qué sé... –comentó Ugliano; luego, esbozando con la mano un gesto de incredulidad, añadió–: bah, yo más bien creo que todo eso te lo estás inventando. Ninguna mujer se va a acordar de un novio después de veinte años, y menos una francesa, carajo, con lo ingratas que son.

—¿Y si no me la mandó ella, sino alguien que nos conoció mucho a Magalí y a mí?

De pronto Ugliano puso ojos redondos y dijo:

—¿Estás acaso sugiriendo que fue madame de Grégoire?...

—No, cómo se te ocurre... ¡Doña Violeta habría puesto el remitente, habría incluido algo de su puño y letra!

—Eso no está tan claro, hombre, ya sabes que los viejos a veces se levantan con el pie izquierdo. Pudo ocurrir que lo hiciera ella y luego se olvidara. Estoy seguro de que ni siquiera se lo preguntaste, pendejo.

—No, ¿para qué iba a molestarla por esa tontería? Fue otra persona, tal vez el propio hermano de Magalí, pero lo más seguro es que ya no vivan allí...

—¿Quiénes ya no viven allí?

—Ella y su hermano.

—¿De modo que ya has ido a buscarlos?

—No, pero te confieso que he estado varias veces a punto de hacerlo...

—...¿de ir al sitio donde vivían hace veinte años?... –musitó entonces Ugliano, dejando caer un poco la cabeza hacia delante. Tenía los ojos muy abiertos, como si no diera crédito a lo que veía y oía o, mejor, como si solo entonces acabara de descubrir lo que llevaba un rato rastreando. Luego, de pronto, su rostro se distendió, su mirada se minó y canturreó, dichoso e irónico–: pues está muy claro... ¡Por esa tontería te has venido a París a buscar a tus amigos de hace veinte años! Y sin duda por esa tontería llevas la carta en tu cartera, al lado de la foto de Solange... –dijo, se quedó mirando a su amigo un momento y dictaminó–: qué pena, compañero, voy a tenerle que pedir que me la muestre...

No, no era tan tonto ese Ugliano como parecía, o como a él le hubiera gustado que fuera, meditó, y con recelo vio elevarse su mano abierta sobre la mesa, la vio permanecer unos momentos quieta, a la espera, y tomó nota de que en ella todo era normal, incluida la rapacidad con que parecía esperar la vieja carta de Magalí. Entonces se consoló: «¿Lo ves Solange?», le dijo a su querida amiga invisible, en una especie de soliloquio: «este pendejo sigue teniendo esos arranques de intuición que lo redimen de tiempo en tiempo, exactamente como en la universidad, exactamente como en la legendaria época de París». ¿Pero era también la explicación de que en esa época madame de Grégoire sobrevalorara siempre a Ugliano, y a él, sí, a él siempre lo subestimara?

¡Seguramente porque ella lo consideraba un blando, alguien sin la suficiente dureza o consistencia!...

—Con mucho gusto, Héctor, si así te demuestro además que no miento... –dijo entonces, y procedió a sacar de su billetera un pequeño papel que le ofreció al otro tras desdoblarlo con sumo cuidado.

Con aire grave Ugliano se limpió las gafas antes de cogerlo; luego, lo leyó de un tirón.

—Parece una carta escrita con rencor y despecho por alguien que tiene una letra muy estilizada... –dictaminó.

—Sí, muy estilizada y por eso muy difícil de leer –corroboró él, con énfasis–. Mira: precisamente lo que quiero que me digas es si ahí dice que se fue con Muriel o con Étienne. Yo diría que pone Étienne...

La sirena de una ambulancia surcó el aire frente al bistró y se disolvió, tan rápida como vino, en el rumor de la calle, que entonces pareció resaltar el gesto con que Ugliano puso el papel sobre la mesa y lo examinó usando como lupa sus gafas de miope, antes de dictaminar que allí no se veía más que una hache, una hache que, humm, bien podría ser una eme...

—Por eso yo me inclino más bien por Muriel. ¿No tenía ninguna amiga que se llamara Muriel?

—No, que yo recuerde... –dijo él, guardando de nuevo la carta en su billetera–. Pero no importa, estoy seguro de que dice Étienne. Creo recordar que fue por la época en que Magalí se encaprichó por un musulmán que conoció a comienzos de la primavera y que dejó poco después... Ahora dime, ¿no fue en el verano del sesenta y nueve cuando tú y yo pasamos unos días en el piso que la española melancólica nos dejó cerca de la Place Daumesnil?

Mientras Ugliano hacía memoria, aprovechó para pedir por señas al camarero dos nuevas cervezas y pensó: «Sí, era esa misma época, estoy casi seguro». Pues fue ella, la española melancólica, quien tras oírlo hablar de la joven que entonces lo atormentaba, olfateando en la historia un pronto desengaño, le abrió los ojos acerca de los distintos parises que existían tras el de los turistas, el más inmediato y relumbrante pero también privado de interés. Uno era el París de los universitarios, otro el de los mistagogos y los locos, fantástico, mitológico e incluso ctónico (¡cómo le gustaba la punzante, subterránea oscuridad de esa palabra!), otro el de los marginados, pero era a uno diferente, el de los heridos del amor y la esperanza, a los que pertenecía ella, quien lo inició en las canciones de Serge Gainsbourg y sabía cantar en inglés, entre cigarrillo y cigarrillo, «*Gloomy Sunday*», la canción de los suicidas, imitando a la perfección la voz oscura y *désabusé* de Billie Holliday, o «*Arrêtez la musique*», remedando con menos exactitud la de Édith Piaf. ¡Nada que ver con la de esa cursi de moda que cantaba por todas partes «*Those Were the Days*»! Descubrir con prontitud que cualquiera de esos parises resultaba preferible al de los turistas era prueba de superioridad moral e inteligencia, y así ella le auguraba a él que pronto, tal vez incluso ese mismo verano, lo vería habitando en el suyo...

—Exacto... Fue en el sesenta y nueve, pero no en la primavera sino en el verano –dijo al fin Ugliano–. Lo sé porque ese verano hizo un calor del carajo, a diferencia de este, y porque a finales de ese año yo estaba ya de vuelta en Bogotá. ¡Por cierto, Rolo Dupuy, aquella vez todo el mundo se preguntó en París por qué te largaste a España sin despedirte de nadie!

—Pues la verdad es que el pobre Rolo Dupuy no se acuerda –dijo de forma exangüe, sin ocultar su falta de entusiasmo por esa instantánea del pasado que Ugliano le ponía ahora por sorpresa ante los ojos–. Lo digo con toda sinceridad...

—¡Por lo visto solo te acuerdas de lo que te conviene! –le reprochó el hombre que desde hacía un rato lo traía por la calle de la amargura y el duelo, que era una calle sin retorno, y moviéndose nervioso en su asiento insistió–: y seguro que tampoco te acuerdas que al final te pasabas la vida peleándote y reconciliándote con tu Magalí. ¡Desde luego, hacías unas cosas que no eran las más indicadas para conservar a una joven como esa!...

—¿Qué quieres decir?

—Por favor, Rolando —Ugliano abrió mucho los ojos y los hizo girar con gesto de escándalo—. No me digas que no recuerdas aquel sitio, al que se llegaba después de bajar unas escaleras muy largas...

—Ya sé, ya sé a qué sitio te refieres —dijo él, haciendo un gesto despectivo con la mano—. ¡Nunca olvidaré lo que sentía al subir esas escaleras!

—¿Al subirlas?... —Ugliano lo miró de hito en hito y luego, en voz baja, le advirtió—: Me parece que te confundes de piso, de país, de época y hasta de pecado, amigo, porque las escaleras a que me refiero no se subían sino que se bajaban...

—Bajar escaleras o subirlas, qué más da —reflexionó él, algo desconcertado—, cuando resulta que es el mismo pecado...

«El mismo pecado», repitió entre dientes, casi burlón. «¡Qué manera de hablar! ¿No habían pasado casi veinte años?...» Así y todo, tenía que reconocer que de hecho París se había convertido para el pobre Rolo Dupuy en un purgatorio sin Solange, por lo demás muy parecido al purgatorio sin Magalí de veinte años atrás, como bien lo demostraba aquella tarde de julio, ¿o más bien de agosto?, que él siempre había considerado como una especie de oscura fantasía y que ahora, de repente, gracias a Ugliano, se le revelaba como algo si no desagradable al menos inoportuna, molestamente real...

—¡Por favor, Rolando!... —al hablar Ugliano subió con brusquedad el tono haciendo que un calvo bastante adiposo y una joven casi albina que charlaban en una mesa colindante giraran sus cabezas, estúpidos y risueños, y luego las juntaran para murmurar, y dijo lentamente, implacable—: estamos en París, en un sótano oscuro y repulsivo de la Place d'Italie, y es el año mil novecientos sesenta y nueve, al final del verano creo. Me dijiste que fuera allí, porque necesitaban gente, pero luego tú mismo me llevaste, ¡un piso con la puerta roja, al que llevaba una larga escalera!

—Sí, sí, me acuerdo muy bien: te dije que fueras porque me aseguraste que ya habías trabajado varias veces como figurante...

—Y era cierto, Rolando —apoyó Ugliano y explicó con énfasis que en esa época se filmaban muchas películas con figurantes sudamericanos; precisamente hacía poco había visto en la filmoteca una con Yves Montand y Simone Signoret—. En ella hay una celebración del catorce de julio donde se puede ver a este muchacho llevando una pancarta reivindicativa, sí a este —recalcó, jactancioso, señalándose a sí mismo con el dedo para deshacer cualquier duda—. Ahora bien, lo que necesitaban allí no eran precisamente figurantes, compañero, bien lo sabes, no te hagas el loco...

—¿El loco?... Pero qué cosas dices, hombre, ¿por qué tendría yo que hacerme el loco?

VI

Ese día de agosto, a las tres y media en punto de la tarde, se presentó expectante y sudoroso en ese oscuro sótano del trézième arrondissement cuya puerta roja había visitado hacía unas horas («ve hacia las tres», le había dicho Laurent, un tipo flaco y desgarbado, sobreviviente de tres intentos de suicidio, que —amigo de un amigo de Étienne— malvivía como agente publicitario de Paradise Film Development), «y sobre todo intenta ser puntual», y se vio sin más caminando por el sórdido pasillo tras una mujer pequeña y cabezona que lo llevó hasta un hombretón gordo y aceitoso, con pestañas postizas y carmín en las mejillas. En realidad, se trataba de un hombre-mujer sumamente original, ya que su aspecto era exactamente el de una gorda concebida por Rubens pero plasmada por un niño que solo dispusiese de tres colores, amarillo, rosa y ese

45

tono indefinible, entre azul y gris, que resulta de una tupida barba que se ha intentado disimular con una espesa nube de talco.

«¿Maquillado para actuar? ¿Pero dónde te has metido, compañero, dónde te has metido?», se incriminó al internarse como un reo por la intimidante oscuridad del pasillo, intentando memorizar el camino. Después, al ingresar en una zona más iluminada, glosó, con una sonrisa nerviosa: «en el París de los lúbricos, que es también el de los locos, aunque tal vez no el de los desesperados, ¡por suerte todavía no, Rolo!...». Entonces advirtió que un hombre con el torso desnudo y expresión de convicto lo miraba con desprecio desde un cartel, junto al cual alguien había escrito en la pared: «Haz el amor y no la guerra», y una suave luz parpadeó en su cerebro: «Tal vez el calor, aliado del delirio, y el delirio, sucedáneo de la imaginación...». Pero justo en el momento en que tarareaba incrédulo: «¿la imaginación al poder?», su guía se detuvo por sorpresa y, bromista, untuoso, le dijo con malicia mientras se abanicaba: «Seguro que tú eres el amigo de Laurent, que es amigo de Momo (¡yo soy Momo!), que es amigo (es decir: soy amigo) de Bebé, que es amigo de Giorgios, que es amigo de tu amigo, y así sucesivamente, ¡jojojó!, en un camino inverso al que deberíamos seguir para llegar hasta Satán. ¿Pero cómo se llamaba tu amigo?, era algo en "ene", así como yo soy algo en "homo" jojojó... ¿Estienne? ¿Étienne? Sí, eso es, Tienne... Laurent me aseguró que te podías adaptar a cualquier cosa, que eras un todo terreno, *et ça c'est vrai?, quelle horreur!...*». Ningún sonrojo ante el piropo, no, ¡pues él necesitaba el dinero! Siempre se había creído un tipo capaz de apechugar con lo que fuera en una situación de emergencia. «Ahora –se decía– Rolito será también actor...»

En vez de un lejano gorgoteo de una tubería gastada o mal ajustada, como al comienzo creyó, lo que se oía allí abajo, en aquel largo pasillo en penumbra, era el clac-clac algo irregular de un motor entrecortado por breves exclamaciones, y el hombre lo llevó a otro cuarto casi a oscuras, iluminado en algún lugar por una anémica bombilla roja, en cuyo fondo un tocador multiplicaba en su incierto espejo rectangular una penumbra abigarrada y fantasmal que invitaba a la complicidad. El mueble estaba lleno de cremas para el maquillaje y cepillos para el pelo, y desde el extremo dos cabezas de madera lo observaban como dos sombras condenadas a la inmovilidad, con sus cuencas vacías, exhibiendo las pelucas, rojas ambas por simple efecto de la luz. «Empieza a desvestirte», le dijo Momo y luego desapareció. Esperó unos segundos antes de obedecer, lanzando nerviosas e intermitentes miraditas a un lado y otro, como quien teme ser observado desde algún inadvertido ángulo. Cuando acabó, acostumbrados ya a la exigua luz, sus ojos descubrieron una colección de fustas colgadas de la pared, y más a la derecha, forzando un poco la vista, una serie de fotos más o menos sórdidas que, colocadas una tras otra, se sucedían de forma ininterrumpida hasta el fondo, a oscuras. A la izquierda, una orgullosa Furia rubia paseaba a un condenado desnudo, en cuatro patas, tirando de la cadena de perro atada a su cuello, y en otra contigua se veía al mismo hombre obligado a estar en postura de orante musulmán por un tacón de mujer, que sojuzgaba su cabeza, mientras, vestida de enfermera, una segunda se disponía a marcarle las nalgas con un hierro candente. Entonces, se dijo, sobrecogido: «La verdad es que hubieras debido aceptar aquel empleo en el museo o incluso en La Samaritaine, vendedor de postales o barrendero, ¡qué más da!, Rolito, antes que venir aquí...», y sintió una contracción inspirada por el miedo, o acaso el pudor. «¿O acaso ya eres el hombre sin inhibiciones de que hablaba el Jíbaro?», se dijo, «¿o más bien el hombre sin raíces y también sin norte, que solo necesita el dinero para huir?...».

Miró de nuevo hacia la izquierda, comprobando que la puerta seguía abierta, sin que nadie entrara a través de ella. ¿Ir él mismo a ver qué pasaba? ¿Atreverse a salir al pasillo desnudo? «Sí, el hombre sin inhibiciones, Rolito, qué duda cabe», pensó. De pronto, con gesto resuelto, empezó a vestirse de nuevo; con la camisa y el jersey todavía en la mano se dio prisa en salir del cuarto y se aventuró por el túnel cálido y oscuro. Cerca ya de la esquina intentó recordar si al entrar había cruzado por allí: a la izquierda, otro pasillo llevaba a una zona de apariencia aún más tétrica, a la derecha una pequeña escalera esbozaba tímidamente una promesa de huida. Iba ya a decidirse por esta, cuando escuchó un eco de voces que venía desde el fondo y miró: una de las puertas se había abierto, dejando escapar un copioso halo de luz, que proyectaba un animado movimiento de sombras sobre la pared opuesta. Se oía la voz de alguien que parecía dar instrucciones, con una entonación tan pronto cortante como melosa, e intentó escuchar, sin lograr entender más que frases entrecortadas: «Artista, ¿está bien así?». «No, esa cortina un poco más a la derecha. Y esa luz que ilumine solo la cabeza, la cabeza... Y tú, Suzette, levanta un poco el pie, antes de empezar a moverte... *Moteur!*»

Apenas si se sorprendió cuando, bajo la luz del foco, en el centro de un pequeño escenario en el que solo había una mesa con una gran bandeja de hojalata perforada en el centro, divisó la figura de la danzarina. Desnuda y descalza, los pechos al aire, un velo oscuro sobre el rostro, otro transparente sobre el sexo grande y peludo, la mujer se acercó hasta la bandeja y la levantó con un gesto brusco, cogiéndola con ambas manos... Luego, danzó, sin música: su cuerpo vigoroso y cubierto de pequeñas gotas titilantes, pero sobre todo su maquillaje, que emborronaba las líneas de su cara por culpa del sudor, evocaba a la hija del Heresiarca, en una versión más bien poco refinada, hecha con más atrevimiento que imaginación. En cuanto a Jokanaan, mejor dicho, a la cabeza de Jokanaan, pensó que cualquiera de las que acababa de ver, cubiertas de pelucas, hubiera podido servir, y en eso se escuchó una horrible música de flautas, al son de la cual Salomé danzó con más fuerza, con la bandeja en sus brazos. Tan pronto inclinaba sus pechos desnudos sobre ella, simulando rozar con los pezones la invisible cara del decapitado, como la levantaba en el aire al tiempo que incrementaba el frenesí de sus caderas, en una especie de acalorada danza del vientre. Pero de repente la mujer se interrumpió y gritó con voz grave: «Imposible, así no puedo. Necesito un Jokanaan...». «¿Un Jokanaan? ¡Ella necesita un Jokanaan!», replicó la voz burlona, cantarina y ronca del director, «pues qué te parece: ¡aún no tenemos un Jokanaan!...» Antes de que nadie pudiera decir nada se alcanzó a oír otra voz que, en tono más bajo, comentó: «No, no, Giorgios. Ya tenemos uno...». Luego hubo un murmullo acalorado antes de que la figura de Momo apareciera en el pasillo y trotara en dirección a la puerta que él acababa de atravesar... ¿Era allí donde estaba esperando el nuevo Jokanaan?

«Si era allí ya no está», pensó, y antes de que el hombre pudiera descubrir su ausencia, se deslizó en puntillas hacia la puerta que presintió tras un pequeño hall a la derecha. Por suerte, acertó: era la salida... Abrió sin hacer ruido y, entornando la puerta, subió corriendo las escaleras. Solo en la Place d'Italie aminoró la marcha, pero aún no podía pensar; se limitaba a repetir el nombre de «Jokanaan» con una sonrisa agazapada e incrédula.

Pero la cosa no acabó ahí...

Al día siguiente, por la mañana, alguien le deslizó un papelito debajo de la puerta: «Momo me manda decir que Giorgios te espera hoy a las tres. Y que vayas sin falta. Laurent». Sorprendido de que, en vez de olvidarse simplemente de él, se tomaran el trabajo de buscarlo tras su huida, decidió acudir a la cita.

Y, en efecto, como le había mandado decir Momo, a las tres de la tarde le abrió la sórdida puerta del trézième arrondissement un hombre de pequeña estatura y aspecto extravagante que por sus bigotes doblados hacia arriba recordaba al Conde de Montesquiou Fezensac, ese personaje de Proust, excéntrico y decadente, pero que por sus gestos amadamados al hablar hacía pensar más bien en Mae

West: el régisseur. Este lo llevó a su despacho, una pequeña habitación presidida por un viejo cartel cinematográfico y otros adornos menos previsibles, posiblemente restos de viejas escenografías de cine y teatro, como unos brazos que ahí enfrente salían de la pared, ¿dónde los había visto antes?, y una vez allí, lo sopesó con la mirada, con una sonrisa ambigua, no sin echarle también una pícara miradita a su ingle... Luego, con expresión severa, le dijo: «¿Qué te pasó ayer?». Guardando silencio, él se limitó a sostener la mirada del hombre que le hablaba con la voz de la persona que había escuchado sin ver el día anterior. Entonces, con un retintín de reproche pero bajando la voz para subrayar que la cosa era entre ellos dos, que ni siquiera la foto y la escultura que los vigilaban desde la pared podían inmiscuirse, este añadió: «¿Me contaron que desapareciste sin decir nada, sin dejar rastro, como un cobarde, *oh la la*...». «¿Como un cobarde?», balbució él, con un risueño temblor en la voz... «Sí, como un co-bar-de... Pues te vi por el espejo, eras una sombra anónima que miraba y miraba y de pronto se esfumó, ¿creíste acaso que ibas a ser Jokanaan? ¡Qué disparate, querido mío, precisamente Jokanaan no! ¡Iluso! ¡Co-bar-de!», le deletreó Giorgios, con su voz grave y coqueta, dando una patadita en el suelo... «Y aquí no queremos cobardes, ¿me oyes?», siguió reprendiéndolo, envalentonado por su silencio, moviéndose a su alrededor y golpeándose la palma de la mano con un lápiz que había sacado de algún sitio... Fue entonces cuando él comprendió que tenía que mover ficha, y dijo con ironía: «¿Quiere que me vaya, señorita?», a lo que el otro se plantó enfrente, lo miró con furia y le dijo: «¡Insolente! ¡Voy a quejarme ante su papá!». «Soy un pobre huérfano», dijo él, «huérfano de padre y de madre»...

Giorgios, conmovido, lanzó una risotada y dijo: «Muy bien, muy bien. Ya somos dos». Luego volvió a escrutarlo con la mirada unos segundos y, señalando con un gesto hacia la foto y, junto a ella, los brazos que salían de la pared, se puso a hablarle sin más de Cocteau. Sorprendido apenas, pues allí dentro todo parecía posible, captó al vuelo que le hablaba precisamente de Cocteau porque ahí, pegado con chinchetas de la pared, había una foto de Jean Marais en el papel del jorobado Enrique de Lagardère (¿cuántas veces la vio en su infancia, mientras comía crispetas o tragaba minisicuí?), y dijo: «Sí, pero ese cartel no es de *La Bella y la Bestia*, que a mí me gusta más... Por cierto, ¿brazos como esos, que salían de las paredes y de los sillones, no los había a montones en esa película?». El comentario, que esta vez carecía de intención, produjo en Giorgios un efecto reconfortante. «De modo que te gusta el cine», celebró el hombre de los amujerados bigotes, haciendo el gesto de aplaudir, y él no se echó atrás cuando hizo un amago de abrazarlo, envolviéndolo en una vaharada de agua de colonia Femme Rochas potenciada con sudor. «Oh, *mon dieu*, de modo que no eres un primitivo indio sudamericano», exclamó el hombre almibarado y ampuloso. «¡Hicimos bien en no dejarte escapar! Momo te caló al instante...» le explicó finalmente, dando saltitos de alegría...

Aquella tarde, pasada la primera prueba, Giorgios se explayó a gusto sobre las cualidades histriónicas de Jean Marais (no conocía ningún monstruo de celuloide, incluidos Frankenstein, el Dr. Jekill y el Jorobado de Notre Dame, que estuviese a la altura de la Bestia interpretada por él), y sugirió que haberlo intuido era el único mérito, como decía su amigo monsieur Farfán («¿nadie te ha presentado todavía a monsieur Farfán?»), que estaba dispuesto a reconocerle al mediocre autor de *Les parents terribles*. Pues, como afirmaba su amigo, este no era más que un jugador de ventaja, que había corrido más que nadie, como bien supieron sus contemporáneos, y que sacó el mejor partido de su capacidad camaleónica. Bastaba que alguien inventara una nueva estética en París, pongamos por caso a las cinco de la tarde, para que a las cinco y diez, a más tardar a las cinco y cuarto, apareciera Cocteau con su última obra, inspirada en la nueva estética, sin

51

tener en cuenta lo fácil que debió resultarle filmar *La Bella y la Bestia* disponiendo de un protegido como Marais. ¡Qué rostro, qué voz, qué porte, qué hombre dios mío! Por cierto que no era el único actor francés del que uno podía hablar en tales términos; también estaba Gerard Philipe, ese otro Fanfán por el que su amigo el viejo erudito no ocultaba su predilección... ¡Ah, qué maravilloso, bello y ágil estaba Gerard Philipe en *Fanfán la Tulipe*, valía la pena ser espadachín de algo, dedicarse a algún tipo de esgrima, de la mente o el espíritu –loor y gloria, oh Baudelaire–, si el resultado final podía ser que te compararan con él. Aunque, por lo que atañe a los gustos del joven postulante sudamericano, este, qué duda cabía, hubiera preferido llevar la conversación a una zona menos ambigua, afirmando por ejemplo que para él la actriz preferida era Maureen O'Hara en el papel protagónico de *Esmeralda*... De pronto Giorgios interrumpió su catarata verbal, se quedó un momento pensativo y luego dijo: «Querido, te voy a poner las cosas muy fáciles... ¡Sé que has venido a parar a este antro por penas de amor! No, no te presionaré, cuando quieras me las contarás... ¡Debe ser una damisela fuera de lo normal la que te ha puesto así!... Pues bien: primero trabajarás en lo que quieras, aprenderás el oficio y entonces...». «¿Entonces qué?» «Entonces tú me contarás tus penas de amor y yo te buscaré consuelo... –dijo Giorgios, con voz melosa–. ¿Te parece buena idea?» «¿Que si me parece buena idea?», repitió él, atontado por el solícito y destellante parpadeo de las cejas postizas del otro. «Estupenda», dijo, tragando saliva, «¡Maravillosa!»

VII

—Te habías convertido en un verdadero machito, era como si la francesita esa hubiera sacado lo peor de ti... –Ugliano se atusó el bigote, miró con curiosidad a su compañero y, en un tono que en ese momento a él le pareció prepotente y engolado, recalcó–: ¿o acaso crees que si se hubiese tratado de una colombiana hubiera sido distinto?

De pronto, al oír hablar a su amigo, tuvo una sensación extraña, como si por primera vez se apartaran del ritual de efusiva cordialidad tácitamente pactado por los dos hasta entonces, el más apropiado sin duda para el encuentro de dos viejos camaradas que han estado mucho tiempo sin verse, con el propósito de adentrarse por el encenagado territorio de las viejas rivalidades sin solucionar, de las viejas complicidades frustradas, que no es dable resucitar sin un propósito espurio. ¿Por qué si no el otro estaba ahí, en frente suyo, acariciándose nervioso los mostachos y acosándolo con la mirada, como el cuarentón presuntuoso y trasnochado que sin duda era ya, o como el hombre que simplemente quiere repasar las cosas abandonadas en un callejón sin salida?...

—Yo qué sé... –se oyó decir al fin, con aire preocupado–. A mí, hablando en general, las colombianas siempre me han parecido más machas que sus machos, como decía el Jíbaro.

—¿Y crees que las francesas son diferentes? ¡También ellas prefieren a los hombres de pelo en pecho!

—Cuanto más inteligente se es más diferencias se captan entre un ser y otro. *Pascal dixit...* –tornó a recitar él, con voz neutra.

—Eso ya lo dijiste hace un rato –afirmó Ugliano, posando una mirada de extrañeza sobre su amigo, y añadió gesticulando con teatralidad–: ¿es que ya se le está acabando el repertorio, Rolo Dupuy? ¡Le prevengo que esta vez yo no me voy a contentar con cualquier cosa, como hace diez años!

—Cómo así –dijo él, levantando la mirada–. Dígame qué pasó entonces...

—Que no hicimos nada, caballero, y llevábamos diez años sin vernos. ¡Diez años nada menos! Ni una calaverada, ni una rasca, nada de nada...

—Pero si estuvimos hablando mucho tiempo del Jíbaro –adujo él, mirando a su amigo de hito en hito–. ¿No fue eso en cierta forma una calaverada?

La mirada de Ugliano enfrentó por un momento la suya, su mano se debatió, pero ese conato de resistencia se disolvió casi enseguida en una mueca contemporizadora. De pronto, tuvo la impresión de que su amigo parecía inquieto e inseguro, a diferencia de él, que en ese momento se sentía invadido por una dulce, inesperada lasitud. ¿Por qué precisamente al hablar del ausente, el Jíbaro, que no estaba allí para opinar, y que no volvería a estarlo nunca más?

—Hombre, tú siempre te sales con la tuya... –dejó caer finalmente Ugliano, muy despacio, y al oírlo él levantó la mirada, sintió palpitar su corazón–. ¿Qué no harías para hacer un buen chiste, o lograr una buena carambola? Aunque aquella vez..., aquella vez por poco ni te enteras de lo ocurrido...

Luego, mientras Ugliano disertaba sobre el Jíbaro, aludiendo a los hechos como si fueran cosa reciente y hubiese estado en compañía del occiso el día anterior, él recordó que, en efecto, ya por entonces vivía absoluta y casi enfermizamente desconectado de sus compatriotas, de los que huía como de la peste, y apenas se escribía con dos o tres personas en Colombia, ninguna de las cuales conocía a Bojórquez. En cuanto a este, simplemente se carteó con él unas cuantas veces, después de su fugaz paso por Madrid, por lo que no se podía decir que había sido muy intensa la relación entre los dos desde los lejanos tiempos de la universidad. Todo lo demás habían sido noticias transmitidas siempre por otros, principalmente por Ugliano, quien hacía ahora ese repaso; en una ocasión fue asunto de la segunda boda «revolucionaria» del Jíbaro, en otra de su inesperada y pintoresca paternidad, y en una tercera se contaba incluso que había aprendido alemán, idioma no muy frecuentado por los freudo-sartro-marxistas de la época dorada, tan francófilos, y había publicado su primer libro, un psicoanálisis del libertador, Simón Bolívar, que fue muy bien recibido dentro y fuera del país...

—Me impresionó mucho la noticia, quién se iba a imaginar que de los tres iba a ser él el primero en partir –comentó él, con aire grave y ausente.

—Y qué cosa tan berraca tener que irse así al infierno, ¡y tan joven! –corroboró Ugliano, dando prueba de un ímpetu que le hubiera podido parecer a otro fuera de lugar, más no a él, que ya conocía a su amigo–. Pero creo recordar que de todos modos estuvimos caminando un rato por Notre Dame. Y, por cierto, ¿no nos encontramos allí con una tipa con la que también tú estuviste a punto de irte al infierno?...

—El infierno es un sitio de lo más interesante, Héctor, tú lo sabes de sobra. Y también sabes que para encontrarlo hay que tener un buen guía o estar dispuesto a hacer ofrendas de sangre –se defendió él, potenciando sus palabras con un deje de misterio–. Por eso no iba a bajar allí con cualquiera...

—Ah, pues hablando de infiernos, si aún estás en París dentro de nueve días me llamas y vamos con unos amigos a una fiesta de la Villete que es idéntica a las de la película de René Clair. El año pasado encontré incluso una muchacha con la misma cara de gata que Annabella, ¿te acuerdas de Annabella? ¡Ah, te aseguro que vale la pena!... –Ugliano miró unos segundos al vacío por encima del hombro de su amigo, y recordó–: por cierto, volviendo al piso aquel de la Place d'Italie, me parece que allí también la gente se disfrazaba...

—¿Que allí la gente se disfrazaba? Ah, no; no creo que sea esa precisamente la palabra...

—Cierto, compañero, hacían algo más que divertirse en ese espantoso lugar... Por eso me escapé cuando lo comprendí, pero un tipo increíble, con cara de bulldog, me agarró por la cintura intentando retenerme. Por cierto, ¿tu famosa starlette no trabajaba allí? No finjas que no te acuerdas, no me vengas con esas...

–Ugliano bajó la voz para regañarlo, lanzando una miradita nerviosa al gordo y la albina, pero al comprobar que ahora esta lloriqueaba, váyase a saber por qué, se limitó a sonreír, barriendo el aire con la mano–: bah, no me hagas caso y volvamos a nuestra carta... ¿recuerdas al menos cómo terminaste tu relación con la muchacha?

—No estoy seguro –dijo él, con voz suave, como si intentara leer en su propio pensamiento–: supongamos que yo, y no es mucho suponer...

—¿Supongamos que tú qué? –se impacientó Ugliano.

—Supongamos que tengo una memoria muy mala y también muy interesada –otorgó él, asintiendo con la cabeza–. Muy bien; por eso mismo tengo que ir avanzando hacia atrás por medio de rodeos, intentando espiarme a mí mismo como míster Arkadin, vigilar desde el presente al que fui en el pasado... ¿Pero quién vigila al que soy actualmente?

—¿Que quién vigila a ese? –afirmó risueño Ugliano, con remozado y fraternal entusiasmo–. Yo lo vigilo, hermano... Yo vigilaré a ese pendejo, como un jíbaro que acecha tras la espesura, apuntando con su cerbatana.

—Entonces no perderé la cabeza –refunfuñó él en broma–, pero perderé algo más importante: el alma.

—Lo que te queda del alma, querrás decir, Rolo Dupuy –propuso Ugliano, puntilloso e irónico–... ¿pues no has perdido ya la memoria, que es una de sus partes más sabrosas, como míster Arkadin?

—No, ahí te equivocas de pe a pa, pues no la he perdido del todo... –declaró él–. Desde que estoy aquí, mejor dicho, desde que descubrí aquella maldita carta, los recuerdos me acosan todo el tiempo.

—Entonces, mi aparición ha sido de lo más oportuna...

—Por supuesto. Tan oportuna que me cuesta creer que estés ahí, mirándome con esa cara de pasmado. La misma de hace veinte años, carajo. Por lo que a veces creo que no eres más que una manifestación de mi estado de ánimo... ¿Existes fuera de mí como un ser real?, esa es la cuestión...

—Miren a este, con las que me sale ahora –masculló Ugliano, volviendo la cara a lado y lado, como si buscara el apoyo de algún testigo invisible, y luego negó con la cabeza–. La cuestión es que si sigue dudando de mí le voy a romper la cara, Rolandito, como prueba de mi existencia...

—Ajá...

—A ver si así se entera de que yo estoy en su cerebro y de que todo lo que ve, oye o huele no es más que una ilusión, como en Fichte...

—No, señor, como en Shopenhauer más bien...

—Como usted quiera, compañero... –aceptó Ugliano y, cambiando de tono, preguntó–: por cierto, ¿por qué serán siempre los alemanes los que deciden sobre esas cosas?

—Pues, hombre, no tengo ni idea. Lo único que sé es que la parte más alemana de mi cerebro dice que ahora te vas a quedar muy calladito y a escuchar... –respondió y, volviendo a la carta de Magalí, señaló que por aquella época de pronto empezaron a ocurrir cosas raras entre los dos. Cuando la buscaba nunca estaba, y cuando volvía a su cuartito, en el que irradiaba aquel lecho de madera, «territorio libre de Francia», donde los enamorados habían sido tan felices, como podían atestiguar Étienne y Muriel, lo encontraba lleno de mensajes. En cuanto a Étienne, lo veía muy poco, porque por esos días andaba muy envolatado organizando algo en apoyo de Checoslovaquia–. Creo que al final nos comunicábamos por un sistema de papelitos, pero nunca nos veíamos la cara...

—Exacto. ¡Ahí tenemos ya una pista! –anotó Ugliano, muy profesional y decidido, gesticulando con énfasis–. Magalí estaba sola, Muriel estaba sola, ¿y qué hacen dos jóvenes solas en pleno verano, decepcionadas de los hombres? Pues se van al Midi en busca de sol, está claro, no le des más vueltas, hombre, no seas pendejo... –añadió, y se quedó mirándolo un momento; luego, prosiguió–: en cuanto a la carta, ¿qué quieres que te diga?, la cosa me parece bastante clara: se trata simplemente del borrador de una carta que nunca fue enviada. ¡Muchos misterios de la vida se explican por cartas que, habiendo sido escritas, nunca fueron enviadas!

—Si eso es así –dijo él, sintiendo una opresión en el pecho–, ¿cómo es entonces que un día la bendita carta aterriza en mi buzón?

—Muy sencillo: desaparecido tú, la muchacha descubrió que tenía un montón de cosas tuyas y las metió todas en una caja, incluidas sus propias cartas... –afirmó Ugliano con un tono que no admitía réplica, y calculó–: a ver, si en mil novecientos sesenta y ocho tenía diecisiete años, ahora tendría treinta y siete... Una edad perfecta para enfermar y morir, o para estrellarse en una autopista, o para sentir que la vida ya no vale la pena y despedirse con una sobredosis de pastillas. ¿Recuerdas si la muchacha era depresiva?

—Si quieres que te diga la verdad, yo más bien creo que no.

—No importa –dijo Ugliano, menos apasionado aunque posiblemente más seguro de sí mismo–. Intenta solo imaginar qué habría hecho Muriel, ¿no era así como se llamaba la otra, su compañera?, qué habría hecho Muriel si, muerta Magalí a los treinta y seis años, hubiese heredado sus carpetas. Habría estado unos meses encontrándose con viejos amigos y dándoles la noticia, luego habría querido deshacerse de los papeles, que al fin un día examinó y en los que encontró esa carta... Entonces te recordó a ti, el muchacho colombiano que protagonizó ese breve capítulo de sus vidas, el héroe del Hilton, y decidió darte la noticia mandándotela por correo. A ver, ¿era una muchacha normal Magalí?

—Normal, lo que se dice normal, creo que no... –dijo él, mirando al otro con curiosidad y desconfianza a la vez–. ¡Pero si fue precisamente por eso que me atrajo, porque era una inadaptada!

Todavía la recuerdo subida a un árbol en el Bois de Boulogne, o buscando ropa interior de color rojo en La Samaritaine, o robando discos de Maria Callas en la Bonnne Nouvelle...

—¿Lo ves? Está más que claro –dijo Ugliano, muy contento de hacer valer su razón, y con voz cavernosa concluyó–: Magalí está muerta, lo sé de buena fuente, Rolando, más vale que te hagas a la idea. Y no te pongas triste por ella a estas alturas, la muerte es el mejor estado para todos, lo sé de buena fuente, repito, solo que unos llegan primero y otros vienen detrás...

—Estás muy raro, Héctor Ugliano, ¡por momentos me recuerdas al fantasma de Canterville! –dijo él, mirándolo intrigado, y dirigió la vista hacia la entrada, donde un camarero de talla más bien pequeña amenazaba inútilmente con la palabra *police* a un clochard corpulento y ebrio que intentaba entrar en el local al grito de *merde, merde, des salops...*

—¿El fantasma de Canterville? ¡Qué ocurrencia, hombre, qué exageración!... –recomenzó Ugliano sin más, después de mirar hacia la salida él también, e hizo el amago de levantarse para mostrarle lo vivo que se sentía, pero algo lo obligó a desistir y se limitó a enseñarle su flaco bíceps, formando un rápido ángulo recto con el brazo, como Charles Atlas–. Aquí donde me ves, todavía tengo fuerzas para darle una buena tunda a ese camarero, aunque sea con mis cadenas, porque es evidente que estoy de parte del clochard, o incluso para remolcar el mundo hasta la colina de Santa Clotilde y echarlo luego a rodar cuesta abajo, si me da la real gana... Pero, a ver, ahora lo que quiero es que me digas, maldita sea, cuál era la causa de tu desencuentro con la muchacha. Porque recuerdo muy bien que cuando la buscabas no estaba y cuando ella te buscaba tú te habías ido con la otra...

—¿Qué otra?

—La tipa esa, la starlette que conociste allá abajo, en aquella sucursal de Satán de la Place d'Italie. Seguro que era una viciosa, y que no era sino el placer bruto lo que te unía a ella...

—Ah, no señor... Ahí te equivocas de pe a pa —se defendió él, esbozando un gesto de rechazo con la mano—. Lo que pasa es que la starlette en cuestión no era más que una tapadera para que los padres de Magalí me vieran con otra, pues Magalí era menor de edad, amigo, recuerda...

—Sí, es cierto. Pues en esa época la mayoría de edad en Francia estaba en los veintitrés años... —concedió Ugliano, mirándolo abstraído; luego, en una especie de aparte, añadió que en cualquier caso a él todo aquello le parecía algo muy raro: un tipo enamorado, una menor de edad fantasiosa, una starlette decadente, ¡vaya película!...

«Sí, vaya película...», repitió para sus adentros, un tanto incrédulo. Una película en la cual había un padre hijueputa, ¡el más hijueputa de todos!, y hasta un hermano sacrificado. Pues no fue ciertamente un papel secundario el que le tocó a Étienne, el hermano mayor de Magalí, aparte de que el muchacho era un tipo estupendo, al que él quiso tanto como a la muchacha... «Reconócelo, Rolo Dupuy: los quisiste a los dos...», pensó, como si se llamara a sí mismo al orden. Y hasta es posible (observación propia del Jíbaro) que la circunstancia de que la joven fuera la hermana de Étienne se la hubiese hecho mucho más atractiva, pues al tiempo que una compañera el Rolo en cuestión buscaba también una familia...

—Me acuerdo muy bien de que por esos días nos veíamos muy de cuando en cuando, porque estabas todo el tiempo con ellos. Por eso Violeta decía que eras el más avispado de todos: no más llegar te echaste novia, ¡y qué novia!...

Entonces, mientras escuchaba a Ugliano, recordó otros detalles; por ejemplo, que fue el propio Étienne quien una tarde a comienzos de la primavera del sesenta y nueve le contó que Magalí se había ido por primera vez de su casa dos años atrás, durante el verano, y al cabo de dos semanas la policía la localizó en Sète, al sur de Francia, con una amiga de su edad. Las dos chicas se habían instalado en casa de un norteamericano medio hippie y medio drogadicto, y las tuvieron que traer casi anestesiadas en un avión de la policía, que para eso monsieur Hortefeux tenía suficientes contactos en la administración...

—El resto te lo puedes imaginar... A la amiga la soltaron pero a Magalí la internaron en una clínica psiquiátrica. Étienne, que me lo contó todo, estaba aterrorizado.

—Entonces entraste tú.

Ugliano escuchaba con expresión atenta y ensimismada, y, al verlo, él no pudo menos que preguntarse cuál de los dos se había hecho más puntilloso, y cuál de los dos más intransigente y entrometido. «Sin duda él», pensó. ¿Podría ser que la edad puliese en uno los defectos, y en otro los agrandara? De joven, Ugliano se moría de ganas de meter las narices en la vida de los demás, pero al menos se contenía, mientras que ahora, ahora parecía alguien absolutamente desbocado...

—No, entonces entró en escena mayo del sesenta y ocho, que por suerte se me adelantó –dijo, y antes de que el otro se lo preguntara aclaró el «por suerte»... Guiada por Étienne, al menos durante un tiempo, Magalí se encontró como pez en el agua en medio de la revuelta y, lo más importante, descubrió que monsieur Charles de Gaulle era un buen sustituto de monsieur Aquille Hortefeux. Por eso, aunque lo había acompañado remisa en los primeros desfiles, seducida por el magnetismo de la rebelión, la joven terminó en los últimos corriendo con su hermano por las calles de París, escribiendo en las paredes, repartiendo proclamas, grabando con su casete el sonido de las manifestaciones, incluso lanzando adoquines...– ¿Sabes que los adoquines tienen valor terapéutico, sobre todo los de París? –concluyó, muy satisfecho de su evocación–. Fueron la mejor catarsis para la muchacha. Ni el Jíbaro ni el Gran Zubiela se lo hubieran imaginado, pues ellos no tiraron nunca una piedra, ni tocaron nunca un arma...

—Pero ahora estamos hablando de Magalí –lo llamó al orden Ugliano, reacomodándose en su asiento–. A ver, cuéntame: ¿qué fue de la muchacha cuando vino la desbandada?

«¿Cuándo vino la desbandada?», pensó en silencio, intentando avizorar dentro de sí mismo la respuesta. No, no costaba mucho imaginárselo... ¿Qué otra cosa pudo haber ocurrido que la desilusión impregnándolo todo? Recordó a la gente que había conocido entonces, acabando de llegar, casi siempre amigos de amigos: uno que en cierta ocasión le prestó su cuarto por una semana, otro que le dio la referencia de alguien que a su vez sabía de una pensión barata, otra que le prestó un cuchitril infecto que compartió con cucarachas y ratones en un ruinoso edificio de la rue Papillón, así hasta que le llegó el turno a la española melancólica. Todos eran gente mohína, desilusionada, desconcertada, que aún parecía esperar algo...

—Si mayo del sesenta y ocho fue la juerga de varios días que se corrieron miles de estudiantes, imagínate el guayabo... Todavía no han salido de él. Porque para esa resaca no había remedio, tú lo sabes mejor que nadie, Héctor, aunque tampoco tú participaste en la fiesta...

—No sabes cómo lamento habérmelo perdido. Pero yo no fui para nadie un Mesías de la desilusión como tú...

—Mesías de la desilusión... –murmuró él, agradablemente sorprendido–. Me gusta la expresión. ¿Se te ocurrió a ti?

—Pues claro, hombre, pues claro –se ufanó Ugliano y, señalándose la frente con el índice, añadió–: esta cabeza da para eso y mucho más... Pero, volviendo a lo nuestro, ¿no es cierto que ese tal Étienne te encomendó a su hermanita porque estaba medio enamorado de ella?

—Ya empezamos con el freudismo barato... –protestó él, con expresión seria–. La quería, la adoraba porque era su hermana pequeña, su única hermana y el único ser con el que se llevaba bien en su casa... ¿Es tan difícil de entender? Por eso me la encomendó, ¿no cierto?; quería que yo le ayudara a salvarla de su padre, y, para qué ocultarlo, yo me sentía feliz. Si me hubieran pedido que hiciera saltar por los aires a monsieur Hortefeux lo hubiera hecho sin pestañear. El amor me había convertido en un potencial asesino anti-gaullista...

—Y en un actor de hecho... Porque, si no me equivoco, tenías un montón de rivales, y cuando eso ocurre uno tiene que hacer muchas cosas raras para demostrar que es el mejor. Recuerdo que te peleaste con un árabe, que no llegó a ponerte los cuernos, ¿pero luego la mocosa no se fugó con alguien mucho mayor que ella?

—No, hombre, no se fugó con nadie. Pero cambiemos de tema, Héctor, porque me está cansando mucho recordar todo esto... Es como parirlo de nuevo, sin previo aviso y sin ir al hospital –dijo él y, tragando saliva, recordó la última vez que vio a Magalí, a finales del sesenta y nueve o comienzos del setenta. Por aquellos días todavía era posible oír la melindrosa voz de Mary Hopkins cantando en los bares o en metro «*Those Were the Days*», Magalí empezaba a simpatizar con la no-violencia y decía que quería irse a un sitio cerca de Montpellier, ¿la Borie Noble se llamaba?... Allí, entre las brumas de una montaña boscosa, una mujer la esperaba, una guía espiritual. Por su parte, Étienne se había ido a estudiar a Alemania, desde donde le escribió a él tres o cuatro veces. Luego, el amigo de un amigo del primo de alguien le contó que Magalí y su amiga, la Guía, se habían ido a vivir juntas, pero él pensó que debía confundirse con otra que tenía el mismo nombre, porque no, no era posible que se tratase de Magalí, a él le constaba que ella no era así, ¡vaya si le constaba!...

VIII

«*Tu peux pas comprendre*», se quejó Étienne finalmente esa tarde de invierno, de forma misteriosa, y por primera vez él tuvo la impresión de hallarse frente a alguien que en realidad no conocía. Hasta ese momento se había limitado a dejar que el otro le ayudara, ¿no había llegado el momento de iniciar un intercambio más equitativo? Con gesto titubeante le preguntó al francés si era que sus estudios de derecho no le interesaban, y fue entonces cuando, en vez de responder, Étienne lo miró con perplejidad, se puso de pie, cogió el tratado de derecho romano y, ante su asombro, lo arrojó violentamente al suelo... El ruido del libraco al chocar contra el parquet resonó como una explosión dentro de la mansarda, y aunque era muy improbable que alguien pudiera subir desde abajo a inspeccionar, por si las moscas Étienne se dio prisa en correr el pestillo.

—Tú has podido elegir tu camino, por eso eres un hombre con suerte... –le oyó decir luego, con un marcado tono de reproche, mientras él se inclinaba para brindarle al libro los primeros auxilios.

Sí, aunque en todo aquello había mucho de teatral, lo que estaba claro es que ese día Étienne había decidido probar un nuevo registro; y, en cuanto a él, ¿no debía poner ya toda la carne en el asador, si era un verdadero amigo, dejando de comportarse como uno que se reserva para mejor ocasión?...

—¿Qué yo he podido elegir mi camino? *Ne me fait pas pleurer, mon cocon...* –recogiendo el grueso volumen él se ejercitó en el argot de *l'école polytèchnique*, que hacía poco alguien le había explicado, y cuando se disponía a devolverlo a su lugar su mirada tropezó con un folleto titulado *L'élevage du cochon*, en cuya tapa, junto a un cerdo enorme y rosado, posaba un sonriente granjero saludable como un bebé–. ¿O es que crees que vine a Francia para dedicarme a eso?... –añadió, indicando con un gesto de desdén la publicación–.

Pues aquí me tienes traduciendo con tu ayuda esas marranadas al español... ¡Y tendré suerte si les gusta mi trabajo y no me lo quitan!

—No, no viniste para dedicarte a eso... —reconoció Étienne, pero con voz firme le reprochó que aún ignorara que la verdadera marranada era la universidad, y en especial la francesa. Pues todo aquello pasaba sin duda porque las gentes como él, las gentes del tercer mundo, tenían a Francia en un altar, mientras era allá donde ocurrían las cosas nuevas e importantes. Él no era nada, no era ni maoísta ni trotskista, y mucho menos un facha —tanto que estuvo a punto de agredir a un ultraderechista el seis de mayo—, pero quería entender ciertas cosas... Por ejemplo: ¿por qué se había marchado Pierre Goldman con los guerrilleros de Venezuela? ¿No sería porque no había nada que hacer en París, donde los chicos solo querían divertirse? ¡Por eso, y por muchas otras cosas, no entendía que la gente de Sudamérica viniera a Francia a estudiar... ¿A estudiar qué? ¡Pero si sitios como el Instituto de Altos Estudios eran una auténtica mierda! ¿Tres o cuatro grandes figuras podían servir de justificación a todo un sistema pedagógico disparatado?...

—Por eso *La cría del cerdo, du sieur Jean Marie Douillon* —concluyó Étienne, agarrando el folleto y agitándolo de forma beligerante en el aire— no es menos digno que los tratados de Duverger o de Turaine. Y hasta es posible que lo que aprendas en él te sirva más en la vida...

—Sobre todo cuando en mi país me dedique a la cría del marrano... —se atrevió a decir él con sarcasmo.

—O cuando, más probable aún, te conviertas en un marrano como el que seré, como el que mi padre quiere que sea... —dijo el francés, sacando de un cajón de su escritorio una petaca de la que bebió un trago antes de ofrecérsela a su amigo—. Un cerdo gordo, padre de seis cerditos Hortefeux... —continuó, con ardor, y, cogiendo el ejemplar de *L'élevage du cochon*, eligió al azar una página para leer en voz alta—: fíjate por ejemplo... «Los periodos de celo son dos a lo largo del año, y los meses de abril y mayo los preferidos por los ganaderos...» ¿Lo ves?

—¿Qué?

—¡Que a mí también me ocurre eso en el mes de mayo! Es cuando más ganas tengo... –dijo–. De donde se deduce que a lo mejor desde hace tiempo ya soy un auténtico cerdo...

—Y yo también –propuso él, cogiendo al vuelo la idea y vislumbrando la posibilidad de una alegre cofradía–. Solo que a mí me pasa a comienzos de junio...

—*Alors, tu n'est pas un cochon comme il faut!*... –denunció Étienne con gesto amenazante–. ¿Vamos a tener que reeducarte?... ¿O prefieres hacer tu autocrítica?

—¡Pero si hablas como un mamerto! –se sorprendió él–. ¿Es que eres comunista, camarada?

—¿Yo, comunista? ¡Oh, no, ya tengo bastante con ser universitario! –se defendió Étienne, bebiendo un sorbo de su petaca antes de devolvérsela al otro.

—Lo mismo digo –coreó este, aceptando la invitación–. Brindemos pues por los cerdos: *gaudeamus igitur, sordidus dum sumus!*...

Fue como una liberación: de pronto, sin saber cómo, los dos se encontraron en cuatro patas, hozando, gruñendo y despotricando contra el sistema universitario, dispuestos a hacer todas las marranadas posibles: grui, grui, gruui... Dando vueltas por la habitación, tan pronto eran dos cerdos cachondos en busca de hembra como simplemente dos gorrinos muertos de hambre, así hasta que al final, diciendo grrui, gruii, grrui, se dejaron caer sobre la alfombra roja, exhaustos.

Entonces, tumbados en el suelo, se sintieron con ganas de filosofar.

—El maldito mes de mayo es importante para todo el mundo... –farfulló Étienne–. Escritores, cerdos y, cómo no, estudiantes rebeldes...

—Además, creo que Dios creó el mundo la primera semana de mayo –propuso él.

—Y yo que Luzbel se rebeló contra él en la segunda...

—Cierto: debe ser por eso que el mes de mayo es el mes del celo de los animales, el mes de la Virgen María, pero también el mes de los almendros en flor, y, sobre todo, de «*les aubepines blanches*» de Marcel Proust...

—*Ta gueule! Tu m'enmerdes déjà avec ton Proust?*... Estoy harto de oírte hablar de ese tipo –protestó Étienne, revolviéndose de súbito–. En mi opinión, no era lo suficientemente cerdo...

—¿Que no era suficientemente cerdo? ¡Era más cerdo que nosotros dos juntos!

—Bah. ¿Ese pisaverde, con su magdalena? ¡Imposible!...

Y así, continuaron perorando y discutiendo, que era lo que en realidad querían hacer ese día, en vez de dedicarse a traducir *L'élevage du cochon* (y saber que, en el cuchitril donde vivía, en la rue Raymond Losserand, esperaban otros dos folletos por traducir, *L'élevage du lapin* y *L'élevage du poulet*, que debía tener a punto antes de un mes), pero no habían pasado cinco minutos cuando, al descubrirse reflejado en el espejo junto a su amigo, sintió que lo invadía una especie de enternecimiento... ¡Qué tipos más estupendos los que se veían allí, en esa especie de cuadro al natural! El histriónico francés con chiverita y el sudamericano melenudo e introspectivo, los dos mal afeitados, solo que el uno con un desmañado y por momentos crapuloso estilo de estudiante parisiense y el otro más bien tirando a apache sudamericano... «Linda pareja», pensó, cuando Étienne le pasó la petaca para que apurara un trago más, si es que todavía quedaba algo, y le contó una historia, *genre histoire vrai*, la de un estudiante francés que estaba en tratamiento psiquiátrico y se curó de forma instantánea durante las jornadas de mayo...

—Yo puedo contarte una mejor –dijo él, decidido a superar a su amigo–. La de un compatriota que cayó en pleno mayo de las nubes...

—¿De las nubes?... –picó Étienne, intrigado.

—De las nubes de Oriente, pues el señor en cuestión era uno de esos tipos con vocación mística que no quiere saber nada de Hegel...

—A ver, cuenta, cuenta... –dijo Étienne, en cuyos ojos él leyó que era un buen momento para lucir ante su amigo sus dotes de narrador, de modo que no reparó en medios sobre el «señor en cuestión», quien a su vuelta de la India, donde había aprendido el arte de la meditación trascendental y la no-violencia de los mejores gurús, con algunos de los cuales llegó incluso a vivir, tuvo la ocurrencia de pasar por Rouen para darle una sorpresa a su viejo amigo. Como en aquella ciudad se enteró de que este se había ido hacía una semana a París, decidió aventurarse hasta la capital, en la que no había estado todavía; allí investigó durante varios días hasta que contactó con otro sudamericano que le dio el nombre de un francés que era amigo de su amigo... A su vez, el francés le dio un teléfono al que llamó inmediatamente: y allí, al otro lado del hilo, la tarde de un sábado escuchó al fin a su viejo compadre, quien lanzó un grito de alegría y lo citó sin más para el viernes ocho de mayo, a las siete, en un bar de Montparnasse, junto al metro Duroc... «Que está en el septième arrondissement», observó Étienne, por lo que pudiera ocurrir. «Sí, sí, pero eso no es lo importante, espera...», lo llamó al orden él, deseoso de no malgastarse en detalles, por más sugerentes que fueran, y explicó que el día indicado el «señor en cuestión» tomó el metro a las cuatro en Strasbourg Saint Denis y se cambió en Opera para llegar a Invalides, como decía la canción de Serge Gainsbourg, ¿sería su recuerdo lo que lo distrajo? El hecho fue que, en Invalides, en vez de coger dirección Chatillon para bajar en Duroc, eligió el metro con dirección Creteil, de lo que solo se percató cuando llegó otra vez a l'Opera. Al descubrir el error se bajó de un salto, corrió por los pasillos y, en su aturdimiento, decidió volver por otro camino para recuperar el tiempo perdido... Pero fue mucho peor: era ya la hora de la cita cuando se descubrió en Denfert Rocherau. ¿Cómo lo guió el destino hasta allí, precisamente a esa hora? Agobiado, desalentado y también exasperado, decidió salir... Allá lejos su amigo esperaba. Y, allí, donde él había ido a parar, ocurría algo muy raro, que desbordaba todas sus previsiones, lo supo por el ruido de altavoces y el murmullo sordo y compacto de una multitud que, como una cálida vaharada, entraba por la boca del metro. Moviéndose con dificultad por entre la gente que entraba o salía de la estación logró remontar la escalera hasta el final, y miró: ahí enfrente un enorme león de bronce era como un monstruo amistoso entre los muchachos que, subidos sobre él, se agarraban a su cuello y, con sus altavoces, dirigían consignas a la multitud. De una forma vaga pero incisiva pensó que lo que veía era algo bien digno de verse, y una especie de sorda excitación ante la masa de chicos y chicas, aunque también había gente de más edad, se apoderó de él, haciéndose patente en las ganas de expresarse, y se expresó... Preguntó en español qué pasaba, y una voz joven le respondió con buen acento de París: «*c'est la revolución, mon gars...*». Luego, moviéndose con más confianza entre los muchachos, intentó entender lo que gritaban. Antes de que lo lograra, una consigna se expandió entre los manifestantes: «*Au quartier latin, au quartier latin!*», y al poco empezaron a correr. Sin saber cómo el «señor en cuestión», al que ya no le importaba alejarse cada vez del sitio donde lo esperaba su amigo, empezó también a gritar «*Au quartier latin*» y, absorbido por la corriente de estudiantes, terminó corriendo por las calles como uno más entre ellos. Luego, no supo cuánto tiempo después, alguien que iba a su lado le gritó a otro la hora: las siete menos veinte. Pero el largo trote por Denfert Rocherau-l'Observatoire no lo fatigó, no, sino que muy por el contrario lo exaltó, y al divisar el gentío que esperaba ya avanzado Saint Michel le pareció incluso que entendía mucho mejor lo que los chicos gritaban en francés. Era pues ya uno más, de modo que cuando vio que empezaron a desmontar el empedrado, no pudo resistirse. Toda la India y la enseñanza de la no-violencia volaron por los aires cuando cogió el primer adoquín y lo lanzó contra la pequeña figura que, parapetada tras un auto incendiado, disparaba gases lacrimógenos con una especie de trabuco. E incluso lamentó que el adoquín hubiese caído a dos metros de él, ah, maldita puntería...

—¡Maldita puntería!... –celebró Étienne, riendo y rascándose la barriga por debajo de la camisa.

—Al día siguiente, el señor en cuestión –remató entonces el narrador–, estaba entre las filas de los estudiantes violentos, en una de las fotos publicada por la prensa de París. Una semana después fue expulsado de Francia...

Concluida la historia, Étienne suspiró, echó mano de una de sus pipas y, a la primera bocanada, mencionó el caso de Fabricio del Dongo, que estuvo en la batalla de Waterloo sin saberlo...

—Es lo que pasa por no leer los periódicos... –aseguró.

—Por eso me paro siempre en los quioscos para leer al menos los titulares y saber en qué batalla estoy... –apoyo él; luego, con aire contrito, confesó que su mayor frustración había sido no tanto llegar de manera disparatada a París, como haberse perdido el mayo francés. Le hubiera gustado tanto participar en la revuelta, así no fuese más que cayendo por sorpresa en una manifestación, como *le monsieur susnommé...*–. Es mi maldición: llegar tarde a todo, *merde...* Y casi siempre por unos minutos –concluyó en clave de jeremiada.

Fue en ese momento cuando Étienne, que había escuchado sus últimas palabras con suma atención, le dio varios golpecitos en la espalda, diciéndole:

—*Allez, allez, mon gars... Allez...*

—*Allez?* ¿Qué pasa?...

En vez de responder, Étienne se levantó, dejó al lado su pipa y con gesto firme, de hombre curtido, dijo:

—Creo que todo eso tiene aún solución...

—¿Solución? ¿Cómo?...

—*Allez*, vamos a cerrar el círculo... *On va faire le tour de mai...* Con sorpresa lo vio avanzar hacia el armario de la derecha, grande y sólido, de aspecto abacial, y abrirlo con una llavecita redondeada atada a una cinta verde. En la parte interior de una de sus puertas colgaban varias corbatas y bufandas, las únicas prendas que contenía, en la otra había un mapa de París pegado con chinchetas. Las cinco estanterías estaban llenas de discos las dos de abajo, y de casetes escrupulosamente ordenadas las tres de arriba, las que más llamaban la atención... «Es mi archivo sonoro», dijo Étienne, sonriente y orgulloso... En él estaba comprendido casi todo el mes mayo, explicó, manifestación tras manifestación, en grabaciones propias o copiadas de los distintos medios audiovisuales. Allí había no solo sonidos políticos, sino también sonidos catárticos, sonidos exultantes, sonidos de consternación e indignación, y un apartado de sonidos sexuales... «¿sonidos sexuales?» preguntó intrigado él, pero Étienne se limitó a explicar, orgulloso de su archivo: «imagina que alguien hubiera grabado la revolución francesa. Los discursos de Dantón y Robespierre, y los espasmos de Charlotte Corday... Pues yo tengo ya casi todos los discursos de Cohn-Bendit, la conversación con Sartre y algunas cosas más. Algún día los historiadores lo habrán desfigurado todo y esto será lo único verídico, lo único que se mantendrá en pie», precisó, con un deje de solemnidad, cuando él se acercó a mirar. Finalmente, de la estantería que tenía a la altura de los ojos seleccionó un casete, leyó en voz alta la etiqueta «Viernes diez de mayo, a las siete de la tarde».

—Ese día, todos estábamos allí... –dijo, graduando el volumen del aparato–. *Alors, tu l'écouterais là, le susnommé...*

—Sí, lo intentaré... –dijo casi sin pensar, y, sumido en un silencio reverente, escuchó... Primero fue un murmullo denso y retumbante, con el sonido hueco de los altavoces al fondo. «Esos son los estudiantes que se subieron a la estatua del León de Belfort», dijo

Étienne, volviéndose hacia el mapa de París y poniendo su dedo sobre la Place Denfert Rocherau. Luego, conforme iban escuchando, le fue señalando en él los sitios a los que correspondían cada cinta: la número cinco a la misma place, el viernes diez, por la tarde. A las seis de la tarde había ya treinta mil manifestantes que lanzaban proclamas y soflamas a través de los altavoces, mientras el público gritaba y aplaudía. Cinta número seis: se expande la contraseña de ocupar el Barrio Latino. Cogidos de la mano, coreando las consignas (abajo el gobierno gaullista-provocación, provocación, de Gaulle al paredón) los estudiantes enfilan la avenida Denfert Rocherau. Cinta número siete: el desfile continúa a lo largo de la avenida hasta el cruce con Port Royal, donde queda interrumpido el tráfico, y nuevos grupos se añaden, de modo que al llegar al boulevard Saint Michel el desfile es ya una compacta y electrizada masa humana. Cinta número ocho: a la altura del parque de Luxembourg los estudiantes invaden la rue Gay Lussac y empiezan a preparar las barricadas. Llegada la noche, los coches de la policía hacen oír sus sirenas, y, con el inicio de las negociaciones, a las nueve y cuarto, comienza a prepararse la barricada en la rue Le Goff. Cinta número nueve: a las doce y cuarto una delegación de estudiantes es recibida por el rector. A las dos y cuarto de la madrugada las negociaciones ya han fracasado, según lo anuncia el propio vicerrector... Las cintas número diez, once y doce recogían la batalla de cuatro horas que se desarrolló después en el Barrio Latino: sirenas, gritos, ruidos de barras desmontando el empedrado, impacto de adoquines, sirenas, gases lacrimógenos... En la última casete, alguien anunciaba por el altavoz que los heridos eran sacados de la Sorbonne. Finalmente, la voz de una mujer, joven sin duda, una voz luminosa, ¿una estudiante?, decía: «*Étienne, prend l'autre cassette*. Esta es la cinta número ocho»...

Y aunque él lo interrogó con la mirada, el Étienne real, el que estaba a su lado, y parecía orgulloso de su gran archivo, se limitó todo el tiempo a guardar silencio.

72

Cuando esa noche abandonó el cuarto de Étienne llevaba en la cabeza las voces, los ruidos, las proclamas, las sirenas y las explosiones, en un amasijo sonoro que, alimentándose de sí mismo, se disolvía en un murmullo sordo y estentóreo. Mayo del sesenta y ocho en sonidos (Étienne había grabado según él el ochenta por ciento de lo ocurrido), condensado para la historia en varias decenas de casetes, suavizado todo, como en una especie de coreografía, por aquella enigmática voz de muchacha.

¿Quién era?... ¿Por qué Étienne no se lo dijo? ¿Y por qué tuvo él miedo de preguntárselo?

Todavía bajo el hechizo sonoro de las cintas, antes de dormirse pensó una última vez en su amigo: hacía solo un mes que lo conocía, ¿pero no parecía que hiciese mucho más tiempo? El primer francés con el que había entrado en contacto, ¡quién lo hubiera creído! En ese sentido, no se podía negar que había tenido suerte: lo supo ya desde la tarde en que lo rescató de la Tour Eiffel y lo paseó por una parte de la ciudad en su «dos caballos» en busca de madame de Grégoire, quien, por cierto, a juzgar por las preguntas que le hizo luego Étienne, le produjo a este una gran impresión. Lamentablemente, en ese momento él mismo sabía muy poco de ella: por eso ni siquiera pudo explicarle al francesito cómo era posible que esa señora colombiana de aspecto amable y mirada vivaz e intuitiva fuese la viuda de un venerable sabio de la Sorbonne. ¿Había viajado este a dar una conferencia en Bogotá, donde tal vez la conoció? ¿Y había tenido monsieur de Grégoire, en vida, simpatía por los movimientos del tercer mundo? ¡Y sobre todo ese modesto piso de la rue Vulpien, cuando lo que le correspondía a una viuda como ella era la avenue Klebert o el Marais! El hecho es que, bien porque lo que vio aquel día despertó su curiosidad, bien porque él mismo le cayó en gracia, desde un comienzo Étienne se mostró dispuesto a prestarle su ayuda, y durante dos o tres días las cosas discurrieron entre ellos de acuerdo con un previsible y aséptico esquema: generoso joven francés ayuda a despistado joven latinoamericano, despistado joven latinoamericano se muestra educado y agradecido. Pero este amable pacto, en el que un hielo benigno separaba las dos partes al mismo tiempo que las unía, saltó por los aires cuando, ese mismo fin de semana, Étienne se empeñó en llevarlo en su vehículo a los principales restaurantes universitarios, y a enseñarle incluso cómo colarse en algunos, aunque, para sorpresa de su voluntarioso cicerone, resultó que nada le gustaba a él más que esos sitios de comida rápida donde por poco dinero se podía tomar una ración de pollo con papa frita. De cualquier modo se lo agradeció de corazón, y, en recompensa, se atrevió a pedirle al francés que le dijera qué libros quería leer o necesitaba, él se los pondría en la mano en un abrir y cerrar de ojos. Muy sorprendido y exaltado Étienne le dijo que no, que no podía aceptarlo, pero él insistió hasta que su amigo no pudo menos que ceder... Incluso lo acompañó a Presses Universitaires, a la salida de la Sorbonne, donde, a modo de ejemplo, «gestionó» un par de libros más o menos elegidos al azar que por desgracia entusiasmaron poco a Étienne. Después de eso, se dedicó a reprenderlo y escarnecerlo: ¿cómo era que a un francés, descendiente de Marat y de Robespierre, y que había participado junto a Cohn-Bendit en la revuelta de mayo del sesenta y ocho, nunca se le había ocurrido robar un libro? ¿No era una incongruencia haber aprendido a arrancar los adoquines de París, una ciudad ungida por la rebelión, y no haber descubierto aún que la cultura era de todos y debía ser nacionalizada? ¡Pues arrancar adoquines y nacionalizar libros eran las dos caras de una misma moneda! Con una sonrisa titubeante en los labios, corroído por una secreta felicidad, que alcanzaba a manifestarse en el brillo huidizo de sus pupilas, el francés escuchaba la reprimenda en silencio y lo miraba entre curioso y respetuoso mientras él sentía la ebriedad de pervertir a otro, de llevarlo por el mal camino, con el aliciente de que eso ocurría nada ménos que en París. «¿Y si te cogen que será de ti, te mandarán de regreso a Colombia, como al señor X», decía Étienne, riendo, y él respondía: «No te preocupes, no ocurrirá». En cuanto a los escrúpulos morales, se curó en salud exponiendo ante su pazguato amigo sus tres mejores argumentos: uno, la cultura es un bien colectivo y, a veces, las bibliotecas públicas son insuficientes; dos, las grandes librerías tienen previsto en sus presupuestos las pérdidas por robo; tres, mientras hay algunas donde es indecente robar, por lo fácil que resulta, y por su nula actividad punitiva −y el ejemplo en París era Maspero−, hay otras donde es casi un desafío, por su actitud amenazante y fascista. Por eso, lo más honrado era «nacionalizar» la cultura en los sitios más peligrosos, donde había vigilantes entrenados en pegar a los ladrones, vigilantes que te seguían por la calle, te abordaban y te llevaban a un cuarto aparte, donde te requisaban los libros, te abrían una ficha policial y, si te negabas a mostrar los papeles, te daban una golpiza. «¿Pero eso ocurre realmente en París?», decía Étienne escandalizado. «Sí, eso ocurre aquí», decía él, señalando hacia el suelo enfáticamente con el índice, y mencionó el nombre de una librería de la Place Saint Michel, a tres cuadras de donde estaban: «¿Quieres venir?». «¿Ahora mismo», farfulló Étienne, sin ocultar su excitación, que acaso no era más que un simple y jubiloso aturdimiento. Sin embargo, ya dentro de la librería, fue el mejor alumno de su maestro, que llevó todo el tiempo la iniciativa, calculando la distracción de las dependientas, la soledad de los rincones y la complicidad de las esquinas, y, sobre todo, el momento en que tres libros abandonaron casi por propia iniciativa el anaquel y, como polluelos ávidos de calor humano, fueron a refugiarse en sus sobacos. En cambio, fue él mismo Étienne quien, al salir del establecimiento, se percató de que un tipo con gabardina los seguía... Primero aceleraron el paso pero, al girar la esquina, corrieron: cuando atravesaron el puente Saint Michel iban veloces como galgos; tanto, que pasaron rozando junto a un sombrero de mujer, apolillado pero amenazante, el de una anciana puntiaguda y curvada como un sable a la que estuvieron a punto de tirar al suelo y que respondió a las disculpas de Étienne retándolo con su bastón.

Cuando llegaron al quai des Orfèvres reían como chiquillos. Bajaron al muelle y buscaron un banco vacío, en el cual se dejaron caer para mirar el botín. Consternación: en sus prisas, había cogido las *Confesiones* de San Agustín, cuando las que le había recomendado Étienne eran las de Rousseau...

—Da igual –comentó Étienne, que estaba encantado con la aventura–. Leeré a San Agustín en tu honor...

—¡También él fue en su juventud un gran puerco!

—*Lui un grand cochon?... Mais c'est vrai?*

—*Oui, oui, c'est vrai...*

Dos días después, la llama de la complicidad delictiva que los unía pareció definitivamente consolidada cuando Étienne se manifestó entusiasmado con la lectura de San Agustín que, por su carga moral y afectiva, le pareció justo lo que necesitaba para contrapesar la lectura del *Le parti pris des choses,* de Francis Ponge... El poeta de los objetos era una de las pasiones de Étienne, cuya curiosidad hacia él se había trocado en pasión el día que supo que era un renegado de la abogacía. «¿Sabías que cada vez que tenía que hacer el examen oral perdía la memoria? *Moi, je l'aime bien.*» Incluso se había puesto a escribir poemas «*dans son genre*»: por supuesto, poemas en prosa de los que había sido desterrada la emoción... En ese sentido, creía que había alcanzado un buen nivel de objetividad; habló tanto de sus propios poemas Étienne que por pura empatía él le pidió que le leyera uno, y el muchacho no se hizo de rogar. De hecho, era lo que estaba esperando; sacó un cuaderno de su escritorio y leyó...

Era la historia de una araña pequeña, tan pequeña que apenas si se veía. ¿Cómo podía una criatura tan insignificante tener una individualidad propia, de araña, y no ser como un grano de arena en el desierto? No, ella tenía su carácter y vivía en su mundo casi invisible, descolgándose por su hilo, viajando de patio en patio impulsada por la brisa, hasta que un mal cálculo la llevó, a través de una ventana, al interior de una casa. Allí, tras migrar por las paredes de cuadro en cuadro, descubriendo cuán temible era para un ser tan pequeño el plumero de la criada, terminó en la tapa de un escritorio. Una masa enorme se movía allá en las alturas. De pronto, sintió que un gran círculo, como un planeta, descendía sobre ella: una lupa. Y, a través de la lupa, vio el ojo enorme de un tipo más grande aún que la observaba: era el poeta, agigantado como un Dios. Étienne, muy satisfecho, se quedó mirándolo en espera de una opinión... «Muy interesante», dijo él, «muy interesante: se ve que te atraen las criaturas pequeñas, de tan pequeñas casi invisibles... ¿Pero estás seguro de que quieres ser poeta?» Étienne respondió que aún no lo sabía. Solo tenía claro lo que no quería ser: abogado... «Pues si te gustan las criaturas pequeñas que viven al otro lado, hazte investigador... En tu poema, he visto al científico antes que al literato...» Étienne lo miró pensativo, frunció el ceño... «Gracias», dijo, «eres un tipo respetuoso, no te has reído de mí. Y has acertado en algo: yo necesito ver el mundo a través de algo.»

Pasaron los días. La primavera comenzaba ya y atrás había quedado la cría del cerdo; con la llegada del buen tiempo, París había empezado a llenarse de turistas, y él se hallaba en lo más intenso de la cría del conejo, pero ahora sus dificultades como traductor eran menores. De joven, en una etapa superior y más evolucionada de su interés por los animales, se había ocupado en casa de sus tías de los turpiales y los conejos... De los primeros había aprendido que se los podía domesticar, como era el caso de aquel que erizaba las plumas y cantaba cada vez que la tía Odette le daba la nota o le acercaba una bolsa de papel llena de grillos saltarines, de los segundos que eran unos animales tan tozudos como curiosos, con los cuales uno podía llegar incluso a encariñarse. ¡Y cómo se reproducían! ¿Sabía Étienne que antiguamente España estaba llena de conejos?... ¿Y que el nombre de ese desconcertante país significaba en fenicio «tierra de conejos»? Pero en el siglo XIII no era preciso ir a España para cazar conejos: había conejos en París, en el mismo parque de Luxemburgo.

—No existía el parque de Luxemburgo antes del siglo XVII... –dijo Étienne, y miró a su amigo con aire pícaro, como si acabase de cogerlo in fraganti.

—Claro que no –dijo él, que se consideraba un hombre de recursos–. Como tampoco había playas debajo de los adoquines de París el pasado mes de mayo...

Étienne encajó el golpe con una especie de espasmo risueño, y un gesto despectivo de la mano, pero luego miró a hurtadillas a su amigo con aire de respeto.

—En realidad, para poder sobrevivir, deberíamos creer que aún hay conejos en el parque de Luxemburgo... –corrigió luego–. ¿Vamos esta tarde a comprobarlo? *Moi, je garde encore mon fusil à air comprimé...*

—¿Con una escopeta de viento? ¡Por favor!... –se oyó decir él, asustadizo, y adujo que se trataba de una actividad peligrosa para un extranjero que aún no tenía tarjeta de residencia–. No quiero que me echen de Francia, *mon cocon...*

—*Alors, contre le spleen de Paris qui nous reste?* Contra el *spleen* de París solo nos queda mi archivo... –anunció Étienne, y ante la idea de escuchar de nuevo los sonidos del mayo francés a él le palpitó el corazón.

Fue así como esa misma tarde no fueron a cazar conejos al parque de Luxembourg, sino a escuchar voces en la mansarda de Étienne, donde nada más llegar él se sentó en el suelo frente al armario de aspecto monacal... ¿Esperaba tal vez que Étienne comenzara esa vez por los sonidos sexuales? No se atrevió a comentarlo, aunque no obstante lo pensaba. Con paciencia escuchó toda la secuencia de la rue Gay-Lussac, el doce de mayo, y luego otra de la Place de la République, el trece de ese mismo mes a las seis de la tarde... Luego, la voz de Alain Krivine el diez de mayo, en la Place Edmond Rostand, y la de Cohn-Bendit el diecinueve, en el Odeon, junto a la de un viejo, que hablaba como el cuervo de Poe: Jean-Paul Sartre... Cuando supo de quién se trataba, lanzó una exclamación de sorpresa; luego le preguntó:

—¿La grabaste tú mismo?

—Sí, yo y mi ayudante...

—¿Fue allí donde habló del campo de lo posible?

—Sí, fue la última frase...

Para demostrárselo, Étienne hizo avanzar la cinta hasta el sitio indicado, pero justo entonces volvió a oírse una voz femenina, que hacía una pregunta a Étienne, el cual le respondía llamándola Magalí...

—¿Magalí? *C'est comme ça que s'appelle ta copine?*... –celebró él, casi alegre.

—*Ma copine?* Ah, sí, mi amiga... –se sorprendió Étienne y, envolviendo en una juguetona, maliciosa mirada a su camarada, completó–: ¡pero sobre todo mi hermana!

IX

—Pero ya hemos hablado mucho de mis cosas, ahora háblame de las tuyas. Siempre pensé que para ti las mujeres nunca serían demasiado importantes...

—Ah, si supieras cuánta razón tienes, Rolando –dijo Ugliano, con un tono entre burlón y lastimero–. ¿Quieres oír la queja de uno que se quedó para vestir santos? Y todo por ser incapaz de seducir a una mujer o, mejor, por no encontrarla ya seducida...

—¿Ya seducida? ¿Cómo así, hombre, cómo así?...

Ugliano lo miró con sorpresa y, antes de responder, se atusó los bigotes, que parecieron pavonearse en su cara rosada, orgullosos y autosuficientes.

—Mira... –dijo al fin–. Yo pienso que seducir a una mujer es como curar una pipa, y la verdad es que no tengo paciencia para eso. ¿Por qué no pueden existir lugares apropiados donde uno encuentre a las mujeres ya seducidas?

—¿Sin pagar una tarifa?

—Sin pagar una tarifa. Aunque, carajo, yo estaría incluso dispuesto a pagar un impuesto...

—¿Un impuesto de seducción?...

—Exactamente... –al hablar Ugliano sacó pecho, risueño e histriónico–. Un impuesto de seducción para que los tipos como yo, que son incapaces de seducir a una mujer, tengan la media naranja que según Platón les corresponde... –precisó, miró a su interlocutor con aire digno, y lo exhortó–: pero no me malinterpretes, Rolo Dupuy: yo lo único que quiero es llamar a las cosas por su nombre: al pan pan y al vino vino. Así que no me mires con esos aires de superioridad, como si yo fuera un monstruo, cuando en realidad soy un pobre gusanito muy desgraciado.

—¡Un gusanito muy desgraciado!...

«¿Lo ves, Solange?...», volvió él a hablar en silencio con su querida amiga invisible. «Este gusanito tan desgraciado es en realidad un cínico, con sus bigotes de cangrejo, y con su impuesto de seducción, y yo no quiero que un tipo como él vuelva a mencionarte, si no lo hace con el debido respeto y consideración.»

—No sabes lo que siento cuando alguien me muestra una foto tan preciosa como la que tú acabas de enseñarme –escuchó que decía en ese momento Ugliano, en un tono que de pronto pareció volverse respetuoso y sincero–. Las fotos son importantísimas en la vida de la gente, lo dice un hombre que no puede enseñar la foto de su mujer, su hijo o su gato, pues ni siquiera tiene gato...

—Te regalaré uno... ¿Cómo lo quieres: seducido o sin seducir?

—No te hagas el chistoso —rio Ugliano, espantando una mosca invisible con la mano—. Pero si quieres que te responda, te diré que ni una cosa ni la otra. Pues en realidad quiero que mi gato sea invisible, invisible como el gato de Cheshire, o mejor, como lo hubiera sido ese famoso gato a no ser por su risa, su satánica e hipócrita risa —divagó, y razonó su elección—: Rolando, detesto los gatos, ¡ufff, hay que ver cómo se ponen cuando están en celo!

—Sí, van todo el tiempo en busca de gata...

—Pero antes de que me sueltes alguna de tus puyas prefiero volver a lo que estábamos hablando... —el hombre de los bigotes lo interrumpió, cerrando el paréntesis abierto con sus protestas y jeremiadas—: ¿Sabes que la última vez que vi al Jíbaro se me dejó venir con la teoría de que mi desgracia era ser hijo único, porque los hijos únicos están condenados a no despegarse de la madre? ¿Y que por suerte él había tenido un hermano pequeño, que había orientado sus fantasías por un camino distinto?

—Héctor, ahora soy yo el que se espanta de que hables de forma tan descarnada de un amigo ausente... —se oyó entonces objetar él, sin ocultar su aflicción, y su mirada se dirigió hacia la entrada del bistró, donde, melancólica y huidiza, se fundió en el tránsito de un alborotado grupo de jóvenes.

—¿Un ausente? Vaya eufemismo. Di más bien un muerto, un muerto sumamente avispado... —masculló más que dijo Ugliano, gesticulando, sin renunciar a su actitud irrespetuosa—. ¡Pues cómo nos enredaba siempre a todos, cómo se salía siempre con la suya! Por cierto, me acuerdo de una vez en que la Boquineta, ¿te acuerdas de la Boquineta?...

—Claro que me acuerdo de ella. ¿Cómo no iba a acordarme?

—Pues imagínate que un día en que tú no estabas el Jíbaro nos emborrachó y me dejó solo con su muchacha problemática... ¿y a que no adivinas lo primero que me preguntó?...

—¿Qué te preguntó?

Mirándolo de nuevo de hito en hito, Ugliano esperó un momento antes de responder:

—Que si yo también era un perverso polimorfo, como nuestro amigo... ¿Qué te parece?

—Increíble... ¿Y tú qué le respondiste?

—Pues que sí, claro. ¿Quién más polimorfo que yo?

«Una respuesta digna de un tonto, mejor dicho, de un cabrón...», pensó. Aparte de que era ridícula, casi monstruosa, esa imagen de Ugliano, el mono Ugliano, intentando equipararse con el Jíbaro. «Lo que ella debió reírse de ti, pendejo», se recreó, «lo que ella debió disfrutar, evitando preguntarte lo que tú esperabas que te preguntara...»

Luego, satisfecho, se distrajo pensando que en efecto era la época en que más proliferaron los términos freudianos. Los había tan provocadores como «perverso polimorfo» y «erotismo anal», y tan arduos como «fijación anal» o «neurosis obsesiva». En medio de ellos, iluminador, un texto clave de Freud: «Carácter y erotismo anal». De él había partido Norman Brown y el mismo Zubiela en su trabajo sobre Marx y Freud, ¿quién podía olvidarlo? En cuanto al Superyó y al Yo ideal, no se sabía muy bien dónde terminaba el uno y comenzaba el otro, y no era exagerado dudar en serio de si era posible vivir sin tener en cuenta la diferencia entre los dos. En otro orden de cosas, el de las relaciones de los líderes con sus seguidores y acólitos, ¿cómo no tener presente los conceptos de transferencia y contra-transferencia?... Y, cuando se entraba en el orden de la sexualidad femenina, ¿qué decir de los conceptos de sadismo y masoquismo? ¿Y del extraño hechizo que, sobre hombres y mujeres, ejercía la palabra «perversión»? Sin embargo, el día en que el Jíbaro explicó que la mujer era fundamentalmente masoquista casi hubo un motín entre las muchachas, que él sofocó, mareando la perdiz, gracias a los conceptos de masoquismo primario y secundario. El problema era que aquel estaba ligado a su vez al instinto de muerte, y aquí la cosa se complicaba, pues había una primera y una segunda teoría de los instintos, y debía alegrarse de que no hubiese habido una tercera, porque esa parte de la teoría psicoanalítica nunca había logrado convencerlo del todo, ¿y no era ella misma la prueba de que al propio Freud lo corroían las dudas?...

En cualquier caso, no cabía la menor duda de que todo aquello formaba parte de un proyecto científico del que se podían extraer respuestas a tantas preguntas, aunque allí, en la vida de ellos, terminó por parecerse más a una especie de bazar en el que la instancia de máximo prestigio –así no fuera más que por el temor supersticioso que inspiraba– era el inconsciente. Cualquiera que pudiera decir «te traicionó el inconsciente», tenía ya un arma para hacerse respetar ante el otro, y qué decir cuando eran el Jíbaro, el Gran Zubiela o el gran Urrutia, su lugarteniente, los que aludían a él. En presencia de ellos, era preciso duplicar la vigilancia, hablar con calma, permanecer tranquilo, no fuera que el maldito inconsciente lo traicionase a uno a través de un *lapsus linguae*, un rubor súbito, un repudiado tic, o incluso una asociación incontrolada. Era como si una nueva secuencia de mecanismos defensivos tuviera que superponerse a los que, de forma rutinaria, ya utilizaba el yo para controlar la angustia o la ansiedad. Ah, *El yo y los mecanismos de defensa*, recordó, y no pudo reprimir una sonrisa...

—Recuerdo la vez en que los tombos pusieron presa a la Boquineta porque llevaba en una manifestación el libro de Ana Freud... –dijo, dejándose llevar por una especie de deseo expansivo, en el que la melancolía rememorativa se combinaba de forma muy sugerente con el buen humor.

—No, no fue la Boquineta. Ella no leía a Freud, ni sobre Freud, nunca leyó nada... –dijo Ugliano–. Lo que pasa es que tú la tenías idealizada. La pusiste en un altar, seguro que en tu imaginación te postrabas ante ella y le besabas los pies, mientras ella decía: divino, divino... Los tenía lindos, ¿Rolito, verdad? ¡Y qué piernas, dios mío!

—Hombre, no digas pendejadas, yo nunca hice lo que dices, ¡ni siquiera se los miraba!

—¡Mentiroso! Se te veía en la cara que te morías de ganas de hacerlo...

—Ah, qué cabrón eres...

Ugliano, los ojos destellantes y sonrientes tras las gafas, cambiaba una y otra vez de postura, muerto de impaciencia, como si no tuviera suficiente con poner en apuros a su interlocutor, y se notaba que creía a pie juntillas en lo que decía y –lo que es peor– creía que el otro creía. Mientras que él (o, mejor aún, la conciencia pensante y vigilante que los llevaba a los dos por el débil pero constante sendero de los minutos y los segundos), alimentaba el malentendido, lo dejaba crecer, cuando sabía positivamente que, en punto a exageraciones y mentiras, el otro carecía de rival... Como cuando le aseguró que, estando aún en Medellín, una vez se emborrachó en el barrio Guayaquil con el Gran Zubiela antes de irse de putas con él a la curva del Bosque, para rematar con que esa noche, entre tango y tango, él mismo le narró la muerte de su padre en el mismo avión que Carlos Gardel. Eran mentiras como esas las que le permitían mantener a flote su narcisismo, ¡y saber que solo tenía veintiún años! Pues resulta que ahora, a los cuarenta y tres, seguía igual, exactamente igual...

En cuanto a él mismo, ¿por qué sentía un placer extraño, más puro que morboso, en dejar que la mentira tomara la delantera sobre la verdad?... ¿Pero qué era la mentira, en plata blanca? ¿Y la verdad, cuando todo era pura apariencia? «Nada era entonces lo que parecía», recordó. Pues, en la forma de pensar que fue la de ellos, estaba escrito que lo aparente nunca era lo cierto, y que la verdad saltaba de nivel en nivel, como un conejo asustadizo de rastrojo en rastrojo. Así, mediante sus interpretaciones psicoanalíticas que, como un ilusionista, a veces solo utilizaba para marear a la concurrencia, el Jíbaro era capaz de demostrar que un sádico no era más que un masoquista que se identificaba con su víctima, un sacerdote un neurótico obsesivo, un cirujano un Jack el Destripador redimido, un suicida un asesino potencial que se vuelve contra sí mismo, un diabético un homosexual reprimido, un fumador alguien que de niño no pudo mamar cuanto quiso, un mártir revolucionario alguien que simplemente está compelido por su instinto de muerte, como una vez intentó demostrar tras la desaparición del padre Camilo, y un escritor realizado (¡toma nota Rolo Dupuy!) un pájaro cantor al que nadie ha quemado la lengua con un alfiler incandescente... Fue en efecto gracias a esa capacidad de ver lo que había detrás, de encontrar siempre la otra cara de la luna, como adquirieron un extraño poder de convicción las interpretaciones freudomarxistas de la realidad, en detrimento de otras, más simplistas, como las que manejaban los jucos y los mamertos. Y a medio camino entre ambas posturas, el creciente auge del capellán de la universidad era mirado con simpatía por los estudiantes, con desprecio por los mamertos y con recelosa curiosidad por todos los demás.

—Por aquellos días releías con ahínco *Moisés y el monoteísmo* y *El porvenir de una ilusión*, de Sigmund Freud. Pues, según me parece recordar, estabas preparándote para polemizar con el curita, así lo llamabas tú, sobre el asesinato del padre y la horda primitiva –dijo Ugliano, con gesto incriminatorio. Pues para el curita el hambre de los que solo tenían tiempo de pensar en la comida de mañana era más importante que otras hambres, como la de Freud o la de Dios, especialmente apropiadas para los que, con la comida y el techo asegurados en todos los días de este mundo, podían darse el lujo de especular sobre lo que les reservaba el siguiente–. Eso era más o menos lo que intentaba hacernos comprender, pero nosotros no queríamos bajarnos del burro, Rolo Dupuy... ¡Qué vergüenza, compañero! ¡Ni siquiera entendíamos que lo oportuno era limitarse a hablar sobre las cosas en las que todos estuviéramos de acuerdo!

—Tantas cosas que hicimos mal y tantas que no hicimos —se defendió él, alzándose de hombros, con un susurro melancólico—. ¿Tú crees que a nosotros también la historia nos absolverá?

—¡Uyuyuy! —dijo Ugliano, levantando la cabeza, con gesto alarmado—. ¿Te estás poniendo lúgubre otra vez?

—Mira por ejemplo el partido ese, en el que siempre estuvimos jodiendo la vida y en el que nunca llegamos a militar...

—¿Qué pasa con ese partido?

—Freudista, sartreano, casi existencialista... ¿No te parece raro para un partido político?

X

Con bastante claridad recordaba que, cuando escuchó el nombre de Magalí, casi vio a una muchacha de larga cabellera corriendo descalza por París, seguida de miles de manifestantes, con una bandera en la mano, en una versión de «La libertad guiando al pueblo» de Delacroix. Y, en realidad, aunque se trataba de dos cosas bien diferentes, había algo en común entre esa imagen y la foto que Étienne le enseñó un día a comienzos de junio, una foto como cualquier otra de las que, durante la refriega, dieron la vuelta al mundo en las cabeceras de los periódicos. En un principio se negó a creer que fuera realmente su amigo —su retraído, encantador y pacífico amigo—, al que hasta entonces solo había sido capaz de imaginar grabando con un casete el ruido de las manifestaciones, quien aparecía allí en un primer plano, pero tras un examen minucioso llegó a la conclusión de que, en efecto, era Étienne en persona quien encabezaba la operación de extracción de adoquines. Esa sonrisa era de forma inconfundible la suya, y luego el hoyuelo en la mejilla, los ojos achinados, la nariz larga y en forma de pera, ¡demasiadas coincidencias! Y si eso ocurría con Étienne, ¿por qué no iba a ser cierto que la muchacha que aparecía a su lado, una muchacha de aspecto muy joven, de ojos rasgados, con un casete colgado del hombro, era Magalí?... En cuanto al significado de lo que ambos jóvenes vivieron aquel día, otros detalles que se podían observar resultaban sumamente aleccionadores: la manera como Étienne sostenía en la mano el adoquín que acababa de entregarle su hermana, la expresión radiante de los dos, la gaseosa mancha luminosa del fondo, seguramente un automóvil incendiado, el reclamo del café que, asomándose por sobre el hombro del joven situado a su derecha, hacía posible deletrear con toda claridad la palabra «Luxembourg», para no hablar de los fuertes contrastes de la foto, de los que era fácil deducir que había sido tomada el año anterior, la noche del diez de mayo, como se desprendía de su pie, en donde se incluía la expresión de *dépavage à la chaîne*... Tal era el nombre periodístico de la máquina desadoquinadora formada por los estudiantes, una monstruosa oruga compuesta por muchos anillos y patas, un enorme insecto que roía los pavimentos dejando las calles desventradas, convertidas en escenarios humeantes y llenos de obstáculos. ¿Cómo no le costó apenas imaginar a una joven tan especial y sensible como Magalí, de manos al mismo tiempo grandes y delicadas, formando parte de una de las orugas que, en distintos lugares del barrio, arrancaban adoquines y alimentaban las cargas de los estudiantes de vanguardia contra los flics esa misma noche? «¡Oh, gloriosa jornada en la que te mostraste, Magalí, tan radiante, valiente y apasionada como nunca!», reflexionó. Ella, que había imprecado en plena calle, tratándolo de «salop» y «sale cafard», a cierto estudiante nacionalista que intentó venderle en la rue Soufflot el último número de los *Cahiers Universitaires*, y al que más le hubiera valido quedarse ese día en su casa, pobre desgraciado, según la versión que el propio Étienne le contó poco después, una tarde de verano en que, por algún motivo relacionado con el bochorno que flotaba en el ambiente, iban a toda prisa por el boulevard Saint Michel, y, para acrecentar el efecto de su relato, aquel se sintió obligado a mostrarle el recorte de un ejemplar de los *Cahiers* en cuestión en cuya portada se veía una cucaracha caminando sobre una multitud de caras dibujadas, *Le cafard guette les étudiants...*

—¿Le cafard? ¡Pero si es una blatis americana!... –no pudo evitar decir él.

—¿Eh, qué?...

—Digo que esa es una cucaracha americana... ¡Las francesas son más pequeñas!

—¿Y dónde has aprendido tanto sobre cucarachas?

—*Ah, c'est la vie...* –bromeó él, levantando las manos, con una mueca festiva, y farfulló algo sobre su infancia, y también sobre el inesperado cambio en la atmósfera que, bañada minutos antes por la luz deslumbrante de junio, de repente se ensombreció.

—Tomémonos algo mientras me lo cuentas... –propuso Étienne al detectar las primeras gotas de lluvia, y casi se abalanzó sobre la única mesa vacía del bar junto al que pasaban en ese momento.

Fue como si el nudo que ese día los arrastraba por las calles, hablando sin ton ni son, de repente hubiese empezado a deshacerse, mientras la gente corría hacia todos los lados buscando refugio, unos protegiéndose con lo que podían, la cartera o el periódico, otros resignándose a una lluvia no demasiado fuerte y que prometía durar poco... Así y todo, servidas que fueron por el camarero las dos coca-colas de rigor, como si nada pudiese distraerlo de sus pensamientos, Étienne volvió al asunto del *spleen* y las cucarachas, y dijo que lo que a él le preocupaba era no tanto que en francés hubiese una misma palabra para ambas cosas, lo que por cierto era digno de reflexión, como que los malditos reaccionarios creyesen que alguien como Charles Maurras podía salvar a los estudiantes de la morriña...

—...un fascista nos salvará de la morriña y, por supuesto, también de los judíos como Cohn-Bendit o Pierre Goldmann, y hasta de los negros y acaso de los sudamericanos como tú. *Est-ce que ça te plait comme décor?*

—Sí, me gusta el decorado, incluso me entusiasma –ironizó él, pero aclaró que, en el fondo, le gustaba más la identificación entre la palabra cafard y la gente indeseable para los fascistas–. Si es así, que viva el cafard y que vivan las cucarachas... –casi gritó.

Una muchacha de falda larga y sandalias de Gradiva, que en ese momento pasaba junto a ellos replicó, riendo, sin volver la cabeza: «¡que vivan las cucarachas!»... Él se quedó mirando a la entrometida, y observó, mientras sonreía, su figura esbelta y ágil, su culo alegre y respingón, su cabellera rubia, rizada, y medio empapada, su marcha decidida y joven, y su compañera más pequeña, que reía y daba saltitos bajo la lluvia conforme se alejaba entre el gentío. Cuando volvió en sí, se dio cuenta de que Étienne lo miraba con una mezcla de tristeza y preocupación...

—Rolando, tengo que decirte algo, algo importante... –anunció de pronto su amigo, en un tono que lo sorprendió.

—Soy todo oídos... –dijo de forma mecánica, sin ocultar su sorpresa.

Por suerte, Étienne bajó los ojos y jugueteó con la tapa de la botella, que al final abandonó dentro del horrible cenicero de Gitanes, pues a él el corazón se le encogió, y casi perdió el aliento. Pero, al cabo de unos segundos, lo miró de nuevo y dijo;

—Ella hace poco salió...

—Salió, sí... ¿de dónde?

A modo de respuesta, Étienne se limitó a mirarlo a los ojos...

Tan imperceptible como rápida, una sombra cruzó entre los dos, y él creyó comprenderlo todo de repente, tras evocar la famosa voz de las cintas, una voz tras la que solo desde hacía dos o tres días podía ya imaginar un rostro y una forma de ser, una sonrisa y, tras ella, el aspecto real de alguien de carne y hueso, lo que, a pesar de todo, no impedía que siguiese siendo la voz de la gran ausente...

—A ver si lo adivino... –se arriesgó entonces, sintiendo una especie de exaltación–. Ella es Magalí, tu hermana... ¿Y de dónde salió tu hermana? De la casa de reposo donde estaba internada, ¿sí?... Por eso hasta hace poco evitabas hablarme de ella, por eso era solo una voz en tus cintas...

Mirándolo con los ojos muy abiertos, conforme él hablaba, Étienne ni siquiera atinaba a asentir con la cabeza...

—Y, además, fue tu padre el que la encerró...

—*Chapeau!*... –dijo Étienne, con una mezcla de sorpresa y admiración.

—Pero sin duda no es la primera vez. Habrá sido al menos la segunda, ¿no?...

—La tercera... –susurró Étienne, desviando su mirada melancólica hacia la gente que, terminado el chaparrón, volvía a ir y venir tranquilamente por la calle; luego dejó pasar unos segundos, distraído, y recapituló:– *Oue, maintenant tu est dans le coup...* Ahora ya entiendes por qué para mí le cafard se llama *monsieur le directeur*, que quiere organizarlo todo, incluso nuestras vidas... *Oui, il nous enmerde tout le temps!...*

Mientras remataba su coca-cola, bebiendo a pico de botella en sorbos breves y rápidos, Étienne se despachó a gusto sobre monsieur Achiles Hortefeux, su padre, director de una importante sucursal del Crédit Lyonnais, un hombre alto y narigudo –«hasta en eso se ve que es un gaullista consumado», bromeó– de aspecto pacífico pero en el fondo terriblemente autoritario. Solo cuando terminó con él, y empezó con su hermana, pareció relajarse un poco y se atrevió a sonreír. «Te aseguro que si no fuera por ella ya me habría largado a Argel, a la Martinica, ¿por cierto, crees que querrían a alguien como yo en la guerrilla colombiana?», anotó, y de inmediato rectificó: «No, imposible, no puedo dejar sola a mi hermana, en manos del fascista de mi padre. ¿Sabes?, ella es un ser frágil y débil y yo siento que debo protegerla...». De hecho lo había estado haciendo de forma velada desde que hacía apenas un año había tenido lugar en su casa una batalla casi tan fiera como la que se había librado en mayo en las calles de París, todo porque Magalí había decidido que quería dedicarse al teatro, para lo cual, siguiendo un plan premeditado, utilizó varias estrategias. En primer lugar, se escapó en plena época de exámenes a las representaciones de Saint-Denis, con lo cual acabó perdiendo el curso; luego se querelló con varias profesoras, hizo huelga de hambre, e incluso, ya en clave trágica, reclamó atención psicológica, resumiendo la triste disyuntiva de su vida con un: «*À Sainte-Anne ou à l'école d'art dramatique...*». «¡Una nueva Berma o una locuela encantadora! *Je l'admire, oui, je l'adore!...*», no se pudo contener Étienne, entre risas exaltadas, ruborizándose casi. «Y saber que solo tiene diecisiete años... ¡Qué pequeña voluntariosa! *Et quelle petite enmerdeuse...*» No era para menos: cuando las cosas empezaron a ponerse feas para el gobierno de De Gaulle, con muy buen sentido de la oportunidad la *petite enmerdeuse* se buscó una habitación con una amiga y allí se instalaron las dos, con sus muñecas, sus libros, sus carteles, una especie de cueva de Alí Babá en versión femenina. En cuanto a él, su hermano, durante los primeros días llegó incluso a facilitarle la dirección a sus padres, para tranquilizarlos. Cuando ella no iba, él les decía que se quedaba por la noche con ella, pero era mentira... De hecho, con quien ella se quedaba era con Muriel, que la adoraba y protegía, y estaba dispuesta a hacer cualquier cosa para evitarle problemas con sus padres: por eso durante las manifestaciones la martiniquesa telefoneaba todo el tiempo a madame Hortefeux, que llegó a cogerle cariño. Le decía que su hija estaba haciendo un reportaje sonoro, difícil argumento, pero con todo logró que la muy recelosa señora le creyera...

Pues bien: mientras las huelgas duraron y tuvieron en jaque al gobierno, monsieur Aquiles Hortefeux se mostró amilanado y desorientado, pero cuando en junio el gobierno retomó las riendas, y ganó las elecciones, se mostró seguro de sí mismo e intransigente. Y entre las medidas reformistas que introdujo en la casa, la primera tenía que ver con el orden público alterado por la díscola. «En cuanto a mi hermana, estaba tan desanimada que ni siquiera protestó... La verdad es que yo me asusto mucho cuando la veo así, Rolando. La apatía se apodera de ella, se convierte en una especie de zombi...» «¿La internaron en Sainte Anne?...», preguntó él. «No, en una casa que hay cerca de París. Otra vez está alegre, pero no sé, yo la encuentro muy cambiada...», comentó Étienne. «¿No sabes si la han atiborrado de medicamentos?», insistió él con expresión seria. «A mí me dicen que no, pero creo que me mienten...», dijo Étienne, y añadió que muchas veces, cuando iba a visitarla, ni siquiera le permitían verla. Le decían que estaba descansando, que no era prudente molestarla.

—¡Molestarla yo! Si casi siempre que me veía me saltaba al cuello, *ma petite*... Tú entiendes de eso, ¿verdad Rolando?, necesito que me ayudes...

—Cuenta con ello –dijo él muy excitado, y para animarlo le tendió la mano por encima de la mesa.

Étienne estrechó la mano de su amigo con expresión conmovida, pero en los días que siguieron no volvió a hablarle de Magalí. No obstante, un sábado lo visitó por sorpresa en la rue Raymond Losserand, lo arrancó casi de su trabajo, y, camino del metro, le informó con expresión de alarma: «El viernes pasado la divisé en el parque de Luxembourg y, antes de que pudiera alcanzarla, se arrojó en brazos de un tipo mucho mayor que ella que la esperaba junto a la fuente...». «¿Pero qué es lo que te preocupa? ¡Ya tiene diecisiete años, es casi una mujer!», argumentó en favor de ella, con inocencia, y Étienne le replicó con evidente irritación: «Precisamente: en uno o dos años tendrá novio y querrá irse a vivir con él...». «¿Y no está eso en el espíritu de las reivindicaciones de mayo?...», inquirió sin ocultar su sorpresa él. «*Ah, oui, c'est vrai, c'est vrai*», dijo Étienne, con una culpable risa de conejo, «pero yo preferiría que fuese alguien de su edad, y que compartiese nuestras ideas...» De ese modo, hablando y discutiendo, terminaron en la terraza de un bar del Barrio Latino, desde la cual se divisaba un restaurante árabe cuya entrada, mientras hablaban, Étienne miraba sin disimulo todo el tiempo. Después de mucho esperar, el muchacho se sinceró: «El tipo no ha venido hoy, maldita sea, quería que lo vieras...». En sus solitarias pesquisas había descubierto que el misterioso acompañante de su hermana era un argelino que trabajaba de camarero en ese restaurante. «¿Qué quieres que te diga?», señaló, con una convicción que parecía salir al paso de cualquier intento de acusación, «mi hermana sale con ese tipo porque se cree Desdémona, y yo no puedo soportar la idea de que alguien tan vulgar esté haciendo planes para su futuro. Si no la asesina se la llevará a su país, Rolando, y la perderemos, la obligará a vivir sucia y llena de mocosos...» En aquel momento apenas si le sorprendió que utilizara la primera persona del plural, y hasta es posible que lo interpretara como una prueba de confianza y se sintiese halagado de que lo considerara capaz de hacer algo por la bella Magalí. Pero, de hecho, ¿qué se podía hacer? Entonces, como si leyera en su pensamiento, Étienne remachó, en un tono sombrío: «Tenemos que pensar algo, no podemos quedarnos de brazos cruzados...». «¿Y qué quieres que hagamos? ¿Qué le demos un escarmiento? ¿Sabes?, nosotros los sudamericanos no nos dedicamos en París a dar palizas a los árabes», argumentó, sin pensarlo, haciendo que su amigo desviara la mirada, avergonzado. Posiblemente estuvieron un tiempo sin verse después de aquello, o viéndose con menos asiduidad, hasta que un día, de nuevo en el bar de la esquina, en el que se citaban casi siempre cuando uno de los dos andaba de capa caída, él notó que el otro estaba exultante, rebosante de afectividad: en un momento dado, tras oírlo evocar el primer paseo que dieron juntos por París en busca de madame Violeta de Grégoire, él lo miró desconcertado y Étienne dijo:

—¿Recuerdas a nuestra Desdémona? ¡Ya se cansó de ese papel!... ¿Qué obra de Shakespeare te gustaría que interpretara ahora?

—Hamlet... –repuso él, en homenaje a la duda, o la indecisión que lo asaltaba siempre en los momentos cruciales.

—No quiero a mi hermana como Ofelia, Rolando, la prefiero como Julieta... –insistió valientemente Étienne.

—¿Como Julieta? ¡Por dios! ¡Pero si ya no hay Capuletos ni Montescos!... –se escabulló él, con una risita nerviosa, de conejo, de conejo que está a punto de ser cogido por las orejas...

_____

Ese día Étienne no volvió a tocar el asunto, pero al siguiente, sábado, se le apareció con Magalí y Muriel. Sí, esa era Magalí, ¡al fin podía ver a Magalí!... Aunque era la primera vez, y podía comprobar que la joven no era una visión animada por su hermano, sino alguien de carne y hueso, tuvo la impresión de que ya la conocía, lo cual no era de extrañar, ¿a fin de cuentas no llevaba dos meses ocupando su mente de una forma u otra?... No obstante, cuando el francés se la presentó la miró con una mezcla de curiosidad y alegría y, en el momento de intercambiar con ella el beso de saludo, se puso tan nervioso que no acertó a coordinar sus movimientos, y los dos estallaron en carcajadas. Luego, mientras los demás discutían sobre si iban al cine o a pasear y tomar unas copas, ellos no dejaban de mirarse y sonreírse, y al final fue la muchacha quien, después de pasarse una barrita de manteca de cacao por los labios agrietados, se sirvió de su amiga –una mestiza grande y sonora que parecía salida de un cuadro de Gauguin, y estaba todo el tiempo preguntando sobre esto y aquello– para dirigirle la palabra: «Muriel nunca entiende nada a la primera, pero la queremos mucho y ya estamos acostumbrados», le explicó, mientras la aludida reía y reía... Sí, podía ser que Muriel no fuera muy perspicaz pero, como él pudo darse cuenta, los observaba todo el tiempo, sonriendo siempre, y a veces incluso parecía que los vigilaba, ¿simple fisgoneo entre amigas? ¿O era que él estaba sobreexcitado?

Apenas si se daba cuenta de que caminaba a grandes zancadas, interpelando a Étienne con energía, llamando la atención de los transeúntes con sus voces. De pronto las calles de París se le habían quedado pequeñas, sin que siquiera Étienne lo notara: ahí estaban París y el verano, París y el mes de junio y atrás, muy atrás, parecían los tiempos de *L'élevage du cochon*... Ahora todo era transparente como la luz que bañaba las calles, los árboles, los rastros que todavía quedaban de las jornadas de mayo, un año después... ¿Más de un año ya de la revuelta? ¿Y cuánto tiempo había estado ella encerrada? La miraba, la miraba, y se preguntaba si algún día podrían hablar de ello...

Remataron, al anochecer, con una excursión en metro a Clichy, donde pasaban en un cine *Trenes rigurosamente vigilados*. La película los impresionó a todos, pero tal vez especialmente a Étienne, que abandonó la sala muy excitado, mientras que Magalí no dijo ni una palabra. En su recuerdo todavía la veía colgada del brazo de su hermano, escuchando embebida las palabras con que este ponderaba el heroísmo del protagonista, celebrando sus bromas sobre su timidez sexual, un par de ojos achinados y una carita de porcelana enmarcada por una brillante y abundante mata de pelo castaño. Casi hubiera podido asegurar que esa noche se preguntó cómo podía ser tan atractiva –tan luminosamente retraída, hubiera precisado, pensando en ese airecillo lánguido, de risueña lejanía, que la hacía tanto más misteriosa–, sin dejar de parecerse un tanto a su hermano, no precisamente un modelo de belleza masculina. Pues la verdad era que si Étienne tenía esa nariz alargada y en forma de pera, copia fiel de la de su padre –a juzgar por la foto que había podido ver en un folleto propagandístico del Crédit Lyonais–, su molde no había dejado el menor rastro en la cara de Magalí, quien, por cierto, estaba muy orgullosa de su nariz respingona. Pero más que en el poco parecido de sus narices, o en los rasgos físicos, casi imperceptibles, que los hermanaban, en lo que él reparó aquella vez fue en la forma como ella secundaba las

95

iniciativas de su hermano, que normalmente decidía por los dos, y sin mirarla siquiera antes de hacerlo...

Fue eso exactamente lo que ocurrió cuando Étienne propuso que volvieran a encontrarse todos al día siguiente para una excursión al Bois de Boulogne, por el que su hermana profesaba veneración supersticiosa, inspirada en las numerosas veces que, en su infancia –dada la vecindad del bois de los abuelos, que vivían en el Trocadero– había sido llevada por sus padres a pasear por sus bosques y avenidas. Además Rolando aún no conocía ese espacio mágico de París, ¿no era una estupenda oportunidad para que lo hiciera? Como si no se diera cuenta, Étienne proponía y también disponía, mientras los demás se limitaban a asentir en silencio, sonrientes, mirándolo con una mezcla de reserva y curiosidad... Por eso fue tal vez que, al día siguiente, en la salida del metro Porte d'Auteil, muy cerca ya del bosque, solo el joven sudamericano se presentó a la hora de la cita. Estuvo esperando durante casi media hora, contemplando a los turistas que salían del metro y empezaban a caminar por la avenue en dirección a l'Allée de la Reine, y al final, presa del desaliento, se preguntó si debía volver a casa o emprender solo el paseo... Decidiéndose por lo primero entró de nuevo en el metro, y entonces unos gritos lo hicieron volverse. Allá, al fondo del pasillo, una figurita saltaba sobre sus piernas como un pequeño monigote agitando la mano en el aire: Magalí... Cuando estuvo junto a ella la interrogó con la mirada pero ella se limitó a alzarse de hombros, con una sonrisa, y le echó los brazos al cuello. Luego, le agarró la mano y, tirando de ella, lo remolcó en dirección al bosque; mientras caminaba, le contó que había dormido mal, que se había despertado tarde, pero de su hermano y de Muriel no dijo ni una palabra...

De ese domingo él recordó siempre, como las piezas de un puzzle, las racheadas imágenes de un parque de atracciones donde Magalí se empeñó en que hicieran juntos la travesía del túnel del dragón –ah, cómo brillaban sus ojos aquel día, ¿pero cómo definir el color de sus pupilas, que tan pronto resplandecía de irisaciones azules, como de destellos lilas y hasta de reflejos verdosos? Luego fue el pueblo de los autómatas, donde ella le hizo una encantadora imitación de Coppelia, digna de una aventajada estudiante de teatro, y a continuación vino el largo, largísimo paseo entre turistas por la avenida que lleva a Longchamp, el estrépito de una de las cascadas, las horas de sol a mediodía junto a un lago, mientras, entre bromas y risas, liquidaban los sándwiches que ella había traído en su bolso de estudiante, lleno de papeles y libros de bolsillo. Y algo más tarde, el ataque de pánico de Magalí provocado por el atrevimiento de uno de los patos, que se acercó demasiado en busca de comida, incidente que le reveló por sorpresa las angustias irracionales de la joven que padecía de fobia a las aves y a todo aquello que fuera cubierto de plumas, ¿pero cómo era posible?... Fue entonces, en medio de la naturaleza, mientras la tenía abrazada, dándole golpecitos en la espalda para calmarla, ¡mira que tener miedo de un pato tragantón!, cuando creyó llegado el momento de besarla, pero algo lo hizo inhibirse, algo relacionado con Étienne... Como si leyera en su mente, ella dijo entonces que lo primero que tenían que hacer si querían llegar a algo eran librarse de él, de Étienne, de sus comentarios y de su nariz de metomentodo...

—...de su nariz... –dijo él, sorprendido.

—De su nariz, sí... –recalcó ella, pasándose su barrita de manteca de cacao por los labios–. Una nariz que llegará lejos, pero que yo quiero perder de vista, pues me sigue a todas partes, me olfatea... ¿No te leyó un poema sobre una arañita?

—Sí, sí, me lo leyó...

—Pues creo que la arañita era yo...

La miró: pálida y ojerosa, había algo frágil en ella, en efecto, algo infantil que incitaba a la caricia, pero nada que recordase a una araña...

—Oh, no... –dijo él, por decir algo.

—Oh, sí... –refutó ella, y movió juguetonamente la cabeza a un lado y otro, los ojos entornados, haciéndose la interesante–. Cuando quieras te lo demuestro... Si podemos librarnos de él, claro... ¿Quieres que te explique cómo podemos hacerlo?

Él dudó al responder, pues la verdad era que para nada quería librarse de su amigo...

—*Oui ou merde?*

—*Merde...* *Je l'aime bien, ton frère...*

—Pero qué bobo eres. *Je l'aime bien, moi non plus...* Solo quería decirte que yo corro más que él. Pero durante las jornadas de mayo si no lo veía correr tras de mí, para protegerme, me moría...

—De modo que eres una corredora de fondo...

—¿Quieres comprobarlo?... –dijo ella, y echó a correr sin más hacia el grupo de árboles de la derecha, que alcanzó en un instante, haciendo que él se pusiera en evidencia por su lentitud, por su trote aparatoso y desentrenado...

Fue como si, de pronto, hubiese tenido una especie de visión, o de epifanía, en la que se veía correr con Magalí a una velocidad de vértigo, y comprendió que a partir de entonces todo iría muy rápido... Posiblemente aún se veía correr con ella tratando de no quedarse rezagado cuando, ese mismo lunes, ella quiso que conociera su mansarda, en la rue Raymon Losserand, y él le enseñó la suya, en la rue Lafayette, a cuatro pasos de la casa de los padres. Había que ingresar en un patio, elegir una escalera, encomendarse a un ascensor asmático, que tenía broncos accesos de tos en cada piso, recorrer un pasillo crujiente y contentarse con un cuarto diminuto, la famosa cueva de Alí Babá invocada por Étienne, cuya mitad estaba ocupada por una cama, «territorio libre de Francia» –como rezaba el letrero que, escrito en letras rojas, gravitaba sobre ella–, y una de cuyas paredes aparecía llena de dazibaos. En la de enfrente, pegada con chinchetas, aparte de la famosa foto de los dos hermanos en el *dépavage a la chaîne* en la Place Edmond Rostand, había otra en la que se podía ver a

Jean-Paul Sartre y a Cohn-Bendit en el Odeón, sobre una mesita
en la que también había otros objetos: una muñeca sentada, un
osito de peluche, un casete como el de la foto, un marchito ramo
de flores.

Y fue al sentarse en la cama, a falta de otro lugar, cuando tuvo
la corazonada de que allí, en esa especie de república indepen-
diente, podía ser feliz si quería, con una novia y un camarada
que, amigos y hermanos, eran ya el comienzo de una familia,
¿vamos, qué más podía esperar?

XI

—¡Partido sartreano de la revolución colombiana! –recitó con
un retintín irónico Ugliano, poniendo cara de quien ya está de
vuelta de todo, y nada de lo humano le es desconocido, por lo
que puede permitirse ser justo y tolerante–. Pero si suena estupendo... ¡y en realidad fue un lujo para nosotros los colombianos!... ¿No te das cuenta de que intentábamos ya llevar la imaginación al poder? Incluso lo hicimos mejor que los hijos de papá
de la Sorbonne y de Nanterre, ¿o es que hubieras preferido que
cambiáramos la *Crítica de la razón dialéctica* por el *Libro Rojo*
de Mao? Ah, querido, prefiero al Gran Zubiela y al gran Durruti
borrachos de inteligencia en un piso de Bogotá, incluso al negro
Cano divulgando las premisas de *Critique de la vie quotidienne*
entre sus compañeros de la facultad de medicina de Medellín,
que a todos esos muchachitos franceses borrachos de duda y
de oportunismo. ¡Pero si tú mismo lo dejaste todo muy claro la
noche aquella de los espaguetis en que rebatiste al flaco aquel del
Moec!... ¡Estuviste genial, pendejo, que lo diga sino la Boquineta,
a la que estuviste ayudando antes en la cocina, y que te escuchaba
lanzando chispitas húmedas por los ojos!...

La expresión le gustó: chispitas húmedas por los ojos. En efecto, nadie era capaz de mirar como ella lanzando de ese modo chispitas húmedas por los ojos. Como si el sexo se elevase hasta el órgano de la vista y allí mismo, a través de él, tuviese lugar la primera manifestación de su ciclo: la humedad. Entonces debía ser cuando el brillo de los globos oculares recibía de las pupilas la gracia de una chispa de graduable viveza que podía dirigirse con la mirada hacia un punto u otro: bastaba una descarga de dos o tres segundos sobre un ejemplar masculino para que este entrase en fase de atontamiento, o bien pasase directamente al asalto, el peligro estaba ahí. Pero la ciencia infusa de la Boquineta en asuntos de erotismo le permitía saber muy bien con quién, y con qué peligro, podía ejercer sus dotes de seducción. Prefería los hombres apacibles, como el Jíbaro, pero sentía una malvada curiosidad por los que eran mansos además de tranquilos. «Por eso yo le interesé desde el comienzo, estoy casi seguro», pensó. Manso y, además, muerto de curiosidad por saber de dónde le había venido la desinhibición sexual a esa muchacha de pueblo. ¿Tendría acaso algo que ver con su cercanía a la naturaleza? ¿O por haber carecido de la competencia de unos padres que la asesorasen, como aquellos que abandonaron a su hija en manos de un espantoso ginecólogo catalán del Opus Dei, radicado en Bogotá, que ponía dius entre sermones y alusiones pecaminosas a las potenciales putitas? De buena se libró la Boquineta, crecida al aire libre entre remedios de abuela, arengas de hierbatero, sermones de cura y loas a la virgen y al Sagrado Corazón de Jesús, pero capaz, no obstante, de lanzar chispitas húmedas por los ojos...

—He ahí algo que el partido de los freudo-marxistas era incapaz de explicar: dónde una mujer joven como ella había aprendido a lanzar chispitas húmedas por los ojos... ¿Te lo preguntaste alguna vez?

—No, porque siempre di por hecho que lo había heredado de su madre... –meditó Ugliano–. Esas cosas están en la sangre, Rolando, y también en la temperatura del lugar...

—Jajá, eso sí que no me lo esperaba —dijo él, en un arranque irónico—. Después de Marx y la fenomenología, después del existencialismo y el estructuralismo, ¡la temperatura del lugar!

—Cuando uno cree que tiene que encontrarle explicación a todo, hay que echar mano de todo, hasta de Hipólito Taine —se justificó Ugliano, y disertó sobre la costumbre, heredada del Gran Zubiela, de llegar a toda costa al origen de todo, de poseer a toda costa la clave de todo... ¿Un mal de los intelectuales progresistas, o más bien de los partidos?

Pensó que, en efecto, era algo muy apropiado de esa época, en la que el tren del freudo-sartro-marxismo hacía impresionantes itinerarios, brindando a sus viajeros la seguridad que les otorgaba el sentirse poseedores de una mirada superior. Pero aunque ese tren no recorría a todo vapor valles y montañas, ni bajaba cuestas ni se internaba en las repúblicas independientes, atravesando el mapa entero del país, desde las selvas del Chocó hasta los llanos orientales, como hubiesen querido algunos, hacía viajes muy directos y puntuales a sitios estratégicos y claves: en primer lugar las universidades, en segundo los sindicatos. Y todos los que se sentían confortados por la idea de formar parte de esa revolución por los libros, por la cultura y la interpretación que lo explicaba todo, y no por las armas, hablaban del Gran Zubiela con una reverencia rayana en la devoción.

No obstante, recordó entonces, que desde muy pronto él había podido comprobar que había al menos una zona de la realidad en la que las cosas no pintaban tan bien ni parecían tan claras. Allí pocas diferencias había entre los conductores de la locomotora freudo-sartro-marxista y la gente inculta, la gente de a pie, y era en el tema de los homosexuales. ¿Por qué se seguía hablando de ellos por lo bajo, con sobreentendidos y risas?... Ser sospechoso de homosexualidad —y ocurría incluso con los que realmente no lo eran, pero se apartaban aunque fuera un ápice del canon del hombre viril que tanto los muchachos como las muchachas habían interiorizado–, era convertirse en objeto de miraditas, de risitas, en las que, ellas, las muchachas, se mostraban a veces más intransigentes y crueles que sus compañeros. En ese aspecto, nadie renunciaba a propagar el rumor o incluso a celebrar el chiste de moda a costa de los homosexuales, a quienes, por otro lado, se atribuía una gran capacidad de conspirar. Se decía que ocupaban puestos claves, que se apoyaban entre sí, como si formaran parte de una especie de logia... ¿Cómo podía si no aquel gordo poeta organizar bacanales de adolescentes en su piso de la séptima? ¡Y aquel que era tan amigo de ese otro al que una vez informaron mal acerca de dos hermanos, y sin pedir permiso intentó masturbar al que no era, mientras conducía a toda velocidad por la Jiménez de Bogotá?... «El que es así es mi hermano pequeño», había clamado el otro furioso. «¡Ni siquiera te informas bien antes, maricón de mierda! ¡Casi nos matamos!» Ante cosas como esta los sabios del Pe-ere-ese, que hubieran debido tenderles la mano a los homosexuales, se limitaban a guiñarse el ojo, y respondían con miradas cómplices y risitas contenidas...

¿De qué se reían? «¿Es que se sentían orgullosos de que no hubiese prácticamente ninguna diferencia entre lo que ocurría fuera y lo que ocurría en Colombia respecto a los homosexuales?», pensó, como si repasara un memorial de agravios, un memorial secreto y olvidado que acababa de recordar, mientras miraba inseguro a Ugliano. Ellos eran encarcelados en Moscú, despreciados y abucheados en Bogotá, perseguidos en Nueva York, ¿no había ningún sitio en la tierra para ellos, ni siquiera en el tren del freudo-sartro-marxismo? Aunque llamaba la atención el que, teniendo a mano el mejor instrumento explicativo, nadie recurriese a lo que Sartre llamaba mala fe. Pues, en efecto, no era una estrategia inconsciente, sino de la conciencia pervertida la que lo orquestaba todo. Por eso las catacumbas de homosexuales deberían existir hasta que no llegasen nuevos tiempos. Pero a lo mejor no tenían que esperar tanto, pues ya una legión de maricas, mariquitas y maricones, con su cohorte de pederastas, dañados, volteados, cacorros, afeminados, locas y mariposones, se estaba haciendo fuerte, pero no para participar en una conspiración, sino para organizar una expedición a tierra santa: la cruzada de los gays. Y estaba a punto de llegar el momento en que desfilarían por la séptima, en medio de una fanfarria de colorines, como en el carnaval de Río, los gays en pleno de Colombia, riéndose de los machotes y enseñando alegremente sus velludas desnudeces, felices de haber salido para siempre del armario... Y él, Rolando Dupuy, el Rolo Dupuy para los amigos, y Rolito para los descarados bigotudos que se daban aires de superioridad, y a mucha honra amigo íntimo de Giorgios, casi soñaba con ese momento, casi se emocionaba con esa expansión fraternal. Hubiese sido capaz de saltar a la comba en plena séptima cantando: las niñas bonitas...

Entonces, reprimiendo la risa, volvió en sí y adoptó un aire serio, casi abatido.

—Qué joder, Ugliano, ahí también nos pillamos los dedos, adoptando la doctrina del Gran Zubiela. Y pronto se verá que tampoco Freud tenía razón. Solo por eso no podemos decir que la historia nos absolverá.

—No, no nos absolverá. Seguro que más bien nos manda al infierno de la mala fe, carajo, si es que ya no estamos en él –concedió Ugliano, adoptando una expresión arrepentida y solemne.

—Claro, en el infierno tiene que haber un círculo dantesco dedicado a los freudianos. Allí tendremos que buscar al Jíbaro cuando lleguemos, anota bien la dirección... –dijo, mirando hacia la puerta de entrada, donde un turista de pelo blanco y desmelenado consultaba su mapa de París con ayuda de un camarero.

—Ya la he anotado, Rolando, aparte de que ya la conocía... –dijo rápidamente Ugliano, y, como si prefiriera pasar a otro tema, pero aún no supiera exactamente cuál, miró también hacia la entrada y añadió de forma distraída–: por cierto, hablando de infiernos, el otro día...

—¿El otro día qué?

—El otro día... –Ugliano dudó aún, pareció volver en sí, y su dedo esbozó una figurita más bien redondeada sobre la mesa–. El otro día nuestra madre adoptiva me pidió que le sirviera de guía a una vieja beata colombiana de esas que en París solo quieren ver iglesias, cementerios y criptas, y ahí me tienes con mi lóbrega turista a varios metros bajo tierra, visitando las Catacumbas de París, ¿te acuerdas de lo mucho que hablabas de ellas en aquella época? Pues ahora, veinte años después, te doy la razón. Carajo, todos esos cráneos formando paredes a lado y lado de las galerías... Me quedé tan impresionado que sentí una terrible necesidad de elevarme mediante algo bello y poderoso, ¿entiendes?..., una especie de sed de algo sublime, ¿no cierto? ¿Y sabes lo que pasó entonces, Rolando? Que mientras mi beata murmuraba mentalmente sus oraciones, o así me parecía, recordé a don Pedorro...

—¿Don Pedorro?...

—¿Nunca te hablé de aquel cura erudito, que fue mi profesor de literatura en el colegio, experto en disimular el ruido de sus ventosidades y hasta su olor con citas de Dante y Virgilio?... ¡Qué prestancia al decir, en el momento de liberar su invisible tributo a Eolo: «Y para que noticias mías portes, sabe que yo soy Bertrand de Born, aqueeel que...»! –parodió Ugliano, ahuecando la voz hasta lograr que sonara cavernosa, y preguntó–: ahora bien, ¿Bertrand de Born no era aquel calavera que subido a una roca mostraba a Dante y Virgilio la cabeza que llevaba en la mano?

—Sí, el mismo en persona –respondió, sopesando el promisorio entusiasmo que Ugliano ponía en la descripción de su antiguo profesor, y añadió–: solo falta un pequeño detalle: la cabeza que llevaba en la mano era su propia cabeza, por lo que, estrictamente hablando, no era un calavera sino un descerebrado. Pero, vamos, sigue hablándome de don Pedorro...

—¿De modo que te gusta mi cura? Confiesa que era un personaje muy curioso... –comentó Ugliano, cada vez más entusiasmado.

—Sí, bueno, aunque curas o monjes con fijación anal debe haber para rato...

«Pues váyase a saber lo que pasaba por la cabeza de aquel don Pedorro cuando, a sus espaldas, percibía las risitas contenidas, los bufidos y resoplidos, o cuando alcanzaba a ver los gestos ostentosos de taparse la nariz...», pensó, «¿la posesión por el olfato?»

—Pero este cura, Rolando, era un ejemplo único –dictaminó Ugliano, y afirmó sin pestañear que en todos los colegios debería haber un Don Pedorro que hiciese predicciones como la que hizo el día en que, muy emocionado, les aseguró de forma solemne a sus pobres y sofocados alumnos que solo los elegidos como Dante volverían un día a la *Eneida*. Y eso fue precisamente lo que hizo al otro día: que se leyó los tres primeros libros de dicha obra y se convirtió en un elegido dantesco... –¡Qué berraquera de libro, hermano! ¡Y saber que de niño, por culpa de los malos profesores, uno llega a odiar libros como ese!... ¡Uf! –concluyó Ugliano dando un palmetazo sobre la mesa que hizo tintinear los vasos y botellas–. ¡Ufff!...

—Calma, calma compañero –dijo él, inmovilizando una botella vacía que estuvo a punto de perder el equilibrio, y añadió–: Por cierto, ¡qué manera de beber! ¿Quieres otra cerveza?

—No, gracias, prefiero que volvamos a Virgilio... –dijo Ugliano, y disertó–: cuando Eneas bajó al Hades guiado por la Sibila, en busca de la sombra de Anquises, su padre se encontró con Dido, que llena de rencor se negó a hablarle... ¿Crees que a mí me estará esperando alguna mujer allá abajo?

—Ah, eso no lo sé, compadre, eso no lo sé... Pero ahora que voy allá abajo *a faire sangloter mon colosse*, aprovecharé para echar una ojeadita –bromeó, poniéndose de pie–. Pero tú no te desanimes, antes perdamos la cabeza que la esperanza... ¡Ella es lo último que se debe perder!

XII

Dos días después, gracias a la decisión de aquel al que allí llamaban «el artista» –una especie de ser superior al que todos respetaban, y no solo porque sus «caprichos porno», como él mismo se complacía en llamarlos, tenían mucho éxito en ciertas esferas, donde Momo cultivaba sus mejores contactos–, empezó a asistir como simple espectador a algunas filmaciones. De ese modo pudo comprobar cómo los gestos amanerados pero firmes del hombre inspiraban confianza a los demás, los cuales, aupados por esa gran fuerza de convicción, parecían sentir una especie de orgullo vengativo por su trabajo. A él lo impresionó especialmente el aplomo de Giorgios al medir los encuadres simulando un rectángulo con los dedos de ambas manos, gesto que le pareció digno del más cualificado profesional, y también su sentido plástico al organizar las escenas. Pero fue solo cuando, por sorpresa, Giorgios lo invitó a sustituir al *perchmann* (hombre del micrófono), que él tuvo oportunidad de aprender de los propios labios del Artista el sentido de varios términos, como la *pelloche* (la película en tanto que materia prima), o *être dans les marques* (regla principal del que actuaba si no quería aparecer en la imagen dividido en dos), y que incluso en un nivel tan bajo como el de Paradise Films el cine estaba lleno de *mannequins* (gentes inescrupulosas que quieren saltarse cualquier aprendizaje). No encontró superfluo, en ese momento, dejar en claro ante el Artista que él no era uno de esos, pues sabía que había que sacrificarse incluso para llegar a portero, y por eso se prestó a esas sesiones de fotos –fotos, sí, vulgares fotos como aquellas que había visto en el camerino donde la primera vez lo dejaron solo para que se desnudara–, en las que un traficante de celuloide (o, dicho en otras palabras, un *épicier de l'image*), un tipo barrigudo y sin más sentido artístico que el de un matarife que sabe colocar la carne en el mostrador por su lado más rojo, le indicaba la pose que debía asumir con su pareja. Nada que rebasase lo que cualquiera hubiese podido imaginar, aunque el tipo parecía tener una fuerte inclinación por el *cunnilingus*, sin duda por la relación de esta práctica con el color rojo, tema sobre el que hizo centenares de fotos, y al final terminó por creer que su modelo masculino también la tenía. Por eso lo invitó una vez a comer en un snack de la Place d'Italie, y él apenas si se sorprendió cuando el tipo, de cara congestionada y mirar vidrioso, empezó a insinuarle que podían divertirse mucho los dos en su casa, donde vivía con una rubia de campeonato, que sabía hacer más cosas aún que Suzette.

En cuanto al propio Giorgios, conforme se implicaba en su trabajo, se mostraba con él más íntimo aunque sin nunca llegar a sobrepasarse. Incluso se atrevía a bromear sobre eso y sobre otras cosas. Le contaba por ejemplo cómo le gustaban los chicos y le hacía confidencias íntimas, «de mujer a hombre», según le gustaba decir: «No, nunca sabrás lo que es estar en mi pellejo, soñando con ser una hogareña matrona barbuda que encuentra al hombre de su vida en un joven exótico, un español llegado desde el otro lado de Europa... Porque Grecia y España, que están en puntos tan opuestos, son en cierta forma simétricos». Momento en el cual, para deshacer cualquier malentendido, Giorgios se veía obligado a puntualizar que antes que por los latinoamericanos sentía debilidad por los españoles, e incluso por los turcos, aunque con estos había que ir con sumo cuidado: «Son unos desalmados, unos bárbaros, unos invasores...». En general, los musulmanes resultaban impredecibles, ¿por eso había que desconfiar de ellos?, como aquel que le había desvalijado el piso, para no hablar de otro que le había traído a sus dos niños («¿me ves a mí haciendo de madre adoptiva de dos beduinitos que no paran de mirarme esperando su cuscús?»), o simplemente del que no había sabido utilizar el bidé... Como él lo miró sin comprender Giorgios rio, y le contó la historia del último, por el que había sido abordado en la calle, cuando salía de la panadería. «Me pidió un trozo de baguette, imagínate, se me partió el corazón.» Como el muchacho tenía mirada de ciervo hambriento e insolado, le dijo que podía quedarse a dormir esa noche, y de inmediato salió por comida al súper... «Me sentía como mi tía Yeyette, *une pauvre vieille fille que j'ai beaucoup aimé*, claro que no tan hermosa como tu famosa tía Odette, cuyo secreto me confiaste el otro día, gracias a dos cuba libres que te preparé; pues siendo más bien fea, tan fea al menos como yo, mi tía Yeyette, me consentía en todo, incluidos mis primeros amoríos de pedé; cuando iba a visitarla a su casita en la orilla derecha del Bósforo ella me atiborraba, pues siempre me encontraba pálido y demacrado... Así, como una tía Yeyette embelesada yo vi zamparse a mi turco un pollo, medio kilo de jamón, sin hablar de la mermelada y los biscuits, después de lo cual se echó a dormir y todavía dormía al día siguiente al mediodía cuando tía Yeyette, es decir yo, tuvo que dejarlo solo en el piso...» Por la noche, cuando volvió, un olor nauseabundo llenaba el pasillo, guiándose por el tía Yeyette llegó hasta el wáter, donde encontró al musulmán muy atareado intentando desatascar el bidé, que estaba lleno de agua y de mierda, mierda real, ¿entiendes?, ¡cielo santo, qué espectáculo! «¿Y qué hiciste?» «¿Cómo que qué hice? Lo eché de casa en el acto, ¿tú serías capaz de seguir haciendo de tía Yeyette para uno que confunde el bidé con el wáter?» «Por supuesto que sí, maldita sea, aunque no hayas leído a Henry Miller...», estalló con irritación. «Pero no te preocupes, lo importante no es que el numerito del bidé ya estuviera en uno de sus libros, sino que careces de autoridad para sermonearme con respecto a Magalí... pues, lo reconozco, yo he sido tan pésimo amante como tú has sido mala tía Yeyette...»

O bien citaba a otros amigos que eran como él, aunque menos buenos, porque, en punto a bondad, a lo que se dice munificencia de alma, ¡nadie, absolutamente nadie lo superaba! Por eso Giorgios, a quien solo unos cuantos privilegiados tenían derecho a llamar tante Yeyette, llevaba siempre el corazón destrozado...

«Algunos de mis amigos son tan diferentes que pueden probar todos los frutos sin implicarse sentimentalmente.» En especial, había uno de origen cubano que practicaba la cacería en vivo, y amaba el cuero negro y los látigos, era una ninfómana de mucho cuidado... «La semana pasada mi amigo Demetrius, que acababa de llegar de Atenas, y que debía verlo para hablar de un guion, tuvo que huir del sátiro por la ventana. Y eso que en la habitación de al lado estaba su marido. ¿Te parece que esas son maneras? Cuando te hace una cita en algún lugar, y le preguntas cómo lo reconocerás, te dice el muy gracioso que por los calzoncillos rojos o por los calcetines verdes, aparte de por la chaqueta roja de antílope... ¡habrase visto, qué vulgaridad! ¡Pero él se cree tan chic! En cambio otro de sus amigos, más famoso, es un modelo de sutileza, y se llama Roman... Pero no vamos a hablar aquí de él, sería una profanación, pues todo lo que tiene que ver con él bordea lo inefable. Lo digo yo, que he estado en su habitación de la rue Servendonnis, de donde salí con lágrimas en los ojos. Ah, si Roman te conociera... Y si tú lo conocieras, otro gallo cantaría...» decía Giorgios emocionado, hacía una pausa, se limpiaba una lagrimita y comentaba: «¡Perdona, es que soy tan sensible!». Luego, escrutándolo con la mirada, añadía: «Veo que te mueres de ganas de preguntarme que cómo puedo percatarme de todas esas cosas... ¡Pero no me vengas a mí con historias! Fíjate por ejemplo lo que pasó la primera vez que nos vimos... ¿No lo sabes todavía? Pues pasó que, por tu forma de mirarme, supe que te preguntabas qué hacía una chica como yo en un sitio como este, donde se comercia con las luces y las sombras, y te lo agradecí, no sabes cuanto te lo agradecí –bromeó, guiñándole un ojo–. Por mi parte, yo también me di cuenta, si, por supuesto, de que no eras un chapero, ni un vil marigüanero sudamericano, aunque de vez en cuando te fumaras tu pequeño bombardier, por eso ahora me tomo la libertad de reprenderte, como un hermano mayor que te aprecia, no, más bien como una tante Yeyette, una tía regañona y con la cabeza llena de rulos...».

Una de las veces en que él aceptó la invitación de la actriz a tomar una copita en su piso, pudo comprobar que Giorgios tomó buena nota de ello. «No entiendo cómo pudiste enredarte ayer por la tarde con esa calienta braguetas, una virtuosa de la lengua capaz de hacer gemir de placer a san Dionisio, que era un santo sin cabeza y por lo tanto sin voz y sin lengua para gemir», le reprochó al día siguiente, en un arranque de locuacidad. «Para mí este trabajo es una forma fácil de ganarme la vida, ¿qué quieres que te diga?, y hacer las películas que me interesan. Ya me dijiste cuánto te gustó mi *Don Juan en los Infiernos, Nº 1*, ¿sabes que lo pasaron en la filmoteca hace dos días? Por mi parte, ya te lo dije, soy un director estrictamente visual, en mi opinión el cine debe entrar por los ojos. Algo de ello parece que alcanza a filtrarse en lo que hago cuando dirijo para madame Lacroix, una de nuestras mejores clientes, y ten en cuenta que trabajo para ella desde que nuestros invisibles jefes decidieron mejorar la clientela. Pues antes se filmaba cualquier cosa, y de cualquier manera, por ejemplo los ejercicios lingüísticos de Suzette, que tuvieron un éxito tremendo, supongo que ya sabes por qué. Ahora recibimos encargos en dieciséis milímetros para gente de mucho dinero, y con algo de gusto, supongo que ya lo sabes, pues Momo es un genio en el arte de encontrar los mejores y más extravagantes clientes... Pero ya te contaré otro día su historia, ahora dime solamente cómo pudiste enredarte con esa impostora, por cuya lengua había pasado ya medio París. Y saber que yo me preguntaba: ¿por qué será que ese muchacho se toma tan a pecho el papel de Abelardo? Ah, porque no fingías: ya habías estado con ella y me hiciste creer, estúpido de mí, que tu interés era solo profesional, cuando la verdad era que ella ya te tenía atrapado por la cola, quiero decir por el hisopo, que es la peor forma de estar atrapado. Ten en cuenta que esa mujer es tan docta en su ciencia como Abelardo lo era en la suya, y que ha exprimido a fondo, en el campo del placer sexual, el principio de que el fin justifica los medios. Por eso espero que no te haya contagiado, no, no me refiero a una enfermedad venérea (que te convertiría en un démodé tan encantador como inofensivo), me refiero a tu mente, tu cerebro, pues cuando uno se inicia en esas atrocidades queda marcado para siempre. Por eso creo que eres un solemne idiota, dejar escapar a la otra muchacha, ¿estás seguro de que aún no estás a tiempo de recuperarla? Solo tendrías que suplicarle un poquito, humillarte y mostrarte arrepentido, qué poco es eso cuando se trata de alguien que vale la pena, mírame a mí... Antes de la dictadura de los coroneles, a la que no tengo vergüenza de confesar que estoy agradecido porque me trajo a Stavros, yo hubiera ido arrastrándome hasta la Meca si eso me hubiera puesto a los pies del príncipe de mis sueños, un árabe fino y educado, que supiera usar el bidé, no un gañán maloliente como los que siempre había encontrado en mi vida, mi vida de cazador nocturno en las calles de París. De modo que si aun crees que puedes recuperar a tu Eurídice vete a buscarla, no dejes que otro se vaya a aprovechar de la situación, corre y restaña su herida, pero corre, maldito, desaparece de una vez de mi vista. No, no quisiera volver a verte con esa calienta pollas con la que solo yo puedo tratar, pues estoy inmunizado contra ella, aunque, no te creas, un día casi me seduce, por pura perversidad... Y no se te ocurra aceptar dinero, sería como venderle el alma al diablo, en cambio conmigo, puedes tener confianza... ¿Quieres que te adelante algo?» dijo Giorgios, mirándolo con una especie de entusiasmo enternecido. «Ah, el dinero, *Maybe this time, money, money, money*» canturreó luego al constatar su indecisión, no sin explicarle el origen de la canción: un musical basado en una obra de Christopher Isherwood que había visto en Londres el año anterior.

Otro día, semanas más tarde, volvió a mostrarse preocupado por él y lo sorprendió con una festiva primicia: «Querido, estoy preparando una fantasía sobre la historia de Abelardo y Eloísa para la que creo que tú me vienes como anillo al dedo, con tu cara de profesor joven sabihondo y estreñido. Jajá, te lanzaré al estrellato porno bajo la forma de un filósofo medieval, bien conocido por sus dotes amatorias y por la forma como perdió sus atributos a manos de los vengadores de su amada. La historia acabará con *tes bijoux familiers* en un primer plano, sobre una bandeja, tan grandes como las de un toro, pues las haremos traer de Les Abbatoirs, ¿qué te parece?», bromeó. Esa misma tarde salieron juntos del estudio (era ya otoño, a juzgar por las hojas amarillas que la inercia del recuerdo aún hacía girar en su cerebro) y, como quien no quiere la cosa, Giorgios lo invitó a su apartamento –una estridente buhardilla de aire putesco, aunque vagamente bohemia, dotada de una alegre vista sobre la Place du Tertre–. Como él pareció sorprendido, Giorgios dijo: «Tranquilo, muchacho, a estas alturas ya no puede existir desconfianza entre los dos...». En efecto, no pretendía más que enseñarle sus dibujos, en prueba de amistad, aunque él solo intuyó el sentido exacto de la invitación cuando, ya en el apartamento, el Artista le mostró la copia que poseía de *El origen del mundo*, el cuadro de Courbet, que había colgado en la parte más destacada de su estudio... «¿Tanto te sorprende, querido?», dijo el anfitrión al reparar en la mirada de sorpresa que produjo en su joven invitado el hermoso pubis de mujer, con su coño grande y peludo, del que, según confesó, nunca hubiera imaginado que pudiera tener por autor a Courbet... «Pues ahora verás que no tienes ningún motivo para sorprenderte. Ya que esa cosa peluda es lo que yo quisiera tener en alguna parte del cuerpo, y la que me inspiró lo que ahora te voy a mostrar. Pero antes quisiera que tomaras algo, vamos a ver, ¿qué te parece este ouzo?», dijo enseñándole una botella más bien pequeña, con una etiqueta roja escrita en griego. «Un licor de mi país, de sabor dulzón y olor a regaliz...» Sin dejar de parlotear y contonearse, el hombre sirvió dos copitas, y luego, de un rincón de la habitación, rescató una especie de atril dotado de ruedecitas que parecía solo un mueble de adorno, pero que sostenía un grueso tomo, empastado en marroquín granate y verde, y lo empujó hasta la ventana. «La idea se me ocurrió al contemplar la pintura de Courbet», señaló orgulloso, abriendo el libraco con cuidado. «Yo me dije, querido, que si puede ser Ella, también puede ser Él, que era lo que habría dicho cualquier gran artista, si no tuviese reprimidos sus instintos, pues yo soy de los que creen que Monalisa es en realidad Monaliso, y viceversa, ¿captas ahora la sutileza de mis bigotes?... Pero ven, acércate, y dime qué te parece mi Aquiles...» «¿Aquiles?», preguntó él, al ver el pene representado en la plumilla...» «Sí, Aquiles, o la mejor parte de Aquiles, el muy mirmidón, o una parte muy representativa de Aquiles, y no me refiero a su talón», aclaró Giorgios, celebrando su propia broma con una risita pícara. Luego, precisó aún que su «Aquiles» estaba «copiado del natural» de las esculturas y reproducciones que, como el ser sensible que era, visitó durante años en los museos de Grecia e Italia, y, por supuesto, respondía al canon renacentista de la divina proporción. «¿No sabes aún lo que es, *mon brave*?», dijo, abriendo los brazos en línea recta, «pues deberías saberlo, ya que al mismo se adaptaban incluso los guapos precolombinos... Pero no me mires así, *oh la la*, ya te dije que tengo debilidad por los españoles. Si no, mira esto...», indicó, untuoso y envilecido, y abrió su álbum en otra página. Allí, el uno a la izquierda y el otro a la derecha, estaban frente a frente Don José y Escamillo, dibujados a partir de Merimé y de Bizet, sobre todo de Bizet... «Por cierto, hablando de Bizet, cuando espiabas ayer me recordaste a Don José, y hoy al verte estuve a punto de arrancarme con *Près des remparts de Séville, chez mon ami Lillas Pastia j'irai danser la Séguedille et boire du Manzanilla...*», remató, siguiendo de forma bastante reconocible, y con voz más bien poco femenina, la melodía de esa parte de Carmen...

A juzgar por las explicaciones del autor de las plumillas, estaba claro que solo en las dos primeras categorías su capacidad de interpretación y recreación había sido determinante. En las demás, la mímesis realista —como hubiera dicho cualquier pedante amigo de monsieur Farfán–, había sido diferente, toda vez que mostraban penes de todos los tamaños y aspectos «copiados también del natural», si bien –como se dio prisa en aclarar Giorgios–, en ellos era posible detectar alguna tendencia zoomórfica o antropomórfica que permitía trazar el perfil psicológico y moral del «propietario». Así, los había parecidos a enanitos que sesteaban, pues aún le quedaban muchas cosas por conocer, o a guerreros en reposo –los que estaban «en la mitad del camino de la vida»– e incluso los había con el aspecto de filósofos hedonistas, discípulos de Epicuro. Los fimóticos, a los que tildaba tan pronto de hegelianos como platónicos, eran los más curiosos, por testarudos: querían ver la realidad sin sacar la cabeza, como el que pretende peinarse sin quitarse el sombrero, ¿sería por eso que los coroneles habían prohibido a Platón? Giorgios se glosaba a sí mismo con breves y entrecortadas risitas histéricas, y hablaba de forma cada vez más atropellada, aunque sin dejar de barajar con cuidado sus preciosas cartulinas, y se quejaba de que no siempre era posible encontrar a alguien dispuesto a posar durante varias horas para una plumilla, y con gentes como él había que contentarse con la foto. De súbito, tras un jijí estridente y una patadita, decidió coger el toro por los cuernos: «¿Qué te parece si te inmortalizo en mi colección, que tarde o temprano irá a parar al Louvre o al Infierno de la Biblioteca Nacional?...». «¿Servirá para derrocar a los coroneles?» se le ocurrió bromear a él, y Giorgios celebró su pregunta con una carcajada. Luego, como si hiciera de tripas corazón, le explicó: «No sé si para derrocar a los coroneles, pero sí para que empieces a tomártelo en serio, el infierno... Pues yo estoy seguro de que algún día llegarás a él, lo que no sé es si en dos, en tres o en más patas, eso depende del camino que elijas. Solo tendrás que ir de lo alto hacia lo bajo, en el mismo sentido en que corren los ríos y las cloacas, y no a la inversa, como bien dice monsieur Farfán, a quien ya le hablé de ti... Ah, por cierto, ¿qué te parece si vamos a verlo pasado mañana? Vive en la parte alta de la colina de Montmartre, nuestro Señor de la Montaña, a cuatro pasos de aquí...».

XIII

Ugliano lo miró alejarse con expresión entre sorprendida e idiota, y él sorteó las mesas con una risita canallesca en los labios, avanzando hacia la parte trasera del local, donde, al fin, divisó un rectángulo de luz a la derecha. «*Faire sangloter le colosse!*, ¿dónde diablos lo aprendí?...», se preguntó. «¿Fue en aquel diccionario de argot, cuando traducía libros sobre la crianza de animales? ¡Vaya con el coloso!»

La escalera que bajaba hasta las toilettes era sórdida y pringosa, en tirabuzón, con un diminuto descansillo para el teléfono antes de llegar al suelo del nivel inferior, lleno de charcos, escupitajos y papeles, y del que salía un pugnaz olor a ácido úrico. «¿Era en la época en que aún soñaba con bajar a las Catacumbas a través del sótano de cierto bar de la rue Daguerre, en Denfert-Rochereau?» Pero –recordó– monsieur Farfán nunca cumplió su promesa de llevarlo al famoso cafetín, utilizado según él por los sublevados del mil ochocientos setenta y los resistentes del cuarenta y cuatro, cuyo acceso clandestino y privado a las Catacumbas había ponderado tantas veces ante el neófito, deseoso de ser iniciado en todos los secretos de París. No obstante, miró a lado y lado en busca de una puertecita sórdida y novelesca como la que había imaginado tantas veces en esa época, y en cambio se encontró con un hombre de voz chillona que gritaba allí abajo en inglés, intentando hacerse entender por teléfono, por encima del murmullo persistente y corrosivo que llegaba de la parte de arriba, y en el que se alcanzaba apenas a percibir la voz de Édith Piaf insistiendo: «*Traîné par cent mille musiciens... Cent fois j'ai voulu dire pourquoi... Il parle toujours avant moi... Padam... Padam... Padam...*». Entonces ocurrió que esa abigarrada combinación de ruido, música, humedad y mal olor lo transportó sin más a las gloriosas letrinas universitarias, cuya importancia iniciática, por decirlo de algún modo, no había sido reconocida aún, y quizás nunca lo sería... ¿Cuántas veces al calor de la discusión, y habiendo descubierto que compartían el mismo apremio físico, más de una vez los tres héroes fueron a evacuar juntos en ellas? ¿Y cuántas veces celebraron en dicho lugar aquella cita de Fromm o de Marx escrita en la pared, o incluso comentaron aquella otra de Simone de Beauvoir, que hubiera quedado mejor en el lado de las mujeres? Por cierto que durante unos días, por esa época, las muchachas anduvieron muy intrigadas intentando averiguar quién era el que les escribía en los lavabos frases alusivas a la represión femenina, a la liberación sexual, que solo podían haber sido elegidas por un hombre... Y luego, aquella hoja volante, dejada por alguien en los lavabos, que en términos estrictamente científicos ilustraba sobre el *homo onanisticus*, protagonista de una «revolución» que antecedió a la del neolítico, por lo que bien se podía decir que había sido la primera revolución del hombre (y de la mujer, como precisó alguna, con un jijijí algo histérico, que sonó como un rebuzno lleno de oscura sensualidad reprimida), todo ello aderezado con una bibliografía científica que a casi todos hizo pensar en el Jíbaro... Porque Ugliano –reflexionó– nunca hubiera sido capaz de tanta erudición; además, por esa época su especialidad era la dialéctica de las réplicas y contrarréplicas, que se daba especialmente en la improvisación, como ocurría en aquellos cursillos de filosofía en los que uno ponía por ejemplo una tesis de Fuerbach, y otro al que el cerebro se le iluminaba en ese sacrosanto lugar la glosaba. Fue así como, en el mes de noviembre de mil novecientos sesenta y seis, al final de una tensa y luminosa disertación sobre la *Crisis de la razón dialéctica* de Sartre, alguien que luego no fue difícil de identificar hizo sonar un nombre nuevo en una rara secuencia de palabras: «Sartre tiene los días contados, ya llegó Althusser...».

«De hecho, ¿la primera vez que tuve una discusión seria con Bojórquez no fue a propósito de Althusser?», se preguntó, y, en su esfuerzo por reconstruir los hechos, recordó que ya entonces tenía mucho rodaje, es decir, que el comienzo de todo estaba más atrás...

Posiblemente fue el momento en que, tras encontrarse con Ugliano, que había dejado su ciudad para poder entrar en la más grande y prestigiosa universidad del país, los dos se hicieron muy amigos y descubrieron que leer y estudiar juntos resultaba más provechoso que hacerlo a solas. Luego, poco a poco, arrastrados por la curiosidad general que inspiraba la brillantez y contumacia con que los dos aventajados estudiantes solían poner en aprieto a los profesores, se les fueron acercando otros alumnos, algunos de los cuales, más tarde, llegaron a tomarse las cosas muy en serio... «Sí –pensó–, los primeros sorprendidos fuimos nosotros. ¡Quién lo diría, viendo en lo que hemos acabado!»

Por esos días los libros comenzaron a hacer extraños y largos recorridos, yendo de aquí para allá de mano en mano, subrayados, anotados, ajados y a veces incluso destrozados, mientras las polémicas se extendían en el tiempo y el espacio, poblando la noche de todos de cerveza y humo de cigarrillo, y apareciendo en los lugares menos propicios, como la vez en que Soriano, borracho, declaró que ya había llegado la hora de dejar de leer a Kierkegaard y de pasar a Hegel, tras lo cual disertó en un prostíbulo sobre el concepto de «conciencia desgraciada» en la *Fenomenología del espíritu*, según los comentarios a la misma de Jean Hyppolite. Recordaba como si hubiera sido ayer el día en que, teniendo como telón de fondo una discusión en la cafetería, reparó en el nuevo miembro que, silencioso, escuchaba con interés, tomando notas en una libretita. Alto y caído de espaldas, de maneras bruscas, mirada burlona por no decir insolente, y sonrisa de seminarista volteriano, lo dejaron asistir a algunas sesiones, hasta que un día habló... Fue una revelación: aunque su elocuencia no era la de un líder, pues utilizaba los tiempos verbales como un académico –ningún problema con el pretérito pluscuamperfecto, pero cuánto desconcierto cuando utilizaba las terminaciones en «ere» del futuro perfecto y el imperfecto–, todos cedieron al hechizo de sus palabras, calculadas y sin florituras.

En lo tocante al mensaje que transmitían, el impacto fue tanto más contundente por cuanto que, hasta entonces, nadie había considerado las cosas desde ese punto de vista. ¿Cómo luchar por la igualdad de clases sin combatir al tiempo la tiranía que las oscuras fuerzas aliadas del Superyó ejercían sobre los instintos? He ahí cómo la revolución no podía hacerse de espaldas a Freud y al complejo de Edipo, ignorando el inconsciente y limitándose a olerlo en las letrinas a través de las frases que, en una solución tan pintoresca como vergonzosa, los más valientes se atrevían a escribir en las paredes. «Señores, no es suficiente con leer *El arte de amar* de Erich Fromm para poder sacar a plena luz del día lo que escribimos allá abajo llenos de vergüenza...» Fue así como Simón Bojórquez se llevó sin más el gato al agua: desde entonces, de una u otra manera, todos empezaron a girar a su alrededor, sin que eso plantease rivalidad alguna, y él pasó a ser conocido como el libertador de las letrinas. Un título que tuvo corta vida, dado que muy pronto todos conocieron, gracias al propio implicado, su condición de discípulo favorito del Gran Zubiela, quien, tras encontrarlo en uno de sus grupos de estudio, le recomendó ingresar en la facultad de humanidades de la Nacional. Un consejo tan sabio como estratégico, que le reportó muchos seguidores al partido de los freudo-marxistas...

—Pero de todos modos éramos unos ignorantes, carajo, pues no sabíamos nada de la poesía de las letrinas, ni habíamos leído a Rabelais... –se imaginó en su ensimismamiento que le decía a Ugliano, quien en esa especie de visión se limitó a escucharlo con sumo interés–: ¿Cómo hacer la revolución sin antes reír con Rabelais, ni conspirar con monsieur Farfán?...

—Monsieur Farfán... ¿Tú estás loco o qué? –dijo finalmente el Ugliano fanático y burlón que, sin saber cómo ni cuándo, allí abajo se había enquistado por segunda vez dentro de su cerebro, como un sueño dentro del sueño–. Siempre hubo una vena mística en ti, de la que todos desconfiábamos...

«Vaya cabrón, vaya hijueputa», pensó. «¡Vena mística yo!» ¿Y así que había desconfiado de él? Ah, lo que hay que soportar... Sí, ya estaba sumamente claro cuál de los dos se había vuelto más intransigente durante esos veinte años. ¡Y, también, cuál de los dos había hecho menos autocrítica! «Sí, muy claro», repitió, definitivo y autocomplaciente, justo en el momento en que el hombre de timbre destemplado dejaba de dar voces, colgaba el teléfono y venía también a orinar, haciéndolo volver a la realidad; fue así cómo se encontró junto a un desconocido que le llamó la atención por unas horribles gafas oscuras y un ridículo sombrero con plumas que lo hacía parecerse a un mafioso italiano, y dejó el lugar con inquietud...

«No olvidar hablarle de la guerra de Troya y el Escamandro, no olvidar hablarle de la puerta del infierno, no olvidar hablarle de Aquiles y la poesía de las letrinas, no olvidar...», repasó su lista, empezando a subir con premeditada lentitud. Pero no, eso no estaba en la *Iliada* sino en las cartas de Flaubert, la poesía de las letrinas. Decirle por ejemplo: «¿de modo que te bautizaron Héctor en honor a Homero? Vaya fiasco, compañero...». No, no, ¡demasiado cruel! Pues, aunque corrió huyendo de Aquiles, el Héctor de la *Iliada* tuvo una muerte digna, y también un entierro, y, sobre todo, un padre que lo lloró y no dudó en humillarse ante el enemigo para recuperar su cadáver. «Pero no todos podemos ser hijos de alguien como el rey Príamo, qué hijueputa la vida, qué hijueputa...»

A punto de alcanzar la superficie sintió el cosquilleo de una lagrimita que había empezado a rodar por su mejilla, y se paró un momento para limpiársela con el dorso de la mano. Al hacerlo, su garganta emitió un gruñido espasmódico, y tuvo que esperar unos momentos para recuperar el aplomo... Luego, dejando atrás la aceitosa y empinada escalera respiró aliviado al divisar allá al fondo la tranquila figura de su amigo que, resistente a la lejanía y al olvido, a la ausencia y al deterioro, se había sumido en una especie de muelle quietud vecina al sueño o tal vez a la inconsciencia.

—Carajo, has tardado una barbaridad —dijo Ugliano al verlo, reanimándose y casi recomponiéndose para él, con un asomo de sobresalto—. Por un momento pensé ir a ver si es que me habías dejado plantado...

—Cómo así, hombre, cómo así, yo sería incapaz de tratar de ese modo a un amigo... —protestó él con dignidad, y recordando la lagrimita que acababa de limpiarse sintió deseos de abrazarlo por primera y última vez, pero, como si temiese despertar del suave sueño en que estaban, se contuvo y más bien dijo—: lo que me pasó ahí abajo fue que comprendí de repente por qué las gentes sensibles como nosotros descubren que navegan en el río de la vida, que al final es también el de la muerte, precisamente en los urinarios —luego, como quien se apresura a avivar un fuego que está a punto de apagarse, añadió con alegría—: ¿cuánto pipí hay que hacer antes de llegar a ser un hombre maduro? ¿Y cuántas veces hay que meneársela? ¿O, para mantenerse en el mismo orden de cosas, con cuántos libros hay que recalentarse el cerebro? Buenos libros, por supuesto, no esas mierdas que empiezan a leer y escribir los escritores de ahora... Porque tal como van las cosas, seguramente dentro de unos años los aprendices de escritor serán aupados por las editoriales, que descubrirán un genio cada fin de semana, y venderán muchos ejemplares, muchos, y así el afán de lucro lo habrá invadido todo, incluida la literatura. ¿Tendría que entrar entonces en su santuario como Jesús en el templo, con el látigo en la mano? No, seré ya demasiado viejo... Y, además, no me sentarán bien la barba y la melena de Jesús... ¿Todavía estoy a tiempo? No, mejor orinarse en todo, hacer pipí en todo, carajo...

—Sí, eso, orinarse en todo —coreó Ugliano, atraído por la idea—. Y, para eso, beber mucha cerveza... ¿sabes que en Alemania hay bares donde uno puede orinar en el propio mostrador?

—Pero ese no es un pipí bueno para medir la vida, Héctor —disertó él, tragando saliva, al comprobar que en su pecho, tan rápidos como vinieron, se habían diluido los molestos rescoldos de la emoción–. El que es bueno para eso es el que uno va haciendo aquí y allá, zarandeado por las contrariedades y las decepciones. En ese sentido, digo yo, la vida se puede medir por los pipís hechos y los libros leídos... ¿Por qué, si no, muchos de nosotros empezamos a escribir en los urinarios? ¡Cómo nos inspirábamos allá abajo! ¿Recuerdas que fue en el «mijitorio» de la universidad, como lo llamaba el negro Rovira, donde empezamos a leer las primeras citas sobre la liberación sexual? ¿Y no fue allí donde se escribieron grafitis mejores que los que luego se hicieron famosos en el mayo francés? ¿Y el «mijitorio» turco de aquel restaurante del Barrio Latino en el que nos citábamos cuando nos conocimos y nos hacíamos pasar por sorbonnards?

—¿Por qué cosa?

—Sorbonnards...

—¿Sorbonnard? No, yo nunca he sido sorbonnard –se defendió Ugliano, muy digno, reanimándose–. Eras tú el que disfrutabas posando de estudiante revolucionario... ¿Pero quieres que te diga una cosa? Yo nunca creí en tus sorbonnards, que eran unos hijos de papá, ya ves lo que ha sido de ellos...

—Pero no me refería a los estudiantes de mayo, Héctor, sorbonnard es un término muy antiguo, tan antiguo que ya lo usaba Rabelais. Fíjate que Gargantúa ya era sorbonnard...

—¿Que Gargantúa era sorbonnard? ¡Carajo, y yo todavía sin saberlo!...

XIV

Porque lo que le ocurrió a monsieur Farfán en esa fecha fatídica de su vida fue que, de tanto torturarlo, los nazis hicieron que su voz, su penetrante e impenitente voz de buey se manifestara, recorriendo los más agudos registros de su tesitura. Quedó bien claro, en esa memorable ocasión que, aunque no poseía un hermoso timbre (¿pero era necesario tenerlo?, ¿no había llegado a ser Tito Schipa el mejor tenor de su época con una voz de sacristán?), tenía en cambio una potente voz de barítono, que el célebre Charles Panzera, amigo de su familia, elogió una vez por cortesía, provocando una avalancha de entusiasmo por el bel canto en la mente del joven, que dio en querer cultivar su voz de la mejor forma posible. Esa época de su existencia le suministró las imágenes, que luego nunca lo abandonarían, del prestigioso maestro acompañándolo al piano, y espetándole casi, ya en el límite de la exasperación, que aprendiera a administrar el maravilloso fiato con que lo había dotado la madre naturaleza. Inútil recomendación: hiciera lo que hiciese, al joven postulante a barítono el aire se le iba, se le escapaba, se le disolvía en unos pocos sonidos penetrantes y mal modulados que a veces ensordecían al propio «monsieur Fuelle roto», como alguna vez llegó a llamarlo el propio Panzera, quien por otro lado había llamado la atención sobre lo singular de su voz...

Lo más especial de ella era la tesitura, que iba desde la la^2 hasta el si^4, lo que era propio de un barítono brillante, pero luego entraba con vigor en la zona del tenor, aunque sin llegar al do, lo que en opinión de Panzera era la prueba incontrovertible que anunciaba a un barítono Martín, apetecida voz del repertorio francés tan espectacular como infrecuente. Pero ni siquiera el aciago día en que, en aquel cuarto mal alumbrado del premier arrondissement, monsieur Farfán fue abandonado a su suerte en manos de cuatro alemanes, seleccionados por sus capataces de entre los más brutos, su miedo a morir pudo hacer nada, absolutamente nada para mejorar la emisión de su voz, ni la forma como la apoyaba, ya que ni los la^3 por los que cayeron varios compañeros del deuxième arrondissement, ni los re^4 por los que lo hicieron sus amigos de canal Saint Martín, los siguientes en ser entregados a los verdugos, lo afectaron tanto como el do de pecho con el que se delató a sí mismo, echando por tierra las presunciones de Panzera sobre su voz. En cuanto a la forma de vocalizar, la lección no fue menos dura, pues tuvo que recibir al menos tres dosis más de picana y de golpes en la cabeza con un horrible mazo de madera ablandada por la humedad para que dejaran de parecer tan herméticos como los balidos de una oveja varias veces acuchillada. Entre chanzas y risas los torturadores fueron descifrando los sonidos que salían de aquella garganta helada de pánico y de frío, que había recorrido todos los registros de su tesitura, acosados por los ojos del hombre que, bañados en lágrimas, imploraban mudamente piedad. Por eso, un inconfesado remordimiento, potenciado por una algo más asumida vergüenza, así como unos molestos zumbidos en los oídos (llamados acúfenos por los médicos), lo agobiaron durante los primeros años de posguerra, hasta que cierto médico de miras más amplias que los otros le recomendó ir al psiquiatra.

Fue una idea afortunada: gracias al nuevo enfoque psicológico del problema, este evolucionó de forma positiva: desaparecieron de su cabeza los remordimientos y los zumbidos, pero al cabo de un tiempo aparecieron por primera vez los célebres encadenamientos de palabras, o «cadenas sintagmáticas», como las llamara cierto amigo suyo muy infectado por las sórdidas coqueterías estructuralistas. Eran amasijos verbales sin apariencia lógica inmediata, que se manifestaban a cualquier hora, especialmente al despertar, y en cuyo contenido, como lo advirtió casi al instante, monsieur Farfán podía intervenir orientándolo en un sentido u otro. Cuando eso pasaba, conservando toda su sangre fría, cogía su bloque y escribía deprisa las frases, como quien anota lo que le dicta su propio cerebro. Un inesperado bienestar, que en todo momento lo mantuvo alejado de cualquier otra sospecha de enfermedad, lo invadía entonces, y él lo aceptaba como una recompensa bien merecida... ¿Por qué no podía la naturaleza manifestarse de ese modo en el pobre cerebro estrujado de un hombre que ha vivido la mayor parte de su vida en el límite?

Que en todo esto debía conservar siempre la calma y guardar el secreto fue algo que monsieur Farfán asumió gracias a un pacto consigo mismo que, desde entonces, le resultó muy fácil respetar. Luego, cuando descubrió que sus «cadenas sintagmáticas», convenientemente orientadas, tenían gran éxito entre sus amigos, especialmente entre los más jóvenes, e incluso entre los rufianes con los que le gustaba contemporizar, que lo encontraban muy interesante, y en honor a los cuales utilizaba a veces un argot carcelario, empezó a comprender cuál sería la base del nuevo escenario de su vida... La metamorfosis se había completado: las lecturas de Allan Kardec y de Swedenborg solo le dieron el lustre que necesitaba para poder irradiar con suficiente intensidad sobre sus discípulos. Ante ellos tuvo por supuesto la cautela de no citar mucho al primero y de aludir al segundo solo con relación a Baudelaire, así como de no referirse más que de pasada a sus veleidades juveniles de cantante lírico e incluso de miembro de la Resistencia... De esos dos asuntos solo llegó a hablar con monsieur Ganderax, su amigo del quatorzième, quien tenía sus propios acúfenos y, experto en genealogías, supo descubrir oportunamente en su colega a un puntual miembro de la nobleza. Pues el apellido Farfán, de origen español (y sin relación conocida con Farfante, que en la lengua de Cervantes significaba fanfarrón) había sido en un comienzo un apellido compuesto, según cierto testimonio del siglo xiv, que relataba la presencia en Marruecos de «unos caballeros farfanes descendientes de los godos». En el escudo de armas de los Farfán de los Godos aparecían, en oro, tres billetes de gules en triángulo mayor y, en plata, tres sapos color sinople. Tras explicarlo monsieur Ganderax comentó: «Por eso muchas veces, en vez de enrojecer reverdeces, ¡por tu sangre verde, de sapo!...»". Ese día los dos amigos regaron risas y bromas con absenta, la *Fee Verte* de Verlaine y Rimbaud, y terminaron con un brindis a la salud de «los cuatro sapos del Apocalipsis»... Luego, dudando entre la risa y la emoción, monsieur Farfán le auguró a monsieur Ganderax la llegada de un día maravilloso en que un caballero Farfán de los Godos, al mando de una brigada de eruditos, sería el artífice indiscutido de la segunda liberación de París. En cuanto a aquel, con voz trémula le prometió que combatiría a su lado codo a codo, con sus viejas metralletas y obuses, y no cejarían hasta hacer saltar por los aires la estatua de la République. «Un enorme, viscoso y erudito sapo croará el día de la liberación, sobre la cabeza de la falsa Dame République...».

Pero por todo eso, y por encima de todo, lo que más preocupaba a monsieur Farfán era lo que él llamaba «sus muchachos». Aunque con una sonrisa de malicia solía afirmar que se conformaba con no ser para ellos más que una especie de amable Tiresias, de adivino y amamantador, dotado de unos grandes pechos nutricios, atribuía a su voz el papel, mucho más importante, de penetrar en sus cerebros y seducirlos, como un logos iluminador tan ecuménico como cálido. Que ellos escucharan sus «cadenas sintagmáticas» cuando estuvieran muy lejos de él, que ellos se comportaran como insectos atrapados en su red de palabras, sí, una gran telaraña tejida por una araña benigna y generosa que, en el centro de su tela, los retiene un momento antes de soltarlos para que vuelen...

Fue así como el excéntrico erudito se interesó desde un comienzo por el joven que acompañaba casi siempre a Giorgios, aunque intentaba disimular lo mucho que lo impresionaba su manera de prestar atención. Porque cuando él hablaba el joven escuchaba en silencio, el rostro iluminado por una especie de fosforescencia espiritual, al mismo tiempo ávida y recelosa, que irradiaba sosegadamente desde sus ojos y le ponía, casi imperceptible, una sonrisa irónica en los labios. Desde entonces, cada vez que a monsieur Farfán se le ocurría una idea brillante –y tenía una fuerte tendencia a considerar brillante solo lo extravagante–, de inmediato aparecía en su mente la mirada del joven, y era como si intentase mesurar en ese misterioso espejo la profundidad y el interés de su ocurrencia...

Casi llegó a sentir ternura hacia Giorgios por haberle traído a alguien nuevo como él –alguien venido del otro lado del océano, de ese trópico violento y fauve, poblado de cocodrilos y boas, animales por los que no guardaba ninguna simpatía–, al que se acostumbró a hablar imaginariamente en su soledad, como si quisiera prepararlo para algo, o tan solo protegerlo de un peligro innombrado. En esa primera, inolvidable ocasión en que estuvo a solas con él, lo invitó a su buhardilla en la rue du Mont Cenis, donde una tarde lo esperó tocando *Claro de luna* en un viejo piano de pared. Nada más abrir la puerta le preguntó a bocajarro, casi respetuosamente: «monsieur Dupuy, ¿le gustaría escuchar algo especial?». Por suerte, reaccionando con prontitud, el muchacho reparó en las vistosas plantas que había junto a las ventanas y dijo: «*Le jardin sous la pluie...*». Fue un acierto: a monsieur Farfán le brillaban de excitación los ojos de color sinople limón cuando se sentó al piano, y como a pesar de su nerviosismo pudo percatarse de que le habían fallado varios acordes –pues en esos momentos, de forma casi automática, su fino oído lo registraba todo–, por propia iniciativa congratuló al invitado con dos piezas de Satie que conocía mejor. Luego, se dejó venir con los acordes de «En la cueva del rey de la montaña», que interrumpió bruscamente, cuando los trolls empezaban a llegar, y entonces dijo no sin cierta solemnidad: «*Oh, mon cher monsieur Dupuy!*», haciendo que el anfitrión se sintiera importante al tiempo que inhibido. A juzgar por esa especie de largo preludio musical, pensó, monsieur Farfán debía ser no solo un portento de erudición (como, siempre según Giorgios, quedó demostrado la vez en que la asociación de eruditos de la Rive Droite, lo propuso como candidato para liderar la asociación a escala nacional), sino también alguien que tenía por costumbre causar la mejor impresión, se tratase de quien se tratara, y nunca se le hubiese ocurrido pensar que había actuado así solo para él. Por lo demás, no se sintió incómodo ni siquiera cuando, al reparar en lo mucho que sorprendió al visitante encontrar en su estudio una reproducción del San Cristóbal del Bosco, el viejo se refirió a la pequeña figura del hombre desnudo perseguido por el dragón, y no a la grande del portador de Cristo...

—Amo los dragones desde que supe que los cartógrafos antiguos, al levantar sus mapas, ponían «tierra de dragones» cuando tenían que bautizar un territorio desconocido... Así, yo vivo aún en tierra de dragones, ¿y usted monsieur?

—¿Yo? Yo vivo entre filisteos... –dijo, sin pensarlo muy bien, sintiendo que le hubiera gustado responder algo mejor, y luego añadió–: pero, monsieur, volviendo al cuadro del Bosco, a mí siempre me ha llamado la atención la imagen de San Cristóbal y el niño...

—Todos los niños desean ser tan pesados e insoportables como Jesús –rio monsieur Farfán–. Sin duda monsieur Dupuy se educó en un colegio religioso, y aún sigue en tierra de pingüinos, es decir, curas y jesuitas. ¿No será ese el peso que tiene que arrastrar?...

Monsieur Farfán hablaba muy despacio, frotándose las manos con unción, y cuando el muchacho no lo miraba hurgaba en su rostro, sin poder evitar que, por momentos, sus pupilas verdes brillaran como las de un gato al acecho...

—¿El peso?

—Hablo por supuesto en sentido figurado, monsieur –dijo el anfitrión, acercándose al anaquel más próximo al confesionario, del que cogió un grueso libro de arte, que colocó con sumo cuidado sobre la mesa. Luego lo abrió por la mitad y pasó sus páginas con impaciencia, en busca de algo que no tardó en encontrar: una reproducción en blanco y negro de la escultura de Bernini sobre Eneas huyendo, tras el incendio de Troya, con su padre a cuestas, y acompañado por su hijo y su esposa. «Es una de las esculturas más hermosas que he conocido, comparable solo a la María Magdalena de Donatello...», dijo entonces, ofreciendo a la contemplación del invitado una foto en blanco y negro que, según él, no le hacía justicia a la obra, ya que su mensaje variaba según el ángulo elegido. Él prefería el sur-oriental, porque permitía captar cómo Eneas inclina la cara hacia un lado. ¡Era tan llamativo el contraste entre la expresión apacible del rostro y el esfuerzo de un cuerpo maravilloso, ¿ve usted?, que carga con uno avejentado que a su vez lleva encima a los dioses penates!...

—Sin embargo, yo tengo amigos que, en vez de cargar con su padre, siguen a caballito sobre él, aunque ya no tienen cinco años... –objetó el muchacho, muy serio, deshaciendo el hechizo creado por las palabras del anfitrión.

—*Vous étes, monsieur, vous étes très charmant...* –celebró este su comentario, sonriendo de forma amanerada, como una vieja coccotte–. He ahí toda la sabiduría de Homero, Virgilio y Bernini echada de un plumazo por los suelos. Pero su reticencia, monsieur, me hace pensar que usted, mejor dicho su incredulidad... ¿Tal vez porque no soy uno de esos profesores de la Sorbona que hacen que tantos muchachos incautos atraviesen el océano?

—No, señor, cómo se le ocurre... –protestó él, reparando con sorpresa en la susceptibilidad del hombre, y para reconfortarlo bromeó–: lo que pasa es que yo pienso que hubiera sido más lógico cargar con el abuelo y no con el padre...

—En parte tiene usted razón –dijo monsieur Farfán, riendo, y, ahuyentados sus recelos, se enfrascó en una esforzada disquisición sobre Eneas... ¿Qué edad tenía este en la *Iliada*? Lo sabemos gracias a su enfrentamiento con Idomeneo. Al verlo venir, este pide ayuda a sus amigos, argumentando que Eneas «tiene la flor de la edad, que es de todas las fuerzas la más grande». Según eso, Eneas debía estar entre los veinticinco y los treinta años.

Y si al abandonar Troya Eneas tenía esa edad, en tal caso Anquises debería tener no menos de cincuenta... «¿Lo ve usted, monsieur?» ¿Que un hombre de esa edad tuviera que ser cargado por su hijo, tenía algo de insólito habida cuenta de que no podía servirse de sus piernas, y era posiblemente ciego? Sí; Anquises, el misterioso y bello Anquises, el rival de Príamo, que llegó a enamorar a Afrodita y a hacerle un «troyanito», había sido castigado de ese modo por los dioses... Pero si Eneas hubiese sido engendrado por un padre ya un poco mayor, de entre treinta y cuarenta años pongamos por caso, así podríamos suponerle a Anquises entre sesenta y setenta, lo cual encajaba mejor en el designio de representar realmente las tres edades del hombre: la ancianidad, la madurez y la infancia... En cuanto a Yulo...

—¿Yulo?

—Yulo o Ascanio, es lo mismo...

—¡Ah! –dijo el muchacho, asintiendo, y escuchó al viejo de la montaña pronunciar por primera vez la expresión *petit de l'homme*. ¿El cachorro humano? Sí, para el «pequeño del hombre», fuese troyano o aqueo, francés o «colombiniano», la perspectiva era bien diferente. Cuando es Eneas, uno puede ser un puente entre el pasado y el futuro, pero cuando es Anquises solo puede ser enlace con los dioses penates... «En cambio, cuando eres Ascanio eres la encarnación de las generaciones futuras que nos esperan; las generaciones para las que trabajamos sin saberlo, *vous cómprenez?* Porque no hemos sido esperados en la tierra, como quienes nos precedieron... ¿Y no trabajamos ya para los que esperamos, aunque ellos aún no lo sepan? En cuanto a los muchachos de las jornadas de mayo, que cabalgan a lomos de sus padres de forma indecente, como bien lo dijo usted hace un momento, monsieur Dupuy..., en cuanto a esos muchachos, yo guardo silencio...»

Cuando salió aquella vez se percató de lo mucho que lo había impresionado la expresión *petit de l'homme*. Porque no, el cachorro humano no era sin duda lo mismo que «l'enfant». ¡Se trataba de una forma nueva de referirse a la engreída especie humana vista desde su relación con las especies inferiores! De ese modo, se podía hablar *du petit du singe, du petit du cheval, du petit du lion et du petit de l'homme*. Ternura y visión de antropólogo en un mismo concepto. Lo curioso es que, carente de musicalidad, en castellano la expresión parecía fuera de lugar, mientras que en francés irradiaba esa sensación de calidez portentosa que parecía transfigurar aquella tarde radiante, en la que las hojas doradas de los castaños en el parque de Luxemburgo, adonde se fue a meditar y a contemplar a las muchachas que pasaban, a los niños que correteaban, y hasta a los ágiles gorriones que revoloteaban, celebraban una especie de consagración del otoño.

«*Le petit de l'homme*», murmuró, satisfecho, he ahí algo que nunca hubiera podido aprender en la Sorbonne...

Una semana después, en su segunda visita, la expresión estaba todavía en su mente, y no tardó en aflorar en la conversación. ¿El olfato del «cachorro del hombre»?... No era una fantasía, pues allí estaban para recordárselo los olores de su infancia. ¡De la infancia, que es precisamente donde empieza la tragedia!... ¿A cuántos olores que podrían enloquecerlo debe renunciar el niño en ella?...

«En ese sentido, *mon ami*, Freud no se equivocaba» comentó monsieur Farfán, y a él le dio un vuelco el corazón cuando lo escuchó hablar de la teoría sexual con una perspicacia que lo sorprendió —definitivamente el viejo era una caja de sorpresas—, y en homenaje a la sabiduría de su amigo quiso poner su granito de arena mencionando el nombre de Proust. Fue entonces cuando, según pudo observar, algo raro ocurrió en la cara de monsieur Farfán, que se rascó el lunar bulboso de la barbilla, y con voz fría dijo que se sentía mal... «Tendrá que disculparme, monsieur», añadió, y desapareció. Tras esperar un rato contemplando las láminas de la pared sin que el otro volviera, decidió abandonar el lugar de forma furtiva...

—¿Pero qué ha pasado, cielo santo? –le dijo Giorgios, minutos después, cuando lo encontró montando guardia, con aire sombrío, a la entrada de su garçonnière de la Place du Tertre

—Que el viejo ha hecho mutis, me ha dejado plantado...

—¿Te refieres a monsieur Farfán?

—Sí... ¿Ese hombre está bien de la cabeza?

—Mejor que tú y yo juntos... Pero, a ver, qué habrás hecho... –mumuró Giorgios, acariciándose el mentón.

—Nada. Le estaba hablando de Proust cuando...

—Por dios, ¡te has atrevido a hablarle Proust! Y elogiosamente, supongo... ¿Pero no te advertí que?...

Solo entonces recordó que, en fecha más bien reciente, por lo visto, Giorgios le había explicado que Proust era un odio visceral de monsieur Farfán, un odio que podía llegar a ponerlo al borde del colapso. Él lo había visto ya echar espumarajos mientras ponía verde a Gide, a quien una vez pidió una carta de presentación que el autor de *Les Nourritures terrestres* omitió enviarle, o mientras ridiculizaba el credo político de Aragon, que se negó a prologar su obra maestra, la *Guía secreta de los paraísos infernales de París*. ¿Pero qué podía tener contra Proust, que no había tenido veleidades políticas? «A veces sospecho, querido, que lo detesta por lo mismo que yo lo desprecio, por su cobardía... ¿Por qué Albertine y no Alberto?», le repetía Giorgios ahora, intentando consolarlo, antes de añadir que, por la época en que lo conoció, monsieur Farfán celebraba todos los años la llegada de la primavera enviando por correo a *La Société des Amis de Marcel Proust*, en Illiers-Combray, una o varias cajas con ratas en descomposición, y que luego se iba a la rue Amelot a celebrar su ocurrencia con su amigo monsieur Ganderax, otro viejo excéntrico, antiguo anarquista español, que vivía en un piso con su mujer y su colección de viejas metralletas y granadas... «¿Aún no te ha llevado a su casa? Dicen que su colección es la más completa de Francia, si no de Europa o del mundo, y que tuvo que pedir un permiso especial para tenerla en casa, pues algunas no estaban desactivadas. Fue uno de los que entraron en la ciudad el día de la Liberación, o eso cuenta él, pero cuando se reúne con su amigo casi siempre terminan los dos en una taberna de Montmartre trazando los planes de la segunda, y más auténtica, liberación de París. Incluso un día, como prueba de que hablaba muy en serio, monsieur Ganderax viajó a la Rive Droite llevando un extraño objeto en bandolera, una vieja metralleta envuelta en viejos periódicos que le regaló para que estuviera preparado... En fin, yo creo que planean algo grande, ya verás como un día nos vamos a enterar, cuando la estatua de la République vuele por los aires, y a todos nosotros nos tomen declaración en el Palais de Justice... ¿Pero qué te estaba diciendo? Ah, sí...». Hacía como cinco años monsieur Farfán lo había llevado a La Cloche, el restaurante de los *clochards*, rue Dante, donde estuvieron un rato charlando y empinando el codo. El viejo parecía feliz en medio de esos malos olores, pues, como todo el mundo sabe, cuanto más sórdidos y fétidos son los restaurantes, mejor encuentra su paladar lo que se come y bebe en ellos–, precisó, con una sonrisa exculpatoria. Pero de pronto el hombre se quedó mirando con sus ojillos rapaces a alguien que se había sentado frente a ellos... Y, entonces, Giorgios añadió: «era un tipo de bigote negro, mal afeitado, con los pár-pados caídos, de insomne, y grandes ojeras, la viva imagen de Marcel Proust *en clochard*. Total, que se hicieron amigos suyos, y tras intercambiar malignamente un guiño cómplice lo invitaron a una tila y una magdalena, pero el tipo los miró con odio y dijo: "*Merde, quoi, pour moi du picrate!...*" *Du picrate*, ¿qué otra cosa podía querer?». Pues bien: ellos le pagaron una botella de *picrate*, y lo dejaron, no sin que antes el dueño del establecimiento les confirmara que era muy fácil encontrarlo todas las noches por allí. Lo había traído Julot, un tipo que tenía un perro, un bastón y una colección de fósiles, entre ellos uno muy valioso de cucaracha, y que decía que el género humano descendía de la cucaracha. Cuando otros intentaban explicarle que era del pez que descendían todos los seres vivos él se obstinaba en que antes que el pez estaba la cucaracha, según lo había demostrado Darwin, y como prueba de ello blandía de forma amenazadora su pretendido fósil de cucaracha, animado por su amigo, el hombre de los bigotes negros y los párpados caídos. Los dos clochards se habían peleado con todos los demás, y desde hacía meses se habían hecho fuertes en el lado derecho del Pont d'Arcole. «Pues bien, ¿puedes creer que al día siguiente monsieur Farfán me trajo un guion completo, "Marcel Proust en los infiernos", una obra de arte tan sutil como maligna, tan sórdida como encantadora? Con decirte que Proust aparecía no en la *bolgia* de los sodomitas, ni en la de los cobardes –¡si no existe debería existir una!–, donde lo hubiera puesto yo, y también él, sino en la de los adivinos, imagínate: ¡los adivinos!», exclamó Giorgios poniéndose bruscamente de pie. «¿En la de los adivinos?», preguntó él, que empezaba a sentirse cansado, «¿por qué en la de los adivinos?» «Sí, querido, porque Proust, según él, hizo del pasado el objeto de una hechicería, ese es el gran pecado para monsieur Farfán...» Por eso el señor de la montaña lo había puesto a caminar de rodillas en una *bolgia* llena de ratas enormes, cargando con una de ellas, su padre, mientras un criado de rostro patibulario le clavaba en las fofas nalgas grandes agujas y los otros roedores le mordisqueaban manos y piernas... «Las ratas, ¡ah, las ratas!, ¿serías tú capaz de convertir a tus padres, tus pobres padres, en ratas vengativas?», terminó monsieur Giorgios, y a él le pareció percibir que dos pequeñas lágrimas, tan histriónicas como inverosímiles, se deslizaban por sus ojos, que por un momento, por los destellos verdosos que lanzó, le parecieron una réplica exacta de los de monsieur Farfán.

XV

—Muy bien: Gargantúa fue sorbonnard. Pero con quien yo ahora me identifico más es con Pantagruel, por el hambre que tengo –dijo Ugliano, y preguntó–: ¿y a ti, qué te dicen las tripas?

Volviendo en sí miró hacia la calle con desconcierto, como si no supiera cuántas horas habían pasado, y luego dijo:

—Todavía nada, pero no importa... Aunque aún es un poco temprano, podemos estirar un poco las piernas y luego buscamos un sitio para cenar...

¿Pero era realmente lo que quería? «No, claro que no», reflexionó, poniéndose de pie y disponiéndose a pagar. Era evidente que prefería despedirse e irse a rumiar a solas las penas y alegrías del día, incluso al precio de enfrentarse a la cara de decepción de su amigo, quien con toda seguridad tenía planeado celebrar el encuentro con algo extraordinario, una pantagruelada, o incluso una calaverada. «Sí, cortar por lo sano ahora, antes de que sea demasiado tarde», pensó, y en el acto comprendió que ese precisamente era el obstáculo...

Si bien todavía no era de noche, y grandes flecos dorados manchaban aún la parte alta de los edificios, las vitrinas de algunos comercios brillaban ya en las aceras con luz propia, y hacia la derecha, al fondo, el boulevard Saint Germain, con su acompasado y estimulante bullicio, era como un mesurado carrusel de luces parpadeantes a cuyo embrujo resultaba difícil sustraerse. Por eso, aún indeciso, caminó con su amigo en esa dirección, y le resultó fácil, casi placentero, hundirse junto a él en la corriente de los turistas que, emulando a los propios parisinos, se apresuraban en busca de la atracción de la noche, circulando por las aceras entre la estridencia de los cláxones y el ronroneo de los motores y las engalanadas mesas de los restaurantes, e ignorando casi la brisa que movía suavemente sobre sus cabezas las hojas de los castaños y los plátanos. Pensó que algo lo succionaba hacia el gentío, invitándolo a mezclarse con la gente, con sus olores y sus voces, y torciendo por la rue Danton en pocos minutos bajaron hasta Saint Michel, donde, rodeada de instrumentos eléctricos, una aparatosa concertista tocaba el piano en la pequeña explanada en forma de quilla de la plaza. Allí se fundieron en una muelle concurrencia que escuchaba, aplaudía y, de tiempo en tiempo, dejaba gotear una moneda en una especie de bacinilla recaudadora, hasta que, al cabo de unos minutos, también él sintió hambre y propuso pasar a la zona de los restaurantes, que empezaba allí al lado, en la vecina rue de la Harpe...

—¿Te gusta la musaka? –preguntó Ugliano al divisar, al otro lado del torrente que hormigueaba en la calle, la pequeña y alegre marquesina de un restaurante griego cuya música melancólica lanzaba su ensalmo a los turistas, sin demasiado éxito por lo visto pues a simple vista parecía medio vacío.

Adentro, todo era pequeño e íntimo: las rústicas y casi estrechas mesas de madera, el techo demasiado bajo para los ventiladores de grandes aspas o las redes de pesca colgando de las vigas a modo de grandes telarañas, y los pequeños biombos que separaban a las mesas más cercanas unas de otras... ¿Pero qué decir de aquel extraño surtido de objetos griegos, en especial guitarras e instrumentos de pesca o de labranza, que servían de introducción a una gran foto de Anthony Quinn en el papel de Zorba el Griego?... Todas esas incitaciones folklóricas debieron surtir un efecto tonificante en Ugliano, quien, tras la negociación de la cena con el camarero –él se decidió por la sopa de pescado y las empanadillas de bacalao y su amigo por la sopa de altramuces y la musaka, todo eso regado con vino de la casa, un Retsina con regusto de conífera–, miró en su derredor con aire satisfecho y dijo:

—Ahora llegó el momento de los brindis... Primero, brindo por don Pedorro.

—¿Don Pedorro?

—Mierda, no me digas que ya te olvidaste de mi curita –protestó Ugliano.

—Ah sí, sí, don Pedorro... ¡Que viva don Pedorro!

—¡Que viva don Pedorro!... –coreó el hombre de los grandes bigotes, exultante y renovado, elevando su copa, tras lo cual él propuso, para no ser menos:– Y yo brindo por Eneas el troyano, hijo de hombre y diosa...

—Y yo por Héctor y Rolando, colombianos e hijos de puta... –replicó Ugliano arrastrado por la euforia, y él celebró la ocurrencia con una carcajada.

Fue entonces cuando casi se sintió contento de estar junto a su amigo, cuya expansiva alegría empezaba a contagiarlo, ¿por primera y acaso última vez?, sacándolo de esa especie de persistente enfurruñamiento desesperanzado que, en los últimos días, parecía ser su forma natural de estar en París. Y pensó que nadie, al ver a Ugliano, hubiese dudado de que no estuviese lo suficientemente vivo, o de que no disfrutara a cabalidad de sus prerrogativas vitales, con sus palabras malsonantes, con las cuales parecía vibrar. «Pero me equivoco», corrigió, empeñándose en proseguir, por encima de ese momento de alegría compartida, con su labor de inventario general de los recuerdos. «Pues Ugliano, el mono Ugliano, fue desde siempre así, desde que llegó aquella vez de Medellín, con sus berraqueras, sus hijuemadres y sus avemarías, que no eran ni mucho menos producto del calor...», pensó, echando una furtiva mirada al ventilador, situado un poco a la derecha, cuyas aspas parsimoniosas giraban de forma amenazante sobre sus cabezas. Y, con el tiempo, aquello había terminado por convertirse en la forma de ser propia de su amigo, una forma de ser en la que las palabras excesivas, los gestos ampulosos, servían para darse ánimo a sí mismo, para embalarse y parecer un hombre lleno de entusiasmo. Solo que la madurez y la nieve creciente en los cabellos rubios le conferían ahora un aspecto de actor veterano y excéntrico que, consciente de su estilo, lo explotaba con una curiosa mezcla de experiencia y jocundidad...

—¿No te parece una paradoja que en este chiringuito griego hablemos en efecto de Eneas y no de Aquiles o Ulises?... –planteó

Ugliano, al primer respiro que tuvo–. ¿Quieres que te sea sincero, Héctor? A mí los aqueos de grebas hermosas siempre me parecieron unos bárbaros y unos pendejos, empezando por Aquiles...

—Sí, sí, vaya cabreo el que tuvo el señorito...

—¡Por una simple doncella!

—No, por una simple doncella no, pero da igual –dijo él, felicitándose de que después de todo no tuviera que empezar por resumirle la *Iliada* y la *Odisea*, como seguramente habría ocurrido tiempo atrás.

—De todos modos, ¿quieres que te diga una cosa? –tras beber un trago dijo Ugliano, meditabundo–. Yo creo que los colombianos somos descendientes de Aquiles...

—¿De Aquiles nada menos? ¡Qué barbaridad!... Carajo, eso hay que celebrarlo.

—No te burles, Rolando, no te burles. Nadie ignora que nuestro modo de ser en el mundo, nuestro estar-ahí, por decirlo de algún modo, o si quieres nuestro *dasein*, como diría ese pendejo de Heidegger, es estar siempre cabreados... A Aquiles le quitaron la doncella que merecía por méritos de guerra; los colombianos actuamos como si alguien nos hubiera quitado no una doncella, si no la mujer, la amante y hasta la abuela... ¿Quién fue el descarado? Seguramente Júpiter, que todo lo decide, y que así queda como si nos debiera algo... Por eso nos vengamos en el prójimo, quitándole lo que podemos, carajo. Y hay unos por ahí que ¡cómo se ponen cuando se van a vivir fuera del país! Se creen Ulises mantenidos por Calipso cuando no son más que cerdos en manos de Circe...

—Hombre, te encuentro muy inspirado pero también muy negativo...

—Por lo demás, y después de todo, ¿quién es Ulises? –continuó Ugliano, como si no hubiera oído–. Un tipejo de mucho cuidado, mentiroso y marrullero, que maneja sus posesiones como un burgués del Segundo Imperio...

—En eso si tienes toda la razón. En cambio Eneas...

—En cambio Eneas es harina de otro costal... –esta vez Ugliano sí oyó, y aprovechó el hilo que le tendía, asintiendo con la cabeza–. Pues fíjate lo que son las cosas: a mí siempre me conmovió su huida de Troya arrasada e incendiada, cargando con su padre, que debía pesar un huevo. Sí, un putas para cargar, eso era Eneas, exactamente como nuestros pobres campesinos, que en el siglo pasado debían llevar en sillín sobre sus espaldas, por entre escarpados caminos de montaña, a cualquier gorda bogotana encaprichada con ir a comulgar a Notre Dame. ¿Y no está más que claro lo que la imagen de Eneas nos dice? Cuando uno abandona su país, se lleva consigo al fantasma del padre, y con ese fantasma todo el pasado...

Ugliano se quedó un momento sonriente y pensativo, como si se contara a sí mismo un chiste muy bueno que no quisiese compartir con nadie, ni siquiera con su amigo.

—Solo que tú te fuiste justo antes del incendio... –soltó al final, hablando con voz pausada.

—¿El incendio? ¿Qué incendio?...

—...porque el incendio no fue el bogotazo, cuando éramos unos culicagados, ¡qué va!, el incendio fue la droga. Por eso me río de tu Eneas, mejor dicho, de tu versión de Eneas...

—Vaya por dios, compañero –dijo él, levantando la cabeza y abriendo lentamente los ojos–: ¿Y eso por qué?

—Porque te fuiste cuando uno podía irse liviano, sin tener que cargar nada... ¡Cualquiera se va así, Rolo Dupuy, por pura excentricidad! Pero cuando a uno le queman el país y lo amenazan de muerte no tiene más remedio que largarse... ¡Si hubieras visto cómo ardió todo!

—Pero si ese incendio se vio desde los cuatro puntos cardinales, Mejor dicho aún se ve, porque aún no lo han apagado.

—¿Qué todavía se ve?... ¿Dónde se ve? –muy exaltado, Ugliano se levantó y miró teatralmente en todas direcciones, primero hacia la calle, donde no se vislumbraba ningún incendio y los grupos proseguían su desfile festivo y murmurante, después hacia las ventanas, iluminadas ya, finalmente hacia la puerta de la cocina, donde, más pequeña que en los demás sitios, había una copia del cartel: *Viaje a Grecia este verano*–. Desde aquí, desde París, no se ve nada, carajo –dijo, cuando se sentó.

En un gesto automático, y por puro mimetismo, las cabezas de una pareja de comensales que había entrado hacía poco se pusieron a otear también hacia las mesas vecinas y luego, tras enviarles a ellos una mirada de recelo, volvieron a sus asuntos...

—Creí que te referías a la toma del Palacio de Justicia... –se disculpó él–. Esas imágenes dieron la vuelta al mundo.

—No, yo hablaba metafóricamente –dijo Ugliano.

—¿Metafóricamente? ¡Por favor! Después de esa fecha el fuego dejó de ser una metáfora en Colombia –anotó él–, como también debió dejar de serlo en Troya tras su incendio...

—Sí, compañero, incluso la retórica cambia por culpa de la historia –apoyó Ugliano–. Pero lo importante es que nuestro incendio no ha acabado, maldita sea –añadió, exaltándose de repente–. Una canallada no es todo el país, carajo. ¿No ves que todo sigue ardiendo, güevón? ¿O es que ya no lees las noticias?

—Sí, compañero, pero cálmese, cálmese por favor...

«Exactamente el mismo de hace veinte años», pensó con una especie de festiva aprensión, sin saber todavía si indignarse o regocijarse, «el mismo de hace veinte años con su falta de ironía, con su inverecundia, amén de sus otros defectos e hijueputeces, ya va siendo hora de rendirse a la evidencia»... Pues el modo de pensar espantadizo de su amigo, con sus fáciles entusiasmos y su inflamada manera de ver las cosas, tan poco sensible a los matices, en la que todo era blanco o negro, y el gris parecía un color imposible, le resultaba ahora tan desconcertante como antes, cuando muchas veces intentó demostrarle que la dialéctica de las cosas, con su lucha de contrarios que se resolvía en nuevas síntesis, tenía predilección por los tonos suaves, y normalmente se inclinaba por los grises. Así, solo en el psicoanálisis el odio y el amor eran negro o blanco, mientras que los demás sentimientos, los que desplegaba la vida entera en su más completo abanico, eran de todos los colores, en una gama a veces imposible de apreciar, que parecía hecha precisamente para confundirnos... Entonces, en un abrir y cerrar de ojos, vislumbró una teoría de los colores aplicada al freudismo, una especie de síntesis grandiosa entre Goethe y Freud, algo que podía hacerlo célebre, redimiéndolo de toda la grisura y mediocridad ambiental, incluida la de tener que compartir su tiempo con ese cabrón bigotudo que había cambiado tan poco en veinte años... «Por ejemplo, ahora mismo siento odio hacia ti, mono Ugliano, y también lástima, y solo una pizca de cariño», pensó, rencoroso, y concluyó, casi riéndose: «odio igual rojo pálido, lástima igual amarillo líquido, cariño igual crema encarnado...».

Volvió en sí al percatarse de que Ugliano, el bigote torcido, la frente levemente arrugada, lo observaba con una mueca de burla e incredulidad.

—Mi querido señor, a veces no vemos nada porque los colores nos confunden, o porque no hemos aprendido a ver...

Era una observación digna de los viejos tiempos, limítrofe en el reproche, que Ugliano encajó sin protestar, como si algo en ella, ¿su tono sosegado tal vez?, le hubiera aconsejado transigir. Por eso su rostro se distendió y sus ojos se posaron sobre la mesa, donde, terminadas las sopas, la botella de vino recuperó de súbito todo su esplendor...

—Pues brindemos de nuevo, que este vino está estupendo, aunque sea vino blanco —dijo, y procedió a llenar las copas.

Se trataba de un vino normal, servido en una botella amarilla de la casa, muy diferente de las botellas de cerveza de aquellos tiempos, pequeñas y mestizas, junto a las cuales los tres discutían de lo que fuera, del procubanismo ingenuo de los del Moec, de la inutilidad del reformismo, de la miopía de los mamertos, que se empeñaban en defender la naturaleza democrático-burguesa de la revolución colombiana, o incluso de la muy rápida radicalización del capellán de la Universidad. ¿No había que psicoanalizarlos tanto a unos como a otros? Respecto a los primeros, el Gran Zubiela ya había sido lo suficientemente explícito, y su doctrina tenía ya entre ellos fuerza de ley; respecto al curita, ellos, con el Jíbaro a la cabeza, habían observado ya que insistía mucho en recordar la posibilidad de su muerte... ¿Por qué si no esas proclamas tan jodidas de patria o muerte, hasta la victoria final?

—Nuestra historia no ha sido más que un incendio continuado, que nadie ha visto ni entendido... –se le ocurrió entonces decir, como si, en tan arduo asunto, algo lo impulsara a cultivar aquella vieja tradición nacional de dejar las cosas en un callejón sin salida.

—Rolando, ¿por qué no cambiamos de tema? Presiento que si seguimos hablando de lo mismo me voy a poner muy quejumbroso –propuso Ugliano, esbozando un gesto de borrón y cuenta nueva, muy oportuno por lo demás, pues en ese mismo instante apareció el mozo con los primeros platos, y él le indicó con el índice al otro para que le sirviera primero–. Por cierto, todavía no me has contado qué andabas haciendo esta mañana en ese agujero negro de París donde nos encontramos. Corre el rumor de que por allí cerca hay unas señoras muy cristianas que te hacen el favor de enterrarte como Dios manda. Por favor, ¡pero si lo que yo quiero es que me arrojen a un muladar, donde me coman los gallinazos y los cuervos! Te ruego que lo tengas en cuenta para cuando llegue la hora...

—Estás muy raro, Héctor, prefiero que sigamos con el cabreo de los colombianos...

—Sí, tienes razón. Pues es falso lo que dicen por ahí... Me refiero a que lo único que saben hacer en serio los colombianos es estar de chacota, mejor dicho: mamar gallo. No, amigo, lo único que saben hacer en serio los colombianos es estar cabreados; algo que por lo demás se me antoja muy digno de esta sopa, que por cierto también me hace sentir sumamente troyano –concedió Ugliano, y contempló con una mezcla de recelo y entusiasmo su plato, como si no encontrara la forma de ocuparse de él sin renunciar a la vehemencia de sus palabras.

—Yo creo que el secreto de ese cabreo está en el pasado con el que tenemos que cargar... ¡Demasiado peso para nuestras pobres espaldas!

—Con lo que volvemos al pobrecito Eneas... –dijo Ugliano, decidiéndose al fin por la primera cucharada–. Él solo tenía que cargar con su padre, que a su vez llevaba a los dioses esos en una cajita de cartón.

—Me gusta eso de la cajita de cartón... –transigió él, con un dejo de melancolía–. Uno piensa en esas cajitas de galletas en la que nuestros pobres campesinos deben llevar sus fotos de familia cuando tienen que abandonar sus tierras...

—Bravo –farfulló Ugliano, tragando deprisa–. Ese era el que yo quería oír, el romántico e idealista, el nostálgico de los sesenta, que aún piensa en los humillados y ofendidos de la tierra...

«¿En los humillados y ofendidos?», se sorprendió, pero corrigió en el acto: «no: ahora ya no se trata de Dostoievski...». Y, sin embargo, valía la pena persistir en el ámbito ruso, pues con solo retroceder hasta Gogol uno podía encontrar una solución más sugerente; sí, tal vez una buena alternativa a Aquiles agraviado era, en Colombia, la de Chichikov, avaro de almas... ¿Por qué nadie había caído todavía en la cuenta? Viajar por Colombia de norte a sur y de oriente a occidente comprando almas muertas para convertirse en alguien de prestigio. «¿De verdad no hay todavía nadie que lo haga?», pensó: «¿Y los políticos qué? ¿No han hecho votar tantas veces a los difuntos para ganar las elecciones? ¿Y no han invocado en vano a los muertos, siempre que han querido justificar sus atropellos de vivos?». Sí, el comercio con las ánimas, como una forma amable, edulcorada y sobre todo civilizada del comercio con la muerte ajena. «Somos sin duda un país con futuro, somos ricos en cadáveres con derecho a voto, jejejé, incluso es posible que, desde hace mucho, no seamos más que simples ánimas del purgatorio que votan a demonios disfrazados de salvapatrias. Próximo objetivo: postularse como un inminente Chichikov colombiano...»

—Bah, ahora prefiero pensar más bien en nuestros dioses penates... –optó por huir de sus pensamientos, haciendo un gesto despectivo, con una mueca de aflicción en los labios–. ¿Cuáles podrían ser realmente nuestros?

Lo dijo con suma seriedad, pero al ver que Ugliano se limitaba a hacer una pausa para tomar un trago de vino, comprendió que no era ocasión de ponerse solemne, y simplemente añadió:

—Ah, ni siquiera sabemos por dónde empezar... ¿Acaso por el descubrimiento? ¿O, más bien, por Cristóbal Colón?

—No, por dios, por Cristóbal Colón no –Ugliano habló al fin, sin dejar de atender su plato, y despachó el asunto con decisión, aduciendo que ni siquiera se sabía dónde había nacido. «¿Entonces Bolívar?», propuso él... Sin duda alguna era un héroe, el más cercano que cabía encontrar en Colombia a la pureza de ideales y a la utopía, ¿pero también un dios penate? «Un dios penate es algo más íntimo, algo que hace hervir la sangre y latir el corazón...», dictaminó, asumiendo el papel de abogado del diablo.

«¿Y Santander?», insistió él, a sabiendas de lo que pasaría, como si la forma en que Ugliano se mostraba dispuesto a despachar uno a uno a todos los prohombres que él invocaba hubiera empezado a gustarle. «No, los dioses penates no sirven para irse al infierno de los traidores», dijo sin dudarlo Ugliano, y él imaginó en el Infierno de Dante un círculo colombiano, una especie de club de leones selecto y burgués o, más bien, de Prytaneum cultivado, poblado de presidentes gramáticos pero bien asediados y vigilados por toda clase de lagartos y lameculos, cruces nefandos entre Plinios y Augustos,

Ovidios y Apuleyos, una cohorte de diablillos colombianos con culos de mandril y caras de macaco. En cualquier caso, algo donde tuvieran cabida lo mismo Miguel Antonio Caro, patricio latino, que Laureano Gómez, conservador y nazi... «Ya que hablas de ese infierno, ¿estará allí Miguel Antonio Caro, traductor de Virgilio?», preguntó. Por un momento Ugliano pareció desconcertado; luego pensó y dijo. «Claro, en el infierno de los Césares gramáticos...» «¿Y José Asunción Silva?», insistió casi con ingenuidad y sintió una punzada en el corazón cuando oyó decir a su amigo: «Un ególatra que no se representaba más que a sí mismo... No, viejo, necesitamos alguien menos egregio y más gregario que tu famoso y adorado Pepito, alguien que arrastre a las masas...». «Entonces Gaitán...», propuso él, algo crispado, y por una vez Ugliano, tras mirarlo con asombro, guardó silencio. Luego dijo: «Ese sí, viejo, nuestra niñez está impregnada de él, que sea pues el primero. Pero sería una vergüenza que no llegáramos al menos a tres...».

«Si Gaitán sirve, ¿entonces también el Padre Camilo?», pensó, sorprendido de lo fácil que les había resultado liquidar casi el primer plato, haciendo solo breves interrupciones para hablar... «Y el Che, ah, el Che...», reflexionó, tocado por una especie de desánimo, pensando que era lamentable que a las puertas del segundo plato todavía no hubiesen encontrado más que un dios penate capaz de hacerles hervir la sangre a los dos.

—Carlos Gardel... –propuso entonces, aprovechando que una lucecita se encendía en su cerebro, y en el acto advirtió él mismo su error–: ah, no era colombiano...

—No, no era colombiano, pero algún día llegará el momento en que podamos demostrar que era antioqueño –lo sorprendió Ugliano, con gesto decidido.

—¿Qué algún día llegará ese momento? –replicó él, entreviendo una salida cómica, con la mano en alto–. Ah, pues bien, que llegue cuando llegue, mientras tanto tenemos que vivir... ¿Por cierto, hablando de vivir, te acuerdas de la expresión hacer boum?

—No, ¿por qué?

—Me la enseñaste tú mismo hace veinte años. *Faire boum...* Hiciste muchas veces boum con la francesita relinda: Magalí.

—¿Y?

—¡Pues que esta noche quiero *faire boum,* en homenaje a la patria y a los dioses penates!...

Al oírlo, abrió mucho los ojos y miró de hito en hito al hombre de los bigotes.

—¿A la patria y a los dioses penates? ¡Vaya homenaje!

—Pero, Rolando... ¿Es que no has oído nunca nuestro himno? –le reprochó Ugliano, con un aire prepotente e irónico–. Ricaurte en San Mateo en átomos volando... Se trata de Ricaurte pulverizado por la dinamita: o si tú quieres, sublimado por el amor a la patria. Porque cuando terminemos nuestro batido de dioses penates, ya nadie lo querrá, pues Colombia ya habrá desaparecido en átomos volando. Por eso el maldito verso es precisamente el último de la última estrofa de nuestro pobre himno. ¿No están destinadas las naciones todas a ser puros arcaísmos? A nosotros solo nos quedará Latinoamérica, como supongo quieres tú, como quería Badinguet...

—¿Y por eso esta noche quieres hacer boum? –dijo él, muy impresionado.

—Sí... Y también para que no quede piedra sobre piedra, para que podamos recomenzar a partir de cero.

—Carajo, todo eso me suena muy dramático y antipatriótico...

—¿Y desde cuándo te has vuelto tan patriota?... ¿No te quejabas de tener que representar un país? Además, además, qué diablos, supongamos que hoy ya es día de carnaval. En la Edad Media, en los días de carnaval todo se ponía al revés. Las putas confesaban y daban la comunión, mientras los obispos jodían con las obispas y las monjitas con los monjitos. Yo solo quiero celebrar a uno de nuestros héroes, en átomos volando...

—¡Hacer boum, quién lo diría!...

—Somos jóvenes, y ya lo sabemos, viejo, no moriremos jóvenes, puesto que no somos elegidos de los dioses...

—No, no lo somos... Te lo digo yo, hoy miércoles seis de julio de mil novecientos ochenta y ocho, estamos apenas en la mitad...

—¿En la mitad de qué?

—Del camino de la vida, so penco, so burro, so mamón –dijo Ugliano, alzando su vaso–. Mira hacia adelante... ¿No ves todo el camino que nos queda?

—Sí, sí, nos queda una barbaridad... ¡Y yo que creía que ya estábamos al final!

XVI

Asustado y aturdido recorrió los pasillos, encontró el ascensor, que compartió con personas exóticas y ostentosas, reconoció el hall y salió del hotel casi corriendo. Luego caminó al azar, vio gente que actuaba con toda normalidad y apenas se fijaba en él, gente a la que desgraciadamente no podía preguntar dónde comprar un pollo asado, y solo al descubrir la parte superior de la torre Eiffel por encima de los edificios, resaltada ahora por el centelleante sol de la tarde, tuvo la certeza de haber encontrado ya un rumbo. Asunto de llegar cuanto antes a su base, aquellas cuatro patas elefanciacas tantas veces vistas en cine y en fotos, pero posiblemente ni siquiera pensaba en ellas cuando, tras dejar la Avenue de Sufren, avistó a su derecha una gran zona abierta con árboles y jardines, y avanzó en su dirección. Entonces, todo pareció más fácil... ¿fue por eso que no supo cuánto tiempo, siguiendo más o menos las avenidas, caminó casi a paso militar entre árboles y ajardinados parterres? ¿Y, luego, si se paró o no a contemplar la gran torre, vista por primera vez? Solo recordaba con vaguedad el momento en que divisó un puente, cruzó el río y se unió con decisión a un bullicioso grupo de turistas; confundido con ellos, y con la convicción de que tenía que alejarse de esos grandes espacios, llegó al gran estanque jalonado de fuentes y escuchó su mesurado estruendo de agua, luego subió las escaleras y, en la parte más alta, la que daba acceso a la explanada casi rectangular en el centro de la gran herradura del Trocadero, se detuvo un momento a tomar aire. Las columnatas del edificio encerraban en su gran tenaza sendos jardines poblados de caminos llenos de curvas que en vez de acortarlos alargaban los trayectos, senderos por donde los turistas paseaban tomando el fresco, los jóvenes patinaban haciendo volar tras de sí sus bufandas de colores, las palomas picoteaban el suelo y levantaban el vuelo con estrépito, los niños corrían entre gritos, ajenos al bullicio sordo de la gente que, como él, avanzaba hacia el otro lado del monumento. Allí, una larga rampa llevaba hacia las escaleras junto a las cuales, vacíos, esperaban los autobuses de los turistas. Pasando de largo, atravesó la plaza del Trocadero y eligió la avenida de la izquierda... ¿Encontraría por allí un pollo? ¿Un pollo asado mantecoso, humeante y tierno? Para darse ánimos recordó al pelirrojo Danny Kaye en *El inspector general*, ¿no fue eso lo que se comió cuando, hambriento, fue confundido con el terrible hombre que todos esperaban y temían? Entonces advirtió con alarma que en esa zona de París los peatones de aspecto festivo o serio escaseaban cada vez más, y que, un poco más adelante, comenzaba lo que parecía un buen barrio burgués, sin los toques aristocráticos de la zona cercana a la plaza, en el que había incluso comercios, boutiques y farmacias, pero ninguna tienda de víveres. Aceleró otra vez el paso y, veloz, caminó al azar durante varios minutos bajo la luz dorada del atardecer, hasta que de pronto, en el cruce de dos calles, divisó una vitrina con pollos, ¡pollos asados!, idénticos a los que había en Bogotá, con dos muslos regordetes y una quilla dorada, e irrumpió en el comercio con paso decidido, dispuesto a hacerse entender aunque fuera por señas...

—*C'était bien sur la rue Creuze!* –aprovechó al fin Magalí, que hasta ese momento se había mantenido inmóvil y callada, como si temiera interrumpir la narración de su amigo–. Me parece que es muy difícil encontrar un pollo asado por allí... *Les rôtissoires, moi, je les déteste. C'est dégueulasse!*

—Ella, la muy exquisita, detesta el pollo asado porque de niña pudo comer otros manjares –glosó irónica Muriel, y se dio prisa en añadir, por si acaso él ignoraba aún que en argot policía se dice *poulet*–: en mayo, *tu sais?*, eran los pollos los que nos perseguían... Pero, ¿y el tuyo?... ¿Te lo comiste en la calle?

—Era ya el anochecer, entraba y salía mucha gente, de modo que pude entrar sin hacerme notar...

—*Attention les gardes!*... ¡¡¡*Poulet rôti* entra de nuevo en el hotel!!! –coreó muerta de risa Magalí.

Ciertamente debía andarse con cuidado, pues era a todas luces irregular que un tipo como él, de pelo largo y vestido con tejanos y cazadora, permaneciese tan tranquilo en su suite, en la que se pasaba todo el día leyendo, sin salir ni siquiera para comer. Claro que en su país él no había estado muy atento a lo ocurrido el mes de mayo, e ignoraba la persecución de los revoltosos extranjeros infiltrados en las universidades y también el descrédito general en que, gracias a la contraofensiva gaullista, habían caído los estudiantes... El tipo que había venido a verlo era sin duda un detective del hotel, y fue gracias a esa visita –hoy podía verlo con más claridad– como él empezó a reaccionar, a darse cuenta de cuál era exactamente su situación, es decir, de que muy posiblemente la llamada que esperaba, y el telegrama y el cheque prometido nunca llegarían...

—Te pasabas el día allí dentro –cayó de pronto en la cuenta Muriel–. ¿Pero qué diablos hacías?

—Miraba París por la ventana, escuchaba la tele y...

¿Cómo confesar que, en tales circunstancias, muerto de hambre y sin apenas dinero, con la amenaza de una cuenta de hotel que crecía a razón de cincuenta dólares diarios, él sobre todo leía a Proust? ¿Qué era ella, la lectura, lo que al fin y al cabo le permitía resistir, o conservar la tranquilidad? ¿Y, especialmente, lo que le impedía deducir que esas largas manifestaciones obreras que seguían apareciendo en los noticiarios guardaban relación con las que había oído mencionar semanas atrás en los periódicos de su país? Por eso prefería hablarles de la lista de direcciones y teléfonos que había traído, confeccionada algo apresuradamente poco antes de salir, donde figuraban unas veinte personas, de las que, a falta de cualquier tipo de referencia, no se podía saber de entrada cuáles podían atender mejor su petición de auxilio...

—Escuchaba la tele y releía la lista que había traído de Colombia –dijo al fin–. Me preparaba para llamar...

—¿Estaba en esa lista tu amiga, la de la rue Vulpien?

—Sí, claro, pero todavía no la conocía... ¡Y antes que en ella pensé en otros!

¿Con cuántas personas habló de hecho, y en cuántos renglones puso una cruz roja, antes de escuchar la voz de Étienne? ¡Ah, Étienne! De todas las personas que figuraban en la lista, y que llamó desde el hotel al día siguiente de la aventura del pollo, fue el único que se interesó realmente por su caso, gracias entre otras cosas a que entendía bastante bien el español, aunque él ni siquiera supo explicarle quién le había dado al otro lado del océano su dirección y su número. El francés, demasiado modoso y educado para su edad, lo citó en una de las patas de la torre Eiffel, un sitio de fácil ubicación y que de alguna manera ya conocía, aunque en el último momento él dudó entre dos de las patas, porque había un muchacho esperando en cada una de ellas. Al final se decidió por el que lo hacía en la que estaba más cerca del río, y acertó. Era un joven de su misma estatura, pelo castaño y mal afeitado a pesar de la perilla, de la que debía ocuparse muy de tiempo en tiempo, con el pecho cruzado por una larga bufanda verde de cachemir que le daba un aire al mismo tiempo alegre y displicente. Tras el saludo, el francés le pidió en un español apenas algo más que inteligible que le explicara de nuevo la historia que todavía no estaba seguro de haber entendido bien por teléfono. «¿De modo que estás en el Paris Hilton, tal vez el hotel más caro de la ciudad y no tienes un céntimo?... *C'est tres marrant*», recapituló al final, lanzando un silbido de admiración, que era también el balance de su informe.

—¿Entonces fue Étienne, un francés y no un sudamericano, el que te prestó los primeros auxilios, *monsieur Poulet Roti?* –preguntó Muriel con asombro, subrayando la peculiaridad de la circunstancia–. *Ça c'est très significatif...*

—*Significatif!...* ¿Qué quieres decir? –la miró inquisitiva Magalí.

—*Peut être parmi ses paysans il n y pas assez de solidarité* –dejó caer Muriel.

—¿Que mis paisanos son insolidarios? –saltó él, como si lo hubieran herido en su amor propio–. Verás que no, si escuchas el resto de la historia.

—En cuanto a Étienne no me sorprende... –comentó Magalí, cortando por lo sano cualquier conato de polémica–. Siempre está dispuesto a ayudar, a veces parece una hermanita de la caridad, mi hermanito querido. Pero aquí lo importante fue, supongo, que entendía más o menos bien el español...

—Sí, porque entonces yo solo sabía hablar esfrañol...

—Esfrañol, la lengua que hablan casi todos los hispanoamericanos cuando dan sus primeros pasos en francés... –se burló malévola Magalí, mirando a su compañera–. Fue al conocerme a mí cuando empezó a hablar mejor...

Porque, en efecto, ella le reveló muchos secretos del idioma, expresiones clave como *piaule, innoble, merveilleux,* que hay que pronunciar con un auténtico acento parisino, en especial la más importante de todas: *puis, merde.* También le enseñó a intercalar en la conversación exclamaciones y muletillas como *oh la la, c'est marrant, c'est dégelasse, c'est chouette*, y sobre todo a decir *ouais* como si tuviera hipo, aunque la mayoría de las veces sus desvelos fueron inútiles, ya que su alumno se empeñaba en hablar en el francés de Molière...

—En la Uniflac, rue de L'Odeon, se quedaron muy impresionados cuando se despidió doblando el espinazo y diciendo «*Merci mille fois, mesdames et messieurs...*»

—*Merci mille fois, mais c'est trés joli!*... –dijo riendo Muriel, que bombardeada por sus dos informantes tan pronto protestaba como lo celebraba, dando saltitos sobre la cama–. Fue Eneko quien lo mandó allí...

—No, un amigo de Eneko llamado Giorgios...

—¡Giorgios! Últimamente todo el mundo me habla de Giorgios, ¿pero quién es ese tal Giorgios?...

—Giorgios, *oh la la!*... –exclamó Magalí, para exasperación de Muriel, cada vez más desbordada–. *Oh, quel personnage!*... Aunque yo me quedo con madame de Grégoire!

—Madame de Grégoire... *C'est quelqu'un genre madame Pompadour?*

—No, por dios, se trata de una señora colombiana que vivía en la rue Vulpien...

—Ah, ya... ¡Todavía estamos en el momento en que Étienne mira la lista!

Más exactamente en el momento en que Étienne pone su dedo sobre la línea donde figuraba madame de Grégoire, rue Vulpien, y pregunta: «¿De esta señora qué es lo que sabes?», un momento sin duda decisivo... Pues, por fortuna, al francés le gustó lo poco que escuchó de su asustado y extravagante interlocutor, a saber, que la señora en cuestión llevaba muchos años viviendo en París, que era viuda de un ilustre médico francés condecorado con la Legión de Honor, que era una mujer progresista a la que encantaba el arequipe (alguien le había mandado con él un kilo de ese delicioso dulce colombiano) y se puso de inmediato en acción...

Fue así como, a partir de esa misma noche, los miembros de la colonia colombiana más vinculados al salón de madame de Grégoire empezaron a saber que un compatriota sin donde caerse muerto había logrado alojarse en el hotel Paris Hilton, el más caro de la ciudad. Pero no todos tenían el humor, o la información suficiente para aclarar que la hazaña no la había cometido un aventurero, ni un mafioso, sino simplemente un ingenuo, por decir lo menos, que había caído en manos de una estafadora profesional. Esta fue quien le sacó al lelo viajero una reserva para el Paris Hilton en la oficina Hilton del aeropuerto de Bogotá, con la promesa, que nunca cumplió, de enviarle al hotel el dinero que le debía. Solo un memo como él, que ya se había tragado el cuento de que gracias a su contacto ella podía convertirle en dólares, y a un cambio excelente, todo el dinero que había ahorrado durante dos años de duro trabajo, podía tragarse uno más: el de que ella le mandaría los dólares al Paris Hilton. Por supuesto, para el éxito completo de la doble artimaña, aquella artista de lo ajeno necesitaba que el memo en cuestión tomase el avión y saliera de Colombia, pues de ese modo le sería mucho más fácil mantener el engaño...

—Al Paris Hilton nada menos, qué miserable... *C'est dégoûtant* –comentó la noble Muriel, indignada.

—*Non, plutôt quel con!* –replicaba la jocosa Magalí, haciéndole a él toda clase de muecas y carantoñas, y dándole de cuando en cuando una patadita en el flanco con su bello pie desnudo–. Un tipo así merecería que lo expulsasen del hotel y de Francia por pendejo...

Por suerte, entre los que no pensaban de esta manera estaban dos amigos de madame Violeta de Grégoire, a los que esta expuso el caso: un abogado colombiano residente en París y un viejo militante anarquista, ex combatiente de la Guerra Civil Española. Los dos, a las seis de la tarde del día siguiente, se personaron en el hotel en compañía del ocupante de la habitación cuatrocientos cinco y, tras una larga deliberación, mitad de carácter legal, mitad inspirada en la guerra psicológica –asunto de insistir una y otra vez ante los administradores del hotel, y aprovechar las dudas y resquicios producidos en ellos por la fatiga de la negociación–, lograron al anochecer obtener la libertad condicional del muchacho tras el aval presentado por el abogado.

—Corrimos a la suite, metimos a toda prisa mis cosas en la saca, y salimos. Ya en el ascensor me di cuenta de que el abogado llevada en la mano mi máquina de escribir y mi despertador...

—Fue entonces cuando le tocó dormir varios días en el hotel *À la Belle Étoile* –se adelantó Magalí, que ya conocía una versión más amplia de los hechos y quería dejarlo en claro ante Muriel, para que supiera quién la precedía en el escalafón.

—¿El hotel *À la Belle Étoile? C'est tres joli comme nom!*...

—De hecho, es un banco del Square d'Ajaccio, hacia el lado de Grenelle, junto al Ministerio de Trabajo...

—¿Un banco? ¿Un banco de madera?

—...*à la belle étoile*, al aire libre, tonta, al aire libre, bajo las estrellas... –repitió Magalí.

—Ah, ya... –comprendió al fin Muriel, lo miró a él con lástima y comentó–: ¿del Paris Hilton a un banco de la calle? *C'est pathétique...*

El hotel *À la Belle Étoile*: un banco de madera y hierro, construido con sólidos aunque estrechos listones que, separados por gruesas ranuras, eran de muy escasa protección contra el frío. A lo que se añadía que era muy difícil permanecer en posición fetal durante toda la noche, pero era aún más terrible tener que caminar hasta que se hiciera de día, como le ocurrió la primera vez. Allí al menos podía mirar la luna y las estrellas, arrullado por el rumor de las voces de los guardias del hotel en sus garitas, pensando que yacía a unos metros del sarcófago donde dormía eternamente Napoleón...

—*À mon pays, ça serait très, très, très joli...*, ¿pero aquí en París y casi en invierno?

—Él tenía a su tía, *grâce a dieu...* –soltó con una risita pícara y enigmática Magalí.

—*Il avait une tante ici, à Paris?* ¿Entonces, por qué dormía en la calle? ¡No lo entiendo! –protestó Muriel, moviendo la cabeza.

—*Non, ma chérie,* su tía no estaba precisamente en París sino en su mente, en su cabeza, ¿entiendes pequeña? –explicó Magalí, en un tonillo al mismo tiempo áspero y burlón, señalándose con el dedo la cabeza y evitando mirarlo a la cara... Cogido por sorpresa él la miró perplejo, casi levantó la mano para protestar, pero, excitada, dichosa e inconsciente, ella siguió adelante, ¿por qué no iba a hacer ostentación ante su mejor amiga de que ya conocía muy a fondo los secretos de su amiguito? Entonces él pensó que a lo mejor hacía parte del juego, especialmente después de mayo, al diablo con el pudor y los secretos, de modo que si ahora las dos lo sabían, las dos muchachas locas que giraban a su alrededor como dos planetas a punto de salirse de sus órbitas, tanto mejor para él, que se había sentido tan solo allá, en el pequeño parque del Square d'Ajaccio, cerca de la tumba de Napoleón.

—¿Se veían las estrellas desde allí?

—Las estrellas que se pueden ver de noche en el contaminado cielo de París, no muchas, por cierto...

«¿También las veía San Antonio en el desierto cuando era tentado por el demonio?», se preguntó, en un frágil destello, y luego se dijo que no era una comparación oportuna. Pues allá en el desierto quien asediaba al santo era el demonio, mientras que él no era santo ni luchaba contra el demonio: solo tenía la cabeza llena de cucarachas, o bien de fantasmas y deseos, o de recuerdos de fantasmas y deseos, y eran la soledad y el frío los que lo asediaban. Por eso buscaba en su fantasía el calor humano, por eso se hundía en el oasis de la tía Odette, ¿vendría esa noche a darle el beso de despedida? ¡Ahora, cuando era una mujer vieja y fea, y él casi nunca preguntaba por ella! Si al menos la hubiera hecho partícipe de esa extraña tendencia, ¿una enfermedad?, que hacía

154

que cuanto más solo estaba, más se le llenara de gente la cabeza, de gente bulliciosa y molesta, pero también de gente marcada por el deseo, en primer lugar ella, Odette, en segundo la Boquineta. Y cuando ellas llegaban en la madrugada, él ya estaba trémulo de frío y de sensualidad; allí, en ese pequeño parque solitario, a la misma hora en que allá lejos el gato saltaba por la ventana todas las noches y él salía a buscarlo por el patio y los parterres antes de que lo llevara hasta el cuarto de ella, donde el calor, la luna y el frío, el calor, la luna y el frío...

—Aja, aja, ya entiendo... —al fin entró en órbita Muriel, que no se daba por vencida, tras pensar unos momentos—. Por la noche, a la luz de la luna, tu tía imaginaria venía a hacerle compañía... *Il le fréquentais* —y dirigiéndose a Magalí— *¿Est-ce que tu comprends ça?* ¡Su tía imaginaria lo frecuentaba!...

Las dos muchachas juntaron sus cabezas para cuchichear y de ese modo, como dos jueces burlones e implacables, deliberaron durante unos instantes sobre las posibilidades que la palabra *frequenter* ofrecía en el francés de París y en el de Martinica, luego lo miraron con frialdad haciendo muecas de horror, y volvieron a cuchichear... De pronto, lanzando exclamaciones, empezaron a reír con fuerza.

—¿Qué pasa? —preguntó él intrigado.

—Que acabamos de comprender qué era lo que en realidad pasaba en tu banco a altas horas de la noche... —dijo Muriel.

—Vaya si era fácil de adivinar, *oh la la...* —dijo Magalí.

—De adivinar, sí, ¿de adivinar qué?...

—Que se trataba ya de la imaginación al poder... *au pouvoir de ton très mignon robinet d'amour* —precisó a medias burlona, a medias enternecida Magalí, que fue la primera que empezó a acercársele.

Entonces, en una reacción instintiva, él miró primero hacia la puerta, luego hacia la ventana... ¡Imposible!: aquella estaba cerrada con llave, y esta, según recordó, se asomaba a tres pisos de altura sobre la pulcra y ordenada rue Lafayette. ¿Y cómo despedirse tan joven de la vida, cuando esta empezaba a sonreírle apenas, en medio de ese par de locas maravillosas?

No obstante, su gesto de pánico fue auténtico, tan auténtico como la risa histérica de las muchachas, que esa tarde, entre las dos, si bien repartiéndose jerárquicamente el botín, lo despellejaron vivo sobre una cama recién proclamada «territorio libre de Francia»...

XVII

—*Nel mezzo del cammin di nostra vita mi ritrovai per una selva oscura* –recalcó entonces Ugliano exultante, dibujando las frases en el aire con su vaso–. Reconozco que ese comienzo es también maravilloso, viejo. Y recuerdo que cuando terminé con Virgilio pensé seguir con Dante, pero ahí ya si me quedé sin fuerzas...

Habían acabado el primer plato y miraba a lado y lado, como si tuviera prisa en que les sirvieran el segundo...

—Ahora ya puedes estar tranquilo, ya no lo necesitas, Héctor... –intentó volver al buen camino él, y al ver que Ugliano lo miraba de hito en hito, rectificó–: quiero decir que si todos necesitamos nuestra ración de sublime, después de haber leído los primeros libros de la *Eneida*, si es cierto que los leíste, tú ya tienes más que suficiente... –añadió, hizo una pausa para beber un sorbo de agua y prosiguió–: en cuanto a mí, desde hace mucho que la selva oscura me atormenta, la selva oscura, ¿que es la misma de las pasiones, los recuerdos, el país dejado atrás? ¡Esos árboles fantasma, esas aves espectrales, esos gritos en la noche tan tremebundos!... Después, a medida que uno envejece, los recuerdos pierden importancia y la mayoría de las cosas se van directas al olvido sin amargarte la vida, me lo contó uno que llegó a cien años. Incluso a una muchacha como Magalí se la había tragado el olvido en mi jodida selva oscura...

156

—Por suerte, no dejé extraviada a ninguna en la mía.

—¡Pero si no te gustaban las universitarias!...

—Cierto, a mí las que me atraían eran las chicas del pueblo, las modistillas, las grisettes, bien lo sabes. Por eso me gustaba tanto la *Bohème*...

—Sí, mucha *Bohème*, pero a la hora de la verdad eras incapaz, recuerdo, de distinguir entre un tenor y un barítono, y también entre una puta y una modistilla. Por ejemplo, para ti la Boquineta no era más que una puta...

—No, hermano, una puta no, una putita...

—¿Lo ves? Putita, es decir, puta pequeña o aprendiz de puta, para distinguirla de las otras, las profesionales. Pero la Boquineta era simplemente una muchacha complaciente a la que le gustaban los hombres, y además no tenía nada de burra, era bastante inteligente, te lo digo yo, hombre, te lo digo yo...

—Por supuesto, Rolando, por supuesto. Si no, solo hay que ver la forma como el Jíbaro la dejó completamente «freudianizada»... –concedió Ugliano, contemporizador, pronunciando la última palabra con una entonación especial–. ¿Recuerdas cómo nos desternillábamos cuando la oíamos discutir sobre la sexualidad infantil con su maestro?

La imagen lo sacudió como un ramalazo del pasado, y por un instante la vio, a la Boquineta y también, por contraste, a las otras, las chicas universitarias, allá en Bogotá. Mientras que aquella se limitaba por lo general a las clases orales que le impartía el Jíbaro, las otras leían *Introducción al psicoanálisis*, aventurándose algunas veces hasta el propio *Análisis de los sueños*. Pero era solo cuando el Jíbaro se ocupaba de ellas –es decir, cuando ellas accedían a contarle sus conflictos familiares o sexuales– que empezaban a parecer menos mojigatas, como si algo del modo de ser natural de la Boquineta las contagiara. Fue la época en que más parejas felices desfilaron por la universidad; todos, chicos y chicas, recorrían las alamedas y los prados del campus muy cogiditos de la mano, haciendo bromas y riendo, acariciándose en cualquier sitio, comiendo juntos en la cafetería central, yendo juntos a la filmoteca, compartiendo clases, asambleas e incluso manifestaciones, leyendo y discutiendo los mismos libros. En cuanto a las muchachas, ¡cómo brillaban sus miradas, y cómo poco a poco la picardía risueña fue reemplazando en sus modales al rechazo mondo y lirondo, cuando no a la santa indignación! Y, lo más importante, dejaron de verse en los urinarios aquellas expresiones salvajes –aullidos sexuales los llamó una vez el Jíbaro–, que resultan tan insultantes para la mujer como indignos de un buen revolucionario.

—La cosa fue que la elocuencia del Jíbaro las transformó a ellas y nos transformó a nosotros, compañero, lo de la Boquineta no fue más que una anécdota...

—¿Una anécdota? Pues no, Rolando, esa muchacha fue un terremoto.

—Recuerdo el día que encontré en los urinarios una apología erótica de la Boquineta –dijo entonces él, mirando a su amigo con suspicacia–. Nunca logré averiguar quién la escribió, hasta es posible que fueras tú, o el que eras en esa época... Ejem, lo digo porque, ya sabes, a veces uno no se reconoce en el que fue, o se avergüenza de él. Pero ahora ya puedes confesar, ¡seguro que ha prescrito el delito!

—¿Me creías capaz de hacer una cosa así?... –dijo Ugliano, negando enfáticamente con la mano–. No, hermano, yo solo escribía frases de Marx y Engels, o párrafos enteros de Marcuse, para incitar a la reflexión.

—Ajá, ajá, esta sí que es buena... –comentó él, con gesto de sorpresa–. ¿De modo que ese sí eras tú?

—Sí, era yo... Recuerdo que decidí pasar a la acción cuando leí en Norman O. Brown aquello sobre Lutero, lo de la gran revelación que tuvo en el retrete. Pues se trata de un sitio donde uno se transforma, y donde puede llegar a dar a luz la verdad de su vida...

—Y yo pensando que había sido el Jíbaro... –comentó él para sí, sin ocultar su decepción.

—¿Tan incapaz me creías de hacer algo por los demás? –protestó Ugliano, desafiante de tan susceptible.

—No, pero lo cierto es que siempre fuiste el menos comprometido, el que menos se arriesgaba, salvo cuando se trataba de sabotear a algún profesor. Ahí sí que era difícil pararte los pies... ¿De cuántos cursos te hiciste expulsar?

—Por lo menos de tres, creo.

—Sin embargo, una vez el Jíbaro te tomó la delantera... ¿Te acuerdas de aquel húngaro, discípulo de Adler, que vino a dictar una conferencia sobre Freud?

—Sí, ¡que le corten la cabeza!

—Aquello fue algo grande, Rolando, algo casi inolvidable... –rio Ugliano, blandiendo su índice en el aire como una minúscula batuta–. ¡Que le corten la cabeza! Yo estuve a punto de gritar lo mismo en clase de sociología, donde no paraba de poner pereque... Por cierto, ¿fue por eso que la Boquineta lo bautizó con el nombre de el Jíbaro?

—No, hombre, no. Fue a raíz de una conferencia sobre los jíbaros de un antropólogo amigo de Reichel-Dolmatoff que acababa de llegar de el Perú, a la que Simón llevó a la Boquineta. Él casi se desmaya pero ella lo encontró muy interesante...

—Ya te lo decía yo, era una muchacha muy rara... –dijo Ugliano, y, como si matizara, o simplemente rectificara, reconoció que ella simplemente había tenido la mala suerte de nacer en Colombia, en un pueblo asolado por la violencia, y sabía ya lo que era una cabeza cortada.

—De niña vio jugar a la pelota con una... ¿lo supiste?

—Sí, a mí también me lo contó, Héctor, qué cosa tan tremenda que una niña tenga que ver algo así... Pero lo que yo te estaba explicando es que, como no era ninguna tonta, captó al vuelo la semejanza.

—Después de todo era bastante fácil, Rolando, ¿pues qué son en realidad los psicoanalistas sino vulgares reductores de cabezas? –precisó Ugliano, gesticulando de pronto con énfasis... Ellos te cogen entre sus garras, te exprimen el bolsillo y los sesos, te chupan la sangre como los vampiros, y finalmente juegan al chute con tu cabeza–. Porque también yo capto los vínculos metafóricos, compañero –concluyó, dándose ínfulas.

—Y yo capto cuáles son sus llagas sin curar, muy señor mío... Oyéndolo hablar a usted, uno piensa que es imposible que alguna vez haya leído a Freud y, además, haya sido amigo del Jíbaro... Que, por cierto, lo acabo de recordar, se inició en esos asuntos como coleccionista de máscaras. ¿Nunca te mostró su colección?

—Sí, claro, nos la mostró a todos, creo... –sonrió Ugliano, sin dar la menor muestra de desconcierto por el dardo envenenado que acababa de enviarle su amigo, y añadió que todas esas máscaras las había hecho Bojórquez en el colegio, como trabajo manual, con una pasta de cartón triturado y engrudo que le enseñó a hacer un jesuita–. Sí, antes que reductor de cabezas nuestro viejo compañero fue fabricante de máscaras...

«¿Fabricante de máscaras?...», pensó, «lindo oficio, sin duda mejor que el de Jíbaro». Pues las máscaras son algo lúdico, creativo, ungido por la magia sagrada del teatro: la *commedía dell'arte*: Arlequín, Colombina, Pierrot, il Dottore... ¿Cuál hubiera querido ser: Pierrot o Arlequín? Aunque simpatizaba con el primero, y el instinto le decía que estaba más cerca de él, hubiera querido tener muchos rasgos del segundo, sí, resultaba difícil escoger. En cambio ella, la Boquineta, no cabía la menor duda de que era Colombina... ¡Una Colombina colombiana, digna de ser recordada por todos, y no por esos dos espectros que ya eran casi ellos dos el día del juicio final! En cuanto al Jíbaro, sin duda il Dottore. Y Ugliano, ¿quién podría ser sino Brighella, el amigo de Arlequín, multifacético, calculador y pérfido? Luego se pasó al cine y pensó que eso del multiplicador de caras hacía pensar más bien en personajes como El Zorro, el Llanero solitario, Batman o el Fantasma. Aunque nunca fue muy aficionado a las historietas, recordaba a todos esos enmascarados, en especial el último, al que tanto a él y al Jíbaro les hubiera gustado parecerse. ¿Por qué precisamente a él? Porque carecía de poderes sobrenaturales y solo tenía un secreto, del cual dependía su fuerza, porque nadie sabía quién era en realidad, posiblemente ni siquiera él mismo. En eso, era completamente distinto del jorobado Enrique de Lagardère, su otro héroe justiciero, vividor y mujeriego, pero leal y amante de la justicia, ¿pero él también un enmascarado? No estaba seguro, no podía recordarlo... ¿O al menos llevaba antifaz cuando aparecía como espadachín? ¿O cuando se servía de su famosa estocada, la estocada de Nevers? Acertarle al otro entre los dos ojos, qué maravilla, una muerte limpia, sin la truculencia de la decapitación, con la sangre apenas necesaria para un hilillo que ni siquiera hubiera llegado hasta la sien...

Fue entonces cuando Ugliano se aventuró a leer en su pensamiento:

—Ah, siempre te quedas en las nubes cuando hablamos de la Boquineta, Rolando. Para mí que todavía estás enamorado de esa muchacha...

—En qué quedamos... –replicó, calculando en la frente de Ugliano el sitio exacto a donde él hubiera apuntado con su espada, de haber sido Enrique de Lagardère–. ¿Sigo enamorado de la Boquineta o de Magalí?...

—De las dos, viejo, de las dos, pero más de la primera que de la segunda –dijo Ugliano, superando sin pestañear el obstáculo, y él lo indultó... «Lástima», pensó, renunciando con disgusto al placer de ver a su amigo de bruces sobre su plato, un hilillo rojo saliendo de su frente...

—Ah, cómo me acuerdo del día en que casi nos reclutan los mamertos, no, perdón, los jucos –añadió Ugliano, tan descarado como siempre, sin darle a su amigo las gracias por haberlo

dejado seguir vivo, rodeado de amigos tan espléndidos–. Se había
peleado con Simón y tú ibas como un perrito tras ella...
   «¡Como un perrito!», pensó, y reconoció para sus adentros lo
acertado de la comparación. Aunque hubiera preferido que Ugliano
hubiera dicho: «como un gato». Porque los gatos son menos sumi-
sos y más independientes, más imaginativos e imprevisibles que los
perros, si bien debía reconocer que un gato no hubiera encajado
mejor que un perro con lo de la joroba. Pues eso fue lo que ocurrió
justamente: que, en el momento de intentar su acercamiento a la
Boquineta, encontró en lo del jorobado al mismo tiempo una forma
de satisfacer y de burlar al Jíbaro... Se presenta el jorobado Dupuy,
experto en cucarachas, para regocijo científico del psicoanalista
autodidacta y para disfrute narcisista de su novia, la Boquineta, que
al menos una vez en su vida habría podido sentirse como una reina
con su bufón. ¿Pero quién llevaba la iniciativa: él o ellos dos? Ah,
qué más daba... Pues lo digno de ser recordado realmente fue que,
gracias a esa especie de teatro imaginario, tan morboso como poco
productivo desde el punto de vista del autoanálisis, pudo verse
como un bufón lloriqueante a los pies de la reina, ¡vaya reproducción del triángulo edípico! Todo ese rodeo para terminar pensando
de nuevo en ella, a la que por cierto gustaba tanto la palabra bufón.
Pues la Boquineta, que celebraba todo lo que le gustaba diciendo
«divino, divino», tenía un innato sentido musical del lenguaje y
vibraba ante nombres como Merlín, Ginebra, Parsifal, que él mismo
le había enseñado, o ante palabras como doncella, manantial, sor-
tilegio, abracadabra y, cómo no, onanismo y fetichismo. Decía que
la hacían soñar, a ella, nacida en una vereda de Colombia, entre las
palabras malsonantes y la roña, la mierda y la miseria, los disparos
furtivos y la noche llena de ansiedad, los machetes y la sangre...
   —Ese día le ayudaste a preparar unos espaguetis que no sé
cómo alcanzaron para todos –oyó que terminaba de decir Ugliano,
como si rematara una parrafada a la que él había prestado apenas
atención–. Pues había más gente que aquí, si no me equivoco...

Entonces cayó en la cuenta de que desde hacía rato los dos habían terminado los segundos platos. El restaurante ahora estaba casi lleno –había luces por doquier, por doquier resonaban las voces y tintineaban los cubiertos, por doquier centelleaban las copas y glugluteaban los licores– y un camarero que llevaba un rato observándolos, muy interesado por lo visto en esos dos amigotes que hablaban, reían, gesticulaban, ocupándose solo de cuando en cuando del contenido de sus platos, aprovechó ese momento de distensión para acercarse y traerles la carta de los postres, ¿es que los señores querían alguno?... Aunque miraron los cartones, para ir más rápido se guiaron finalmente por las recomendaciones del empleado: Ugliano una ración de Baklava (capas de filo y nueces cubiertos de sirope), y él una de Galactoburico (crema cubierta de filo y miel).

Desaparecido el camarero, se produjo una breve pausa en la que, mirando a su amigo, tan tranquilo y satisfecho, pensó que después de todo habían logrado reproducir entre los dos, y casi sin proponérselo, un clima de camaradería bastante parecido al de veinte años atrás. Aunque, en realidad, debía de ser simplemente consecuencia de lo que acababan de comer, «barriga llena, corazón contento», reflexionó...

Entonces, aventurándose otra vez a leer en su mente, esta vez Ugliano casi acertó.

—Cuando dos ex condiscípulos se encuentran al cabo de los años, tienden a demostrar a toda costa lo bien que les ha ido en la vida –aseguró con una sonrisa autocomplaciente, procediendo a encender un cigarrillo–. Por eso sacan pechito y actúan como gallitos. Pero nosotros somos distintos –añadió, arrojando una bocanada de humo–. Quiero decir, que nosotros nos limitamos a bromear y a reír. Por cierto, ¿conoces aquella cita de Marx que dice que al reír la humanidad se aparta de su pasado?

—Claro, pero yo creo que es más bien al contrario –comentó él, dejándose llevar por la placidez del momento–. Al reír, la humanidad nos acerca al cachorro humano... Y el *petit de l'homme*, como decía monsieur Farfán, es terapéutico...

—Sí, es cierto, yo hace mucho que no río como cuando niño –meditó Ugliano.

—Ni yo he vuelto a disfrutar como cuando estaba con mis primos. Con ellos todo era juego, dicha y sensualidad... Y no lo digo por mi tía, te lo aseguro.

«Juego, dicha y sensualidad», pensó. ¿No revoloteaba por ahí Baudelaire? Bastaba cambiar juego por lujo, dicha por calma, y sensualidad por voluptuosidad, y quedaba demostrado que desde el mundo de los niños se podía acceder casi directamente al de Baudelaire... «Poetas malditos, niños malditos», pensó. «Sí; de ahí la importancia de los morrongos de pelo negro y ojos luciferinos», concluyó, reconfortado.

—¿Y qué puedo decir yo de mi prima Úrsula? ¡Que aún sueño con sus pezoncitos de doncella!... –dijo Ugliano.

—Por desgracia, este servidor no tuvo una primita tan amable y comprensiva...

—Pero sí una tía –saltó instintivo e inescrutable Ugliano, como un animal de presa–. Tu tía Odette, que estaba como un tren...

—¿Mi tía Odette?

—Sí –dijo Ugliano, sin mirarlo, jugueteando con su copa–. Me lo contaste entonces, me acuerdo tan bien como si hubiese sido ayer...

Al oírlo, él frunció el ceño, lo miró preocupado, pensó: «¿de modo que se acuerda de lo que le conté hace veinte años sobre mi tía, cuando yo mismo casi lo he olvidado? ¡Qué tipo más descarado! ¡Y qué sinvergüenza!».

—Mi tía Odette es materia reservada –se oyó entonces dictaminar, afectando un tono de broma y seriedad a la vez, y añadió–: ¿Cómo te atreves a hablar de ella sin mi permiso? Ah, el pobre tío Orlando...

XVIII

El volkswagen rugía sordamente en las cuestas y se escoraba como un barco sobrecargado al voltear las esquinas. Para ser tan pequeño, tenía gran capacidad, ya que eran por lo menos siete u ocho los que iban en él, muy apretujados, compartiendo la misma incandescencia física y mental: adelante tres, atrás cuatro, y uno sentado en el suelo, con las piernas casi bajo las rodillas de ella: él... Lo más gracioso es que no recordaba cómo había ocurrido, pues cuando se dio cuenta ya estaba ahí; pensó que de todos modos había sido mejor así, para no tener que cargar a la muchacha sobre las rodillas, tal vez demasiado débiles para alguien tan grande, aparte de que desde el comienzo tuvo la impresión de que ella lo rehuía. ¿No era él el único al que no había dirigido aún la palabra? Fuera lo que fuese, el hecho es que tuvo que escuchar la conversación sobre el relato que había publicado en una revista de la capital desde ese sitio imposible, sin explicarles que en realidad era el único fragmento que había podido reconstruir de una novela perdida...

«Muy bueno», decían todos, y Ugliano, que iba en la ventanilla opuesta a la del conductor, no fue el menos entusiasta. Alguien dijo que su protagonista recordaba el de *El lobo estepario*, pero él no reaccionó... «¿Armanda?», pensó, fugazmente, y miró a la Boquineta, extrañado de que se mantuviera tan callada y ni siquiera le dirigiese la palabra al que ya todos reconocían como su novio. Sin saber por qué, le había impresionado mucho lo que el día anterior el Jíbaro le había contado de la muchacha: que, desde que comenzó a trabajar como ascensorista en un edificio de la Jiménez, se iba al mediodía a almorzar al parque Santander, donde había trabado amistad con varios fotógrafos y un gamín de cinco años al que daba parte de su comida y, cuando estaba muy sucio, ¿porque quién más desaseado que un gamín de la Séptima?, se atrevía incluso a bañar en la fuente. Quiso decirle algo, preguntarle por ejemplo si estaba cómoda en su asiento, pero no se atrevió, y se contentó con pensar que era una injusticia que, en ausencia del Jíbaro y de ella misma, siguieran llamándola Boquineta... «¿Quién habrá sido el pendejo que la bautizó así? ¿Ugliano? ¿Bustamante? ¡Pero si no se le nota casi nada en el labio!», pensó, «y mucho menos en la forma de hablar.»

En cuanto a Bojórquez, no le fue difícil comprobar que conducía como siempre, muy concentrado, con las gafas bien asentadas, mirando con atención hacia adelante, pues se fiaba más bien poco de su vista. Ni siquiera pareció inmutarse cuando alguien –posiblemente el nuevo, ¿Bernardino Grisales?–, se puso a hablar de las cosas tremendas que, según se contaba, le estaban ocurriendo en Francia a Sartre... «Le están pegando duro a Sartre en París unos matones, tendríamos que mandar al Gran Zubiela en su ayuda. ¡Han leído lo que publicó Foucault sobre él?... Pero, hombre, ¿por qué está todo el mundo tan callado?» De pronto, su mirada se posó sobre las piernas de ella, que se movieron. ¿Era su pie lo que se balanceaba allí cerca, casi al alcance de su mano? Cerró los ojos y vio a Sartre, pequeño y vivaz, a pesar de su ojo torcido, acosado por unos gañanes en un callejón oscuro de París, cerca de la Sorbonne... Detrás, armados de palos, venían Foucault, Althusser y algún otro matón estructuralista. Fue en ese momento cuando su pie casi lo tocó, ¿pero fue real el contacto? ¿O fue más bien la mano de Grisales? Ah, la duda, siempre la duda... Pero Armanda seguía ahí y allá en París, acorralado, Sartre se defendía como podía, pataleando, mordiendo, dando saltos de rana y lanzando grititos con su voz de grajo, sin que nadie viniera en su ayuda. Si hubiera estado allí, solo por *Las palabras* hubiera corrido en auxilio del pequeño hombre entrañable en cuyos libros había aprendido a verse a sí mismo y a reconocer las cosas que en la vida eran importantes, como aquel golpecito con el pie... ¿Que el infierno son los otros?: sí, el infierno, ¡pero a veces también la promesa del paraíso! De pronto, cuando sentía que su pecho empezaba a llenarse de un odio profundo y rencoroso hacia esos matones estructuralistas, que trataban de ese modo a Sartre, el hechizo se rompió, por culpa de un frenazo repentino, que los sacudió a todos con fuerza. «¡Cabrón!», gritó Ugliano a un perfil masculino y canoso que por un instante se pudo ver al otro lado de la ventanilla, enmarcado por uno de los puentes de la veintiséis «¿Es que no ves la puta señal?». Luego hizo el ademán de bajarse del carro, ante las protestas y gritos de todos, y especialmente de Bojórquez, que logró detenerlo cogiéndolo por la manga de su horrible chompa a rayas rojas y verdes. «Pero qué diablos te pasa, pareces un loco furioso...» Ugliano se contuvo, pero acto seguido, temblando casi, encendió un cigarrillo, lo que Grisales, maligno estudiante de medicina, que ya hacía sus pinitos de patólogo, aprovechó para preguntarse en voz alta si no se trataría más bien de un caso de hipertiroidismo. «Mírenlo, tiene los ojos salidos, no para de fumar y va todo el tiempo acelerado...» «Y además duermo mal, camarada Bernardino», se lamentó el propio Ugliano, quitándose los anteojos y girando la cabeza hacia atrás, con un visaje de demencia en su cara burlona, ofrecida a la contemplación general para que todos pudieran apreciar sus horribles ojos azules de sapo.

Aún discutían sobre si se trataba de un caso de hipertiroidismo o más bien de malcrianza y de desvergüenza, cuando bruscamente el carro se detuvo. ¿En qué barrio estaban? Iba a preguntarlo, pero todos tenían demasiada prisa en salir y él sacó la cabeza para mirar, aunque no reconoció nada –solo le pareció que era un barrio del sur, como San Cristóbal, o tal vez Rafael Uribe Uribe–; luego, al sacar las piernas, descubrió que estas no le respondían. Esperó en la acera, dando saltitos de boxeador, hasta que los miembros del grupo se pusieron en marcha precedidos por Bojórquez: avanzaron hasta la esquina, la doblaron, entraron en la primera puerta y, uno tras otro, empezaron a subir en silencio unas escaleras muy estrechas, saturadas de un olor pastoso, a comida y a letrina, con cajas de cartón y latas vacías en los rellanos. Arriba, les abrió un flaco de unos cuarenta años, voz chillona, grandes entradas en la frente, que los invitó a pasar y, dirigiéndose a los que visitaban su casa por primera vez –que eran justamente él, Ugliano y la Boquineta–, los animó jovialmente con un «están en su casa, pónganse cómodos...». Guiados por Grisales, los tres aprovecharon para echar una ojeada al apartamento, más bien pequeño y muy desordenado y abigarrado: una salita, dos alcobas que parecían dos ratoneras, una cocina que parecía la cueva de Alí Baba, y un patio cubierto con una estructura de cristal del que, por la forma casi armónica como el caballete, los tubos pintura, los lienzos y los marcos, coexistían con el resto –casi todos retratos y desnudos apoyados en el suelo contra la pared–, se podía decir que era el único oasis de armonía dentro de la casa. No cabía pues la menor duda sobre la profesión del anfitrión, Hugo Ucrós; «No, no es una tapadera esta vez», pensó, recordando la reciente visita a casa de un presunto crítico de jazz que, más que eso, resultó ser un descarnado representante de los mamertos... Cuando regresó a la salita, ya estaban repartiendo las bebidas y solo se escuchaban los gritos y voces sobre un fondo de tintineo de vasos y de cristales.

—Hay una botella de aguardiente y otra de ron y también coca-colas. A los que no les guste el aguardiente les gustará el cubalibre, imagino... –se hizo oír el anfitrión con su voz pituda, y él aprovechó para tomar al asalto un rinconcito que había entre el sofá y la ventana, en previsión de lo que pudiera ocurrir. «Aquí por lo menos podré respirar un poco de aire fresco», pensó, calculando que muy pronto la atmósfera se podría cortar con cuchillo por culpa del humo y de los malos olores, como ocurrió en aquella sesión en casa de Bojórquez, en la que este le ganó una partida de dominó al Gran Zubiela utilizando la estocada de Nevers...

El sofá que tenía a su lado no era tan harapiento como el otro, cubierto de parches y punteado de grandes boquetes por los que se asomaban trozos color crema de lana o algodón. En la parte de las asentaderas se podía ver incluso la punta de un muelle... «Se le clavará en el culo al que se siente allí», pensó.

—Nunca he podido soportar el aguardiente, su mismo olor me da náuseas... —comentó en ese momento el anfitrión, interrogándolo con la mirada.

—Yo también prefiero un cubalibre –dijo.

Hacía un momento la había visto escabullirse camino del wáter, avanzando silenciosa por entre los demás, e investigó con los ojos para ver si ya había salido. Fue entonces cuando, gesticulando cerca de allí, alguien le pidió un cigarrillo al mono Ugliano, quien de inmediato, desde su sitio, cerca de la entrada, sacó un pielrroja y lo lanzó en esa dirección. Vio el pequeño bólido blanco trazar una curva que en su punto más alto casi tocó el techo, para ir a caer en el sitio exacto donde Grisales lo atrapó con mano diestra, se lo llevó a los labios y lo encendió. Un segundo cigarrillo, casi enseguida, trazó una ruta semejante pero fue a aterrizar en la mano de otro invitado, que lo había pedido por señas. Se trataba de un hombre muy flaco, de mirada jovial y pícara, que se esforzaba en parecer serio, y que, sin poder ocultar su marcado acento francés, hablaba con un muchacho alto, de cara alargada y estropeada por el acné, y mandíbula prominente, poco adecuada al humor con que celebraba los chistes del otro. ¿Sería tal vez este último? Parecía poco probable... Se lo imaginaba más circunspecto y con algo especial en la mirada, una capacidad escrutadora que no podía tener ninguno de los dos, que justamente –lo pudo oír concentrando su atención por encima de la algarabía general– se dedicaban a contar chistes. «Ahora escuche este», alcanzó a oír que le decía el hombre flaco a su compañero, «¿Sabe cómo aprendió Tarzán a aullar?», y fue en ese momento cuando ella apareció y se sentó en el sofá roto, muy cerca de él. No fue capaz de mirarla. En cambio, buscó con los ojos a Bojórquez, que estaba muy ocupado hablando con los que al parecer acababan de llegar, uno de los cuales podría ser el que esperaban, aunque no tenía cara de mamerto. Se oyó la carcajada del hombre de la gran mandíbula, seguida de una voz anónima, muy persuasiva, que intercedió por un poco de ambiente, y Ugliano apagó la luz, dejando la sala sumida en una titubeante penumbra, en la que se instaló la música al fin: una canción de Violeta Parra («Gracias a la vida que me ha dado tanto...»). Pensó en una obra de teatro, por ejemplo de Beckett, en la que los actores, sentados en el suelo, proferían grititos frente a un público invisible y agazapado más allá entre las sombras.

—¿De modo que el sociólogo se nos va a hacer escritor? –dijo alguien a su derecha, alguien de cara ahusada y voz lenta y melosa, y reconoció a Zambrano, cuyo nombre había cobrado lustre últimamente porque había defendido hacía poco, en presencia del propio Gran Durruti, brazo derecho del Gran Zubiela, la necesidad de que los estudiantes revolucionarios no se limitasen solo a prepararse intelectualmente... ¡Tenían que ser algo más que conciencias desdichadas, tenían que alcanzar la unidad a través del compromiso y la acción! ¿A qué otra cosa podía aspirar un verdadero revolucionario?

—Si usted se refiere a mí, don Roberto, todavía no soy ni una cosa ni la otra... –dijo él y, temiendo algún comentario irónico, bebió un sorbo largo y pausado de su cuba libre.

—Con el tiempo y un palito lo sabremos –por suerte se limitó a sonreír el otro–. Pero yo apuesto a que...

Allá, terminada la canción de Violeta Parra, se escuchó la voz de Joan Baez entonando la bachiana Nº 5 de Villa-Lobos, y en ese momento comprobó que ya había varias mujeres en el grupo. Sin embargo, la más apagada de todas era ella, quien, pese a su aparente indiferencia, le dio la impresión de que escuchaba muy atenta lo que decía. Por eso, habló en voz más alta, dirigiéndose a Zambrano, de los grandes escritores norteamericanos, Melville, Hawthorne, Faulkner...

—¿Y de las novelas de Sartre qué opinas? –preguntó Soriano, muy interesado.

—Que son la cosa más aburrida del mundo. En cambio sus ensayos...

—Al fin y al cabo es un filósofo, ¿no? –argumentó el otro, que leía en francés y, además, tenía varios números de *Les Temps modernes*.

No supo en qué momento las gruesas gafas de Bojórquez empezaron a acercarse bajo la penumbra por el lado de la ventana, pues solo reparó en la voz de su amigo cuando ya estaba junto a la muchacha. Vio cómo le cogió la mano y le habló; los tenía tan cerca que, sin esforzarse en escuchar, llegaban hasta él fragmentos de lo que hablaban, y varias veces distinguió, muy clara, la palabra espaguetis. «Sí, parece que hay varios paquetes... Y luego queso rayado, huevos...» Al final vio cómo la muchacha se levantó bruscamente, malhumorada, dejando a su compañero casi con la palabra en la boca, y desapareció como una sombra errante rumbo a la cocina. Bojórquez se giró para mirarla con cara de disgusto y solo cuando la perdió de vista se volvió hacia él y le dijo en voz baja que el otro ya había llegado, que se lo presentaría más tarde, a la hora de los espaguetis... Después, se puso a hablar con Soriano de cómo había ido la última asamblea en económicas; hubiera jurado que no se dieron cuenta cuando los dejó, tan enfrascados estaban averiguando si la conducta de los delegados había sido o no lo suficientemente sincera. Pero en quien él pensaba era en la muchacha malhumorada, mandada por su amigo a la cocina... «¡Como si fuera la única mujer!», se dijo, cuando empezó a esquivar los grupos, con la proa puesta en esa dirección, pero al cruzar el pasillo oyó las voces de otras que estaban en el patio, donde seguramente comentaban las pinturas del anfitrión, y pensó: «sí, hay más mujeres, pero aquí ella es la única que está sola, ella, la que come de contrabando en la universidad, intentando ahora salvar la situación...». No se equivocó; al entrar, la encontró en cuatro patas, la cabeza metida en el armario junto al lavadero. Sobre una mesita, enfrente, había unos seis paquetes de espaguetis, un frasco con trozos de queso, dos potes de margarina. «Es todo lo que he podido encontrar, pero de ollas, ni una», al oír ruido dijo ella con toda naturalidad, sin siquiera volverse para mirarlo... «No sé dónde carajo quieren que ponga a hervir el agua...» «Mientras tanto podemos ponerla ahí», dijo él, señalando desde la puerta una ponchera de aluminio muy abollada que se asomaba, tímida y precaria, por la puerta entreabierta de un diminuto cuartito junto al fogón, una especie de alacena. Avanzar un paso, cerrar la puerta y poner manos a la obra, todo fue uno... Sin embargo, el problema no quedó solucionado en el acto; pues, una vez sobre el fogón, llena de agua, la ponchera ofreció un aspecto tan avieso que, luego de mirarla un momento, no pudieron menos que reír y ponerse a buscar de nuevo. Por suerte no tardaron en encontrar una olla a presión, no mucho más joven que aquella –pues parecía más bien una boya de la Segunda Guerra Mundial– pero sí más apropiada. Cuando le traspasaron el agua, la muchacha lanzó un «pufff» de alivio, y lo miró con risueña sorpresa como si solo entonces lo reconociera...

—Graciela, desde que nos presentaron tenía ganas de hablar con usted –dijo él.

—Y yo me le he atravesado en el camino todas las veces que he podido, pero se ve que ni siquiera se ha dado cuenta. ¿Sabe?, me muero de ganas de saber lo que puede opinar de mí alguien tan serio como usted...

—Este, yo... –dijo él, por decir algo.

—¡Ay, tan divino! –salmodió ella, cantarina, y él no pudo menos que reír ante sus modales untuosos y su cálida y envolvente forma de hablar–. ¿Usted cree que estos espaguetis van a alcanzar para todos? ¡Hay mucha gente ahí fuera!

—Yo creo que sí...

—¿Y qué opina de esa ponchera?

Contempló un momento el lamentable artefacto, que ella había dejado en el suelo, y dijo:

—Debía ser ahí donde la abuela del pintor se lavaba los pies...

—Ah, qué gracioso –lo reprendió la muchacha, simulando una mueca de asco, luego añadió–: por favor, déjese de bobadas, dígame solo cosas dignas de usted...

Como el agua hervía ya, empezó a hundir en ella los haces, uno a uno. Los introducía por un lado, sin soltarlos, y cuando comenzaban a doblarse los empujaba hacia abajo, sin cuidarse apenas de no tocar el agua con los dedos...

—Si no tiene cuidado se va a quemar –dijo él.

—Sí, claro –protestó ella–. ¡Como se ha quedado embobado mirándome yo me estoy poniendo nerviosa! ¿Por qué no se pone a rallar queso en vez de mirarme de esa manera?

Sin responder, él cogió un plato, eligió un trozo de queso y puso manos a la obra. Durante un rato solo se oyó el ruido del rallador y el suave borboteo del agua, que ella revolvía de tiempo en tiempo. Pero cada vez le costaba más...

—La hemos llenado demasiado –dijo él.

—No, hay que echar más agua. Ya que les hago de criada, voy a hacerlo bien, para que vea...

—¿Para que vea quién?...

—El maldingo ese... El que usted sabe –dijo ella, entre risueña e indignada–. Imagínese que estos espaguetis se queman y se quedan sin comer... ¡Me va a matar!

—Simón no es de esos... –dijo él con convicción, pero también imaginando que al defender a su amigo mejoraba ante los ojos de ella.

—¡Ay, tan divino! –tarareó la muchacha, en efecto, y lo envolvió en una mirada tierna que a él le pareció una caricia–. No, él no es de esos, pero sin duda va a pensar que soy una tonta o que lo hice de aposta. Usted me entiende...

—Sí la entiendo. Mejor dicho, no, no la entiendo...

Ella rio; luego, se sentó en el taburete y se acarició los tobillos.

—No aguanto más. He estado todo el día trabajando, me duelen los pies, y aquí estoy con una tracamanada de estudiantes juerguistas, haciéndoles los espaguetis, ¿qué le parece pues? –dijo, sin cejar en su actitud indignada.

—Que no es justo y además...

—...y además soy una conciencia desdichada, ¿no cierto?

—¿Una conciencia desdichada? –la miró él, al borde de la risa, y sintió que algo muy pequeño, un gusanito, se movía en su interior–. Claro que lo es, y por eso mismo tiene que vengarse, mejor dicho: reivindicarse...

—Revuelva, pues. ¿Qué tal si se le queman los espaguetis por culpa de Hegel?...

Y él revolvió. Pero su mente estaba muy ocupada intentando no perder de vista el rastro del gusanito. De pronto, de forma casi impulsiva, cogió la ponchera la llenó de agua y la puso en el otro fuego...

—¿Qué hace? No hay que echarles más agua...

—No, no es para los espaguetis...

Ella lo miró unos instantes incrédula, sin parpadear, con los ojos muy brillantes.

—Cómo así pues... –dijo–. ¿No será tal vez para mí?

Por toda respuesta, él alargó la mano hacia la puerta, la cerró, pasó el pestillo y dijo:

—Sí, es para usted...

—¿Quiere que?... ¿En la misma ponchera donde calentamos el agua para los espaguetis?

—Lo tengo bien calculado, abuelita –dijo, con un ligero temblor en la voz, al ver que ella empezaba a acosarlo con esa mirada entre provocadora y burlona–. Tiene por lo menos diez minutos. Métalos bien, que el agua circule bien por entre los deditos... Mientras tanto, yo me ocupo de los espaguetis. Hay que servir directamente en los platos, pues no tenemos ninguna bandeja. Luego, dios proveerá...

—Dios proveerá... De modo que hasta cree en Dios. ¡Usted, mijito, es una caja de sorpresas!... –dijo ella, suave, jugosa, casquivana, lanzándole las primeras chispitas húmedas con los ojos–. ¡Ay, tan divino mi nietecito!

XIX

—Sí, el pobre tío Orlando, que no tuvo en cuenta, de hecho, que el tuyo es el mismo nombre escrito de distinta manera. Luego Orlando es reemplazado en la cama por el pequeño Rolo, y cuando este se hace mayor ya no quiere compartir su dicha con los demás. *Voilà* –rematando su secuencia, Ugliano hizo una pausa, que resultó muy oportuna, pues fue aprovechada por el veloz y diligente camarero para servir los postres, y luego, cuando este se fue, volvió a la carga suplicando de forma casi lastimera–: no me jodas, hombre, reconócelo... Llevo veinte años esperando saber lo que ocurría bajo las mantas entre la tía y el sobrino en algún momento de la noche.

—Materia reservada, estimado señor –dijo él.

—Dime al menos si cuando los hechos ocurrieron entre el prematuro o edípico niño y su hermosa y complaciente tía, ella estaba dormida o despierta.

—¿Dormida o despierta?... –musitó.

Y antes de seguir, pensó: «¿No ves Solange qué tipo más desvergonzado? ¡De modo que no le basta con lo del impuesto de seducción; ahora también quiere saber si mi tía Odette estaba esa noche dormida o despierta! Si bajo la guardia terminaré contándole lo nuestro, ah, querida...». Luego, mientras lo miraba incrédulo, completó: «Sí, pero me lo tengo merecido, por incauto, mejor dicho: por güevón...». ¿Por qué no se escapó de sus manos cuando todavía estaba a tiempo? Bastaba mirarlo para entenderlo: parecía un chacal que se disponía a arrancar trozos a un muerto. «El chacal él por supuesto, y yo el muerto.»

—¡Tranquilo, hombre, no te quitaré a tu tía Odette! –se puso nervioso Ugliano, exhibiendo una intimidada sonrisa de conejo, y le hizo una rebaja en su petición–: reconoce al menos que ella fue el más importante fantasma de tu niñez. Al menos, en los tiempos de París ibas por ahí exhibiendo *Un amor de Swan* y diciendo que ella, tu tía, era lo más parecido que conocías a Odette. Pero, en fin, lo que siempre me sorprendió es que a esa edad todavía te dejaran dormir con tu tía...

—En casa de mis tías había mucha gente y pocas camas –se defendió él.

«¿Fue la tía Odette quien me empujó en efecto al mundo de Swan?», se preguntó, entre nostálgico, incrédulo y divertido. Había sido sin duda una ocurrencia, una exageración de juventud, pues no se puede ir tan lejos basándose solo en un nombre de pila... Solo a alguien empachado de Proust, como él lo estaba en los tiempos de París, había podido ocurrírsele comparar a alguien como el tío Orlando, una especie de atarbán, con el refinado amante de Odette, que tanto se interesaba por las flores, orquídeas precisamente, con que su adorada se adornaba el pecho y el cuello... «¿Cómo están hoy las orquídeas?», preguntaba Swan –él lo recordaba vívidamente–, y luego comentaba: «¡qué mala suerte esta noche, las catleyas no tienen necesidad de ser arregladas aunque de todos modos veo una que está un poco torcida!», y, ¡zas!, Swan aprovechaba el pretexto para arreglárselas y besarla en esa parte del cuerpo... Pues no: el tío Orlando nunca le regaló flores a la tía Odette, y la tía Odette no fue ninguna cocotte, sino una mujer desgraciada, hermosa y desgraciada, y qué duda cabe que él –él, sí–, hubiera querido ser Swan, para llenar de flores sus pechos, sus manos y hasta sus rodillas...

—Vamos, hombre, a mí me parece más bien que había mucha promiscuidad –dijo Ugliano, haciendo el amago de levantar la mano para chasquearle los dedos en la cara a su ensimismado y huidizo interlocutor–: ¿Lo normal no era que te pusieran a dormir con tus primos?

—Ya te lo dije; mi tía Odette nunca tuvo hijos, su marido se llamaba Orlando y desapareció a los cinco años del matrimonio... –farfulló él, algo aturdido por el acoso, sin pensar muy bien lo que decía–. Por eso ella se pasó la mejor parte de su vida esperándolo. Pero enseguida, volviendo a distraerse, pensó: «mentiras».

Pues recordaba muy bien que, cuando se quedó sin dinero y sin trabajo, el tío –un tipo alto y cargado de espaldas, de caminar soñoliento y mal afeitado, que usaba traje y sombrero– regresó convertido en una especie de piltrafa, y ella, conmovida, lo acogió sin reproches. Con todo, entre ellos las cosas no volverían a ser como antes, a pesar de los propósitos de enmienda de él, de sus demostraciones de amor y sus zalamerías, a pesar de la alegría distante de ella, de su silencio y su sonrisa estereotipada... ¿Por qué habría accedido ella, a pesar de la opinión de sus hermanas, a estar de nuevo con un borrachín como él? Apenas en dos o tres años, de una mujer soñadora y dicharachera, que intentaba parecerse a Sarita Montiel, cuyas canciones ponía todo el tiempo en el gramófono, se convirtió en una mujer sombría y tristona, que así y todo nunca le escatimó una sonrisa a su sobrino predilecto. En cuanto al pequeño Rolo, le gustaba insinuarle que solo era feliz cuando estaba con ella y cerca de ella, que en su propia casa se aburría, y un día incluso le confió que leía todo lo que caía en sus manos, como aquellos dos libros de su papá, uno titulado *Las cucarachas* y otro *La vida de las termitas,* los cuales la dejaron sumamente preocupada, tanto que se arriesgó a llamarle la atención a su hermana, ¿no le estará pasando algo raro a Rolito? ¡Aquellas no eran lecturas para alguien de su edad!... Fue así como la tía Odette, la única que se preocupaba por él hasta el punto de intentar entender sus enigmas infantiles, y que no le regalaba escapularios, como hacían las devotas tías de otros niños cuando no los entendían, terminó regalándole dos títulos diminutos de la colección Enciclopedia la Pulga, editaba en Barcelona, uno la «vida» de Isadora Duncan y otro la de Julio César, ¡para que al menos dedicara su atención a la gente y no a los insectos! Pero, de todo lo relacionado con su tía, lo que más le entusiasmaba a él era que, semana tras semana, ella se tomaba el trabajo de seleccionarle y guardarle los suplementos dominicales de los periódicos, con las historietas ilustradas de *El Fantasma*, *Mandrake el Mago*, *Benitín y Eneas*, *Educando a papá*, *Supermán*, y una historia china cuyo nombre no lograba recordar, y que era como una variante gráfica de Chan Li Po.

«¿Qué hubiera sido de mi infancia sin ti, tía Odette?», solía preguntarse, amustiado, cuando recordaba el olor a papel recién entintado de los suplementos, un olor que había terminado por asociar a otros, menos recomendables, que descubrió al manipular a escondidas algunas prendas de ella, aquellas que eran solo medio íntimas, como guantes o medias –oh, aquellas medias Pepalfa cuyas puntas espesas, agrias y acartonadas más de una vez llegó a meterse en la boca y chupar–, si bien en cierta ocasión una mancha amarilla y reseca, que descubrió por casualidad al encontrar deshecha su cama, junto a otra oscura y morada, que parecía de sangre, lo dejó sumamente preocupado. ¿Venía alguien por la noche a hacerle daño a su tía? ¡Cuántos años tardó el pequeño Rolo en encontrar la explicación de esas manchas!... ¿Cinco? ¿Diez? «Sí, aquella vez en el colegio...», recordó, mientras ahí enfrente el chacal acercaba un poco su cara a la suya, para recordarle que seguía a la espera. «Sangre, quiere sangre freudiana, ¿sangre fetichista?, sangre de la que sea», pensó. «Pues se la daré...»

—En verano todos los primos nos reuníamos en la casa de Zipaquirá –empezó diciendo, con parsimonia–. Era una casona del siglo xix en la que yo era feliz lejos de mis padres. Jugábamos todo el día juegos de niños, con caucheras y cerbatanas, pero algunas veces yo me quedaba con las niñas...

—Con las niñas... –coreó Ugliano, acercando su cara con hocico de chacal a la de él.

—Me gustaba tenerles la cuerda cuando saltaban a la comba... Qué alegría verlas saltar, mientras cantaba con ellas: «Al pasar la barca, me dijo el barquero, las niñas bonitas no pagan dinero». Pero un día ellas quisieron verlo saltar a él, y él aceptó. Entre burlas, más que cantos, después de caerse un montón de veces, logró cogerle el tranquillo al juego, y le gustó aun más. Entonces el pequeño Rolo terminó saltando con sus delgadas piernas y cantando él también la canción: al pasar el río, me dijo el barquero, las niñas bonitas, no pagan dinero...

—En una de esas, amigo, fue cuando pasó...

—¡Cuando pasó!.. ¿Pero qué pasó, qué? –con voz de muerto resucitado farfulló Ugliano, los ojos medio salidos de las órbitas y la respiración entrecortada.

—Que apareció mi tía Odette y, al verme, se puso furiosa. Me agarró por la oreja y me sacó de allí...

—Ajá, ajá –dijo Ugliano–. ¿Y qué más?

—Nada más...

—¡Cómo así! ¿No te castigó? ¿No te pegó? –protestó el hombre de los bigotes, indignado, y bebió un trago de agua para calmarse; luego pensó un momento, y volvió a la carga–: pues está bien claro, Rolando... Tu tía no podía permitir que cambiaras de tren en mitad del viaje. Ya eras su machito, no su niña bonita... Ah, pero no me distraigas, es evidente que la cosa no acabó ahí –concluyó y lo miró con desconfianza.

—Claro que no –concedió él, y añadió, hablando despacio–: imagina solo que entre ese momento y otro que tuvo lugar no mucho después y que llamaremos punto Aleph, pues las palabras que lo describen no pertenecen ya al idioma de los humanos, ocurrieron otras cosas, hubo otras circunstancias, otras mediaciones...

—Mediaciones, humm... –coreó Ugliano–. ¿Mediaciones hegelianas?

«Vaya ocurrencia», pensó. ¿Lo decía acaso en homenaje al Jíbaro, y al tan traído prólogo de Sartre: *Cuestiones de método?*... ¿Y había olvidado ya que era impropio hablar de mediaciones cuando se trataba de fetichismo de la mercancía? Ah, el fetichismo de la mercancía, el fetichismo sexual, Baudelaire y la Giganta, al diablo con ese pelmazo de Hegel...

—Baudeleriana más bien, pues se trataba de un gato –dijo.

—¡Otro maldito gato!...

«Sí, otro maldito gato...», coreó por dentro, sonriendo. Solo que este no era tan espiritual como el de Cheshire, aunque seguramente sí más avispado, como el buen gato epicúreo que era. Por ejemplo, la parte que más le gustaba de los humanos eran las piernas desnudas, de hombres y mujeres –¿fetichista de pantorrillas?–, ya que cuando las veía arqueaba el lomo y se refregaba contra ellas, las mordía y lamía, y, lo más importante, tenía licencia para hacer la siesta con las que quisiera. Por supuesto, las preferidas eran las de su propia ama...

—Ya está, se acabó –dijo, de pronto, cansado–. Lo que viene después es el punto Aleph...

Ugliano miró hacia otro lado con disgusto; luego, como si actuara medio en serio, medio en broma, tarareó vengativo: al pasar la barca, me dijo el barquero, las niñas bonitas no pagan dinero... De pronto, sopesó a su amigo con la mirada, y dijo:

—Sí, sí, tú eras una niña bonita, todavía lo pareces. ¿Sabes una cosa, Rolando? Cuando te conocí..., bueno, hombre, lo primero que pensé es que eras un mariquita, jejejé. Esa boquita tan bien afeitada, esa mirada como de Santa Teresita... Luego cambié de opinión, al ver cómo agitabas entre nosotros la historia de tu tía como un banderín. Era como si dijeras: soy un machito, tuve un Edipo en vez de un Electra, como si todos fuéramos por ahí contando lo que hacíamos de niños con la tía Odette... ¿A quién podía importarle?

—Al Jíbaro –se dio prisa él, sorprendiendo casi al provocador–. Fue él quien nos puso a todos a agitar un banderín. Y, por cierto, el banderín que te tocó fue el del machote que no tiene que seducir a las mujeres, hace un rato tú mismo lo reconocías. «¿Cuál de los dos en veinte años se había vuelto más inconsecuente?», pensó. Porque era increíble que se negara a reconocer algo tan evidente. «¿Habrase visto tamaña contradicción?», pensó, «antes lo hubiera notado él solo, sin duda»...

—Jejé, ¡yo no soy bonita, ni lo quiero ser! —tarareó aún Ugliano, sarcástico y burlón, negando con la cabeza.

«Claro que no eres bonita, ya te escasea el pelo en el tupé», pensó él, contemplándolo con frialdad; «y en cuanto a tu boca, vaya culo de gallina, para no hablar del estropajo que llevas como bigote...».

—Pero a ver, carajo —Ugliano pareció impacientarse de súbito, como si desconfiara del cariz que estaban tomando las cosas—. Yo creía que estábamos hablando del Jíbaro y de sus interpretaciones freudianas, es decir, de todas las cosas que a él le gustaban y, según quería hacernos creer, a nosotros también...

—Y es que a nosotros también nos gustaban, y, a juzgar por tu conducta, todavía nos gustan —dijo él, poniéndose de parte del vilipendiado.

«Qué diferencia más grande, más escandalosa, entre el amigo muerto y el que ahora está a mi lado», pensó. Y no era cosa de ahora: desde un comienzo había sido así. Tan cierto como que, por su inteligencia, por su seriedad casi cómica, por su intuición silenciosa y envolvente —cualidades todas de una mente distendida, flexible, capaz de introducirse en los sitios más escondidos—, él siempre había preferido al Jíbaro... ¿No era incluso posible que la afinidad con el amigo predilecto se la hubiese hecho a ella, la Boquineta, más apetecible? ¿Y todo eso no explicaba la actitud de Ugliano tanto antes como ahora, veinte años después: celoso, quisquilloso, susceptible, vigilante siempre? «Era como un mocoso junto a nosotros dos, Jíbaro, y lo soportábamos como se soporta a un impertinente hermano pequeño... Sin duda fue por eso que la misma Graciela me eligió como su segundo enamorado antes que a él. Ella era de los dos, compañero... Por eso yo no violé ninguna norma, aquella vez, por eso saltamos por encima de tu sombra, por eso nunca llegamos a nada real, ni siquiera el día aquel en que la acompañé a su pisito, ni tampoco el día en que, borracho, el Jíbaro me nombró su heredero, declarando que si él llegaba a faltar, o se iba a la guerrilla, ella sería para mí, solo para mí...»

—Por cierto, ¿alcanzaste a verlo cuando estuvo por Madrid hace como cinco años? –preguntó Ugliano.

Su cara había adquirido un inesperado aire de gravedad, y, a varias horas del encuentro, pensó que era ya imposible que cualquiera de sus partes, desgajándose del conjunto, volviera a mostrar un aspecto tan borroso como al comienzo. Incluso tuvo la impresión de que habían pasado días desde que se lo encontró en la rue Falguière, neblinoso y disgregado, casi inexistente, y empezó a ver cómo iba reanimándose y recomponiéndose por partes, como un puzzle...

—Sí, sí... Me propuso que lo acompañara hasta París. Lástima que no pude hacerlo, hubiera sido un viaje de puta madre –anunció con desenfado, como si intentase conjurar cualquier rastro de emoción; de todos modos, tras una pausa añadió que por eso cada vez que venía a París se sentía mal y se desquitaba...

—¿Qué quieres decir? –preguntó Ugliano, levantando la nariz.

—Quiero decir, en mi imaginación. Visito los sitios que nos hubiera gustado ver juntos, por ejemplo la Sorbonne, el Colegio de Francia... ¿Te lo imaginas en el Colegio de Francia?

—Se hubiera puesto a lanzar exclamaciones... A lo mejor hasta hubiera besado las losas de la gran sala de conferencias.

—No, por dios... ¿Crees que era así de beato? –comentó él con sorpresa.

Un mozo que iba a toda prisa tropezó con otro, a unos pasos de ellos, y una bandeja rodó por el suelo, en medio de un gran estrépito. Fue una manera algo violenta de recordar dónde estaban; pero el efecto de extrañeza duró solo un momento, pues casi enseguida se escuchó decirle a Ugliano, con un sonsonete de reproche, que el ausente merecía que hablasen de él con más cariño y respeto...

—Claro, compañero, pero si yo...

—Imagínate que un día me llamó desde el hotel y me dijo: «estoy aquí, pendejo, ¿cómo es que no me has llamado?» –desmenuzó él su recuerdo, imponiéndole a Ugliano silencio con la mano–. Con esa sola frase borró de un plumazo los doce años que llevábamos sin vernos... Pero cuando lo vi me costó reconocerlo.

Delgado y caído de espaldas, mirando por encima de las gafas como un viejo, con ese temor en los ojos de quien, no acostumbrado a viajar, observa el mundo con desconfianza, para no hablar de que había perdido casi todo el pelo... Pero lo peor de todo no fue eso: lo peor fue que, cuando después de hablarle un poco de la España democrática, que tenía solo siete años de edad, a él se le ocurrió hablar de la vieja democracia colombiana, ¿y de qué se le ocurrió hablar al Jíbaro?... ¡Pues del masoquismo moral y del padre derrotado!

—¡Es increíble! –dijo Ugliano–. Esa no es manera de mantenerse fiel al pasado...

—No, claro que no. Pero no es culpa de Freud, estimado señor, si lo utilizamos para estar de espaldas a la realidad –arguyó él, irónico y apasionado–. Ni siquiera culpa del Jíbaro...

«Y, sin embargo», pensó para sus adentros, «¿cómo fue posible que aquella vez Bojórquez no le dijera nada de ese infierno sin historia en el que él sabía que se había transformado Colombia, ni de la marabunta que estaba acabando con la capital, o de la clase política que se refugió con los suyos en el norte de la ciudad?» ¡Nada de la mafia que tenía secuestrado al país! ¡Nada de los políticos conniventes! ¡Y nada de los que casi en solitario llevaban a cabo valientemente la denuncia, lo mismo que de los escuadrones de soldados que patrullaban las calles! ¡Y para qué mencionar a los profesores muertos en la Universidad! «Nada sobre eso, nada sobre aquello, nada sobre lo de más allá... ¡nada de nada!...» ¿Estaba acaso desbordado y desorientado por su viaje a España? Tal vez, pero no... Lo más probable era que el Jíbaro ya estuviera muerto, intelectualmente muerto, y que no fuera ya siquiera la sombra de sí mismo, del que había reinado como un monarca indiscutible en la universidad.

—Sin embargo, ¿quieres que te diga una cosa? –sublevándose de repente, Ugliano intercaló un paréntesis reflexivo–. Creo que hace veinte años no hacíamos las cosas nada bien... No, no me mire así, Rolo Dupuy, pues está claro que allí comenzó todo. ¡Porque, qué carajo, alguna vez habremos de reconocer que había algo muy inmaduro y burgués, incluso muy insano en nuestra manera de leer e interpretar la realidad a la luz de las lecturas!...

Al hablar Ugliano contraía el rostro, en un esfuerzo por expresar con exactitud sus ideas, como si a través de ellas intentara entonar la melodía del pasado, una melodía compuesta de sones dispares e incongruentes, y también de voces que, con frecuencia, no resultaban ser otras que las de viejos y escurridizos fantasmas sin catalogar. «Sí, tengo la convicción de que algo se perdía, no porque estuviera destinado a perderse en razón de las condiciones objetivas, sino porque había demasiados molinos de viento en nuestras condiciones subjetivas. Es solo culpa nuestra si perdimos de vista al país real, ese que ya no era el que conocimos, en el que podíamos llegar a ser unos pendejos estupendos, sin necesidad de hacernos matar», lo escuchó perorar después, de forma casi etérea, por la inconsistencia de la distancia que los separaba, que tan pronto se alargaba como se contraía, según él se distrajera o concentrara, y pensó que lo que oía llamaba su atención más de lo normal, en especial por aquella imagen de los molinos de viento que Ugliano terminó invocando, ¿pues no abría una sugerente perspectiva sobre la consistencia de lo que está fuera de la realidad, los peligros del idealismo, sin olvidar la incapacidad de evolucionar? Estaba claro que el que aprende a ver molinos de viento corre el peligro de estancarse, ya que desde la altura de un molino de viento solo se ven otros molinos de viento, no lo que nos hace confundirlos con gigantes... De pronto Ugliano guardó silencio, como si hubiese perdido el hilo de su perorata, y miró con vaguedad hacia la puerta...

—Rolando, ¿quieres que te sea sincero? –tornó a decir luego con unción, haciendo borrón y cuenta nueva–. A mí incluso hablar de lo quijotescos que éramos me parece sumamente aburrido. Pues todo eso resulta tan retórico... La vida está aquí abajo, ¿no resulta irónico, incluso gracioso, que sea yo quien lo diga?

—No, en absoluto. En cuanto a lo quijotescos que éramos –se dio prisa él, celebrando el cambio de tema–, he de decirte que yo a quien me parezco en realidad no es a Alonso Quijano, sino a Harry. ¡Sí, mi héroe actual se llama Harry!...

—¿Harry? ¿Qué Harry? –dijo Ugliano, sorprendido.

—El de *Las nieves del Kilimanjaro*...

—Ah, si, Gregory Peck agonizando en lo alto de la montaña...

—...porque a mí solo me separa de Harry el hecho de que no tengo criado ni hijos. ¿Tenía hijos Harry? Ya no me acuerdo, pero no importa: si me muero, no dejaré ningún huérfano...

—Será maravilloso –dijo Ugliano, sin pensar apenas en lo que decía.

—Gracias, gracias... –replicó él con sarcasmo–. A lo mejor solo me parezco a Harry por ese olor invisible, a pierna gangrenada –añadió luego, pensando en lo estupendo que sería que realmente pudiera empezar a sentirse como aquel–. ¿No lo sientes, el maldito olor?

—No, no lo siento, no hueles tan mal. Solo hueles a pachulí –casi se apiadó Ugliano de su amigo, olfateando el aire en su dirección y él recordó que, en verdad, había sido precisamente por culpa de su pierna gangrenada, y especialmente de su olor nauseabundo –un verdadero presagio de muerte–, que Harry emprendió la ruta del recuerdo, y por su mente empezaron a desfilar algunos episodios de su vida, mientras, a su lado, la mem-sahib, Susan Hayward, intentaba hacer menos dura la espera, asegurándole que pronto llegaría el avión a rescatarlos.

—Y me encantaba sobre todo la presencia del negro Molo, diciendo todo el tiempo «si *bwana*, ¿quiere algo *bwana*?», mientras limpiaba los platos o desmontaba la mesa plegable, o cocinaba la pieza cobrada por la mujer blanca... –concluyó, sin ocultar su entusiasmo–. ¿Y te acuerdas, Héctor, de que Harry no quería una taza de caldo para fortalecerse, sino que todo el tiempo deseaba whisky con soda?

—Sí, me acuerdo, claro que me acuerdo...

—¿Y de que había un momento en que decía: «Ahora estoy lleno de poesía, de podredumbre y poesía», o algo así?

—Sí, *bwana*. Hermosas palabras, *bwana*...

«Hermosas palabras», pensó. Tanto más por cuanto que el pobre hombre se creía ya capacitado para ser un gran escritor, y escribir todo lo que siempre había soñado escribir, dado que había acumulado la experiencia necesaria...

—¿Por qué será que muchos escritores se mueren justo cuando empiezan a madurar?... –meditó, sentencioso.

—Mientras que otros viven de escribir sobre lo que aún no ha madurado en ellos –lo emuló Ugliano, con un tonillo malinten-cionado–. Y, curiosamente, la gente no sabe distinguir entre unos y otros...

—Me has quitado la palabra de la boca, muchacho –reconoció él, sorprendido, y por una vez se sintió capaz de darle un abrazo a su amigo.

«Escribir, por ejemplo, sobre ese recuerdo de una cabaña que-mada, con los restos de varias escopetas, o el del río de truchas que alquilaron tras la guerra en la Selva Negra, poblado de abedu-les...», pensó. ¿Y por qué no sobre la Place de la Contraescarpe, en París, donde las floristas teñían sus flores en la calle, haciendo que una mancha roja bajara hasta la parada de autobuses? No, todavía los colombianos no tenemos ese derecho, habrá una legión de beatos y beatas, cacasenos y cacasenas que nos llamarán traidores... En cuanto a Harry, sí lo tenía, y reconocía que nunca había encontrado una parte de París que le gustase tanto como esa, y que lo supo desde el primer momento, y por eso alquiló aquella habitación en el último piso del viejo hotel, grande y barato, en que había muerto Verlaine, en el número treinta y nueve de la rue Descartes. Allí estaba él mirando los tejados, en esa encrucijada de calles tan personal, donde el repentino declive de Cardenal Lemoine contrasta de forma tan sugerente con la bocacalle de la rue Muffetard al otro lado, e incluso con la calle que lleva al Panteón, la rue de L'Estrapade...

—Por cierto, ¿recuerdas aquel poema de Verlaine, el muerto jubiloso?– se interrumpió de pronto Ugliano en su evocación.

—Sí, Héctor, recuerdo ese poema muy bien, solo que no es de Verlaine sino de Baudelaire... –dijo él y, como si de ese modo lo demostrara, recitó dos versos–: *Voyez venir à vous un mort libre et joyeux; philosophes viveurs, fils de la pourriture...*

Ugliano pareció un momento confuso, o tal vez solo impresionado por la erudición de su amigo, y miró distraído hacia la puerta de entrada, por la que una de las últimas parejas de comensales acababa de zambullirse en la corriente rumorosa de la rue de la Harpe, pero al final sus ojos volvieron a posarse sobre la mesa.

—Pues si es así... –dijo entonces Ugliano, y el gesto risueño reapareció en su cara–. De pronto, gracias a ti, he empezado a sentirme como un muerto jubiloso que quiere disfrutar de la vida, que quiere apurarlo todo de ella, hasta la *pourriture*...

—¿Gracias a mí? No me jodas, hombre, pero si desde el comienzo no haces más que hablar de lo mismo... –protestó él, y miró sin querer al camarero, que no paraba de acecharlos, como quien espera una señal.

Antes de que pudiera reaccionar, Ugliano le envió con la mano el gesto de escribir al hombre, que corrió en busca de la cuenta.

—Invito yo, así estarás por el resto de tu vida en deuda conmigo... –bromeó.

—Y tendré que oír sin rechistar lo que intentas decirme, que sin duda es algo asqueroso. ¿No era algo sobre la *pourriture*?

—Ah, amigo, compruebo que no has perdido cualidades. Agudeza, empatía e intuición...

—Gracias, gracias, eres muy amable. ¿Pero por qué no vamos al grano?...

Ugliano lo miró dubitativo, bajó los ojos, tamborileó sobre la mesa y luego trazó con el índice el contorno de una figurita sobre el mantel.

—Rolando, han pasado los años pero los fantasmas siguen ahí, igualitos, y no quiero irme al infierno sin haberlos conocido... –dijo, hablando despacio, y se veía que intentaba parecer natural, ¿pues no resultaba raro que, a su edad, no hubiese perdido aún la costumbre de hablar de esas cosas, de hacer ese tipo de confidencias?, pero al final dijo abiertamente–: por ejemplo, veinte años oyendo hablar del vicio inglés, y aún no lo he practicado...

—¿Y ahora quieres practicarlo? –dijo él.

—No, el inglés no... –rio Ugliano–, pero si el búlgaro. El otro día, hablando con uno muy versado en tales menesteres, me enteré de un vicio de ese país... ¿Quieres que te lo cuente?

—No, por favor, no –dijo él, sin ocultar que aquello más bien lo decepcionaba e incluso lo molestaba.

Por un momento, Ugliano pareció desconcertado, y a falta de otra cosa miró en derredor... Después, para darse tiempo, procedió a encender un cigarrillo; aspiró el humo y, tras arrojar la primera bocanada, contraatacó–: en fin, tú te lo pierdes... ¡Pero un poeta como tú! ¿Cómo puede alguien con sentido poético negar que hay unos vicios lindos que es criminal no conocer? ¿Vicios tan lindos que no solo han sido contados, sino también cantados por los poetas? Por ejemplo, el otro día estaba leyendo *Bajo el Monte de Venus*, la novelita esa de Bearsdley, y me pareció tan poético cuando Venus, ¿lo recuerdas?, sí cuando Venus, cuando Venus...

—Sí, eso...

—Es tremendo oírte hablar de esas cosas, por más que esta noche me hayas invitado... ¡No sé si reír o llorar!

—Mejor riamos juntos, como dos filósofos vividores, amantes de la *pourriture*... –dijo Ugliano, pronunciando el último término con un esmerado acento francés–. ¡Qué palabrita, amigo: *pourriture*! Y qué bien suena, asociada a Venus...

—Me pregunto si esta conversación existe, o si es solo un delirio de mi imaginación, y por eso propongo que nos vayamos a pasear para que el aire fresco nos devuelva a la realidad... –dijo él, mirando hacia la calle, donde el continuo torrente de viandantes parecía ya completamente impregnado de la alegría nocturna de París, a juzgar por las sombras que desfilaban, más vocingleras y sugerentes–. Y yo que creía, Héctor, que esta noche solo querías hablar, pasear y tal vez *faire ça*, vamos, algo normal y saludable.

—¿*Faire ça*...? ¿Quieres decir *faire boum*? ¡Qué va, hombre!... París vale algo más, París merece ir en busca de lo ignoto para encontrar lo nuevo. Eso sí que lo dijo Baudelaire, ¿no cierto?... –preguntó Ugliano, y añadió, sin darle tiempo a que respondiera–: está demostrado que el coito va a ser superado, que dentro de diez, veinte, treinta años las perversiones serán lo normal.

—¿Entonces triunfará la *pourriture*?

—No cabe duda –dictaminó Ugliano con alegría, en medio de una bocanada de humo que por un momento pareció convertirlo en un jubiloso espectro surgido del pasado–. Rolito, ¡el futuro está de parte de la *pourriture*!

—No me llames Rolito, carajo, que ya tengo cuarenta años...

—Sí, *bwana*, como usted mande *bwana* –tarareó Ugliano, poniendo cara de bufón, y, antes de que él pudiera hacer nada, abordó con decisión al camarero y se dispuso a pagar la cuenta–: *bwana* invitar amo para que amo ser bueno con *bwana*...

...¿porque quién hubiera podido olvidar que no había que bajar escaleras como en París, sino más bien subirlas, para llegar al pisito que la Boquineta pudo alquilar al fin, en una barriada al sur de la ciudad? El aspecto del piso era normal, nada en él indicaba que ese no fuera el rinconcito ideal de una muchacha pobre pero decente, incluso piadosa, habida cuenta de la reproducción enmarcada de *El ángelus* de Millet que vigilaba discretamente la diminuta sala, y el Sagrado Corazón de Jesús de pelo rubio y ondulado que, muy coqueto él, presidía radiante como un sol el pequeño comedor. «¿No ve Rolando que desde niña lo he visto en el comedor de mi casa? ¿Por qué tendría que botar ahora mi Jesucristo?», la oyó canturrear, sin ánimo beligerante, la primera vez que fue a su nuevo nido en compañía del Jíbaro. Después, muy risueña, le contó que allá en su pueblo a orillas del Cauca había copiado el retrato con sus lápices de colores, para un concurso de pintura en el que, emocionadas, las hermanitas le dieron el primer premio: un álbum de fotos de Bogotá. Los demás episodios de su desventurada historia, a saber: que por culpa de la muerte de su padre, asesinado por la «chusma», había tenido que abandonar sus estudios; que dos años más tarde intentó continuarlos en la capital, pero que entonces su madre, incapaz de adaptarse al ritmo urbano, se puso grave y murió; y, en fin, que fue de ese modo como con solo dieciocho años se encontró sola en la ciudad, con sus dibujos y su colección de banderolas, sin donde caerse muerta– todo eso lo supo él en los días que siguieron de boca del propio Bojórquez que, por lo general parco en palabras, se mostraba pródigo en detalles cuando se trataba de ella.

Fue el mismo Bojórquez quien la mañana de un lunes –una soleada y mirífica mañana, como quedó registrada en el recuerdo de su amigo–, paseando por los prados de la universidad, le contó por propia iniciativa cómo la muchacha había despertado su interés desde la primera vez que la vio sola en la cafetería. Después de varios días observándola coger su bandeja y sentarse sola en su rincón, o de encontrársela tomando el sol en los parterres como una estudiante más, empezó a sospechar que llevaba aquel libraco en el bolso simplemente para camuflarse –*Hotel*, de Arthur Hailey, como logró averiguar una vez en que ella fingía leer– pues en realidad no era estudiante... «¿Qué carajo hacía pues allí, tan pensativa y triste, y tan ingenua que ni siquiera había tenido la malicia de ocultar la portada de ese horrible best-seller?...» La oportunidad de averiguarlo le llegó de forma inesperada gracias a unos estudiantes bullangueros que un día, a la hora del almuerzo, en una mesa vecina a la de ella, decidieron amenizar la sesión con una radio portátil que emitía música de foxtrot, y, al recordar la película de Charlot, él se lanzó. Ella se quedó de una pieza cuando lo vio acercarse y, sin pedir permiso, sentarse a su lado y apoderarse de sus dos panecillos, su cuchillo y su tenedor... «Mi danza de los panecillos de Charlot fue un éxito... ¿Qué soy muy mal bailarín? Pues claro, hombre, por eso, soy un maestro con los panecillos, cuando quieras te lo demuestro...», precisó Bojórquez, hablando con entusiasmo, riendo y gesticulando, y, por primera vez desde que lo conocía, él tuvo la impresión de hallarse frente a otra persona. ¿De modo que también podía enamorarse? ¿O se limitaba a jugar, poniéndose y quitándose alguna de sus máscaras? Tan transfigurado estaba aquella mañana que ni siquiera se refirió, como siempre hacía por aquellos días, a los últimos acontecimientos relacionados con el antiguo capellán de la universidad, ni a la deriva ideológica de sus últimas declaraciones, y solo parecía sensible a todo lo relacionado con la muchacha. «No me percaté de su defecto hasta que estuve junto a ella...», le escuché decir al final, y recordaba muy bien que le preguntó: «¿De qué defecto hablas?». «Labio leporino leve, mal operado en la infancia...», dijo el Jíbaro, y aclaró que la dificultad solo se le notaba cuando, al hablar, la muchacha se excitaba e intentaba levantar la voz; entonces las consonantes adquirían una nasalidad que las hacía parecerse entre sí, con lo que algunas palabras se tornaban indescifrables. Pero, por supuesto, aquello no tenía ninguna repercusión en el orden intelectual, si bien seguramente sí en el afectivo...

No lo recordaba con exactitud, pero debió ser poco después cuando, no sin sorpresa, se supo que el Jíbaro la había logrado convencer para que asistiera a algunas de las clases, so pretexto de que había cursado los primeros años del bachillerato, y que él mismo se disponía a diseñarle un plan de estudios especial. Si bien todos pensaron que pecaba de optimista, ninguno se atrevió a manifestar la menor incredulidad ante esa especie de condensado de generalidades que él mismo confeccionó para ella, inspirado en ese ejemplo viviente de auto superación que era para todos el Gran Zubiela... ¿No había dejado este el colegio, antes de acabar el bachillerato, para dedicarse a estudiar por su cuenta? «Es la voluntad de superación lo que nos hace crecer, no el estar dentro de la universidad, que a nosotros solo nos brinda el pretexto para estar entre los demás, e intentar transformarlos...» Si las cosas eran así, ¿por qué no podía alguien como esa muchacha, que no había tenido recursos para estudiar, pero que estaba dotada de una inteligencia natural, llegar a ser como ellos? Solo tenía que empezar a florecer, como una planta silvestre que ha sido arrancada por el jardinero del rincón donde germinó en estado salvaje, para ser puesta por él en una maceta especial, donde le brindará la humedad y el abono adecuados. Y, cuando hubiera alcanzado un nivel aceptable, la incluiría en su grupo de estudios... Ah, por el brillo de sus ojos, se veía que el Jíbaro soñaba con el día en que la Boquineta quisiera ser iniciada en el fetichismo de la mercancía, según *El capital* de Marx, y no solo en el fetichismo sexual, según Freud. Porque para las cosas de tipo sexual y afectivo no cabía duda de que tenía un talento especial... Pero, aunque poner un poco de orden en esa cabeza de mujer natural, donde las supersticiones campesinas coexistían con intuiciones dignas de una joven universitaria, y que hablaba del Sombrerón, la Muelona y el Ánima sola como si los hubiese visto pasar el día anterior, sin duda alguna iba a llevar algún tiempo, había que empezar cuanto antes con la labor ideológica, no fuera que los mamertos se le adelantaran y ella se hiciera comunista y terminara vendiendo por la calle *Voz Proletaria*: había pues que ridiculizar ante ella la idea de que una burguesía nacional fuerte era el preámbulo de la revolución, lo mismo que la estrategia del alzamiento en armas, al diablo con la guerrilla... Lo que necesitaban los colombianos eran grupos de estudios, personas bien preparadas, obreros capaces de entender a Hegel y a Marx, estudiantes familiarizados con Kafka y Thomas Mann, líderes curtidos en Freud, que hubiesen sido psicoanalizados o practicasen ellos mismos el autoanálisis. En cuanto al reformismo burgués, no valía la pena desperdiciar las fuerzas en él, sí, todo eso había que infundirlo en la mente de la muchacha.

Debió ser en el último momento cuando el Jíbaro se percató de que se le había olvidado un detalle, ¡menudo detalle!: que ella no podía dejar su trabajo así como así, pues tenía que ganarse la vida. ¿Dónde encontrar para ella un trabajo de medio tiempo que no la dejara agotada? La primera, y única idea que se le ocurrió fue la de que podía dedicarse a sacar en limpio los trabajos de muchos estudiantes que carecían de máquina de escribir o que, si la tenían, no sabían sacar ningún provecho de ella. Pero la muchacha, que ya para entonces había adquirido la costumbre de tratarlos a todos de «camaradas» o de «compañeros», se negó a dejar su trabajo de ascensorista uniformada en un edificio de la Jiménez por algo tan inconsistente. No, no iba a dejar su trabajo por algo como eso, se emperró ella, y él al fin lo entendió... «Tiene los pies bien puestos en el suelo», le comentó él a su amigo el día en que este se lo contó, «en eso sin duda nos supera...» ¿No eran ellos unos simples pequeño burgueses, incapaces de meterse en el pellejo del otro? Pues ahí tenían un ejemplo bien claro de lo que significaba pertenecer a una clase u otra: la muchacha dependía única y exclusivamente de su fuerza de trabajo, lo que no se daba en el caso de ninguno de ellos.

Pero, al menos en esa ocasión, Bojórquez no estaba para arredrarse ante esa clase de problemas; antes bien, aludiendo a la asidua presencia de ella en el comedor universitario, demostró estar a la altura del compromiso moral: «Muy bien, por instinto ella buscó la universidad para alimentarse, tenemos que hacer que eso se cumpla en ambos sentidos, esto es, en el ámbito físico y espiritual, ¿o si no para qué tanta joda?». Quería decir que si ellos querían cambiar el mundo, ¿no podían empezar por una persona? ¿Por alguien que intenta superarse y seguir adelante, alguien que, más que la viva imagen de la desgracia, era la encarnación de lo que Schopenhauer denominaba voluntad de poder?

Se ponía filosófico, incluso lírico el Jíbaro cuando hablaba de ella, pues le resultaba difícil ocultar hasta qué grado la sensualidad animal de la muchacha lo hechizaba, le hacía perder los estribos, especialmente cuando con ojos tímidos aunque chispeantes lo llamaba «camarada». Ya que todavía actuaba entre los estudiantes con una mezcla de miedo y respeto, si bien todo cambió cuando uno que vivía en la Residencia se golpeó la cabeza y ella le bajó la inflamación con un cocimiento de achiote que había aprendido tiempo atrás de su abuela. Fue por entonces cuando empezaron a cundir los rumores: el primero, que Simón Bojórquez tenía una novia oculta, ajena a los círculos universitarios, pues ni siquiera era de clase media. He ahí al joven universitario, hijo de un célebre médico, nimbado por una inesperada aureola: la de una novia proletaria, una muchacha del pueblo, alguien como se dice bien salido del arroyo... Y así fue como cuando una vez Ugliano, queriendo hacerse el gracioso, comentó que a él todo aquello le recordaba *El ángel azul*, tuvo que encajar una salva de protestas. Porque, en cuanto al Jíbaro se refería, ¿cómo podía comparárs"lo, siquiera fuese en broma, con el profesor Unrath, tan dispuesto a autodegradarse por culpa de Lola Lola? Era evidente que aquí el chistoso debía reflexionar, autocriticarse, pues saltaba a la vista que andaba picado con el aludido... Y en cuanto a ella, ¿qué había de común con la bailarina Lola Lola, aparte de la belleza de sus piernas, que poco debían envidiarle a las de Marlène Dietrich? Hablando en plata blanca, no era lo que se dice una mujer hermosa, aunque sí muy atractiva, sobre todo cuando lograba disimular su defecto; tampoco era una cortesana –aunque tenía el olfato y la sensualidad suficiente para llegar a serlo, si lo hubiera querido–, ni muchos menos una cabeza hueca, ya que su malicia natural era su forma de ser inteligente. Y, por si fuera poco, tenía un talento especial, intuitivo, para el teatro, como se ponía de manifiesto en sus chistosas imitaciones de niños –niños maleducados, niños rabiosos, niños contentos, niños que berreaban o niños que intentaban explicar algo muy complicado en medio de una crisis de llanto–, sobre todo para aquel en que una mujer se pone en escena a sí misma como objeto erótico, lo cual, habida cuenta de sus creencias religiosas, era algo que llamaba mucho la atención. El propio Jíbaro lo reconocía implícitamente cuando, de forma irónica, jugaba a encontrarle un fundamento teológico a la belleza de sus piernas, aduciendo que, como en el momento de crearla Dios había cometido un error en sus labios, luego se había esmerado como nunca en sus extremidades, que eran la parte más sabrosa de su persona, según quedó demostrado en aquella fiesta en que todos acabaron por el suelo, borrachos, y alguien aprovechó la promiscuidad de la noche para toqueteárselas y lamérselas. Considerada desde ese punto de vista, la muchacha era el mejor regalo que el Sagrado Corazón de Jesús había dado a ese grupo de estudiantes, tan liberados, comprensivos y lúcidos a la hora de poner a prueba con un miembro de la clase baja sus ideas sobre la revolución...

—¿Usted quiere que le cuente la verdad? –le confesó la Boquineta la misma noche de la reunión en que lo conoció y fue su cómplice y su pinche de cocina, apretándose contra él en el taxi que cogieron para ir a su casa–. Cuando entró en la cocina lo estaba esperando. Me dije: apuesto a que antes de que cuente hasta cincuenta llegará, y me puse a contar...

—¿Hasta cuánto llegó? –preguntó él, decidido a seguirle el juego.

—Hasta veinticinco... –rio ella.

—Fue lo que tardé en atravesar aquel piso de locos, temblando. Mis rodillas flaqueaban, pero estaba muerto de ganas de llegar y...

—¿Y?

—Nada, lo demás usted ya lo sabe, abuelita...

Ya en el pisito tan bien iluminado por el Sagrado Corazón rubio, guardaron silencio hasta que ella se explayó: «Nunca me había pasado, Rolito, que en vez de sacar pecho como un gallo un hombre se puchara de ese modo ante mí. Me sentí tan importante, aunque por dentro era una abuelita que se moría de la risa, nunca antes me había hecho sentir así...». «¿Y que yo y mi amigo podamos pelearnos por su culpa no le preocupa?», le preguntó él. Después de mirarlo sorprendida, sentada en el viejo y chirriante sofá por encima del cual resplandecía el apuesto Jesús ario, en medio de un estridente redondel de banderolas, ella subió sus piernas sobre el asiento y las dobló, puso expresión seria y, con un puchero, dijo: «¿Pero es que usted cree que Víctor va a ser capaz de pelearse con usted? ¿Con lo mucho que lo aprecia? No, compañero, usted todavía no sabe lo que son las cosas...». «¿Lo que son las cosas?», repitió él, dejándose caer en el suelo y apoyando la cara en las rodillas de ella, con expresión de embeleso. «Él lo que quiere es que yo sea feliz, y usted también...» «Hablemos solo de usted... ¿En qué trabaja?», dijo él, acomodándose, y ella le contó que era ascensorista en un edificio cerca de la Jiménez, a cuatro pasos de la Buchholz... «¿Y cómo hace para vivir, para soportar la soledad en esta ciudad tan horrible?» «¿Horrible? Horrible no...», exclamó ella, y le advirtió: «Sepa que a mí me gusta mucho Bogotá, así que hágame el favor de no hablar mal de esta ciudad...».

Desde que llegó, supo que la ciudad iba a cambiar su vida. ¿Y, en realidad, de qué podía quejarse? Tenía un trabajo, tenía un pisito, y al final unos amigos... Nada de eso había tenido en su propio pueblo, y en cuanto a Medellín, allí la trataban como lo que usted ya sabe, una candidata a..., bueno, no me obligue a decirlo. Además, cuando hacía sol, Bogotá no tenía nada que envidiarle a Medellín. ¿Había sitios mejores que el parque de Santander, o la plaza de Bolívar en un mediodía soleado? Claro que al comienzo se sintió muy sola, sobre todo al mediodía, y fue por eso que terminó yendo a comer a la ciudad universitaria... Allí se camuflaba entre los estudiantes y aprendía muchas cosas, escuchando tan solo sus conversaciones, tan chistosas, y que por cierto no parecían más inteligentes que las que ella misma podía tener... ¿Que qué hacía antes al mediodía? Pues se metía en un comedero de la plaza de Bolívar, en la mesa más apartada para que los oficinistas que pululaban por ahí a esa hora no le miraran de reojo el trasero y las piernas, y cuando no tenía mucho dinero, o tenía poco apetito, se comía un sándwich con un kumis en el parque Santander, o empezaba a bajar por la Jiménez, parándose a veces a mirar las vitrinas de la Buchholz, pero sin decidirse nunca a entrar, ¿es que en Bogotá había gente para tantos pisos llenos de libros?, y haciéndolo siempre en las paradas de los vendedores de ostras con limón que jalonaban la avenida un poco más adelante. Incluso llegaba con frecuencia hasta la estación de la Sabana, donde se sentaba a mirar la gente que llegaba o partía, o simplemente el ir y venir de los trenes. Porque todavía se emocionaba cuando salía el tren para Medellín, o incluso el autoferro, ¿nunca había viajado en él? Era como un bus sobre rieles, que nunca llegaba a la hora porque se descarrilaba una vez sí y otra también. Hasta tal punto que, para matar el rato, había viajeros que apostaban sobre si el viaje iba a tener o no accidente, e incluso sobre el sitio donde este iba a ocurrir... «La última vez me tocó cerca de la Dorada, y tuvimos que pasar la noche dentro del aparato, después de haberlo empujado un rato bajo la oscuridad. Me sentí tan feliz rodeada de cocuyos, mirando las estrellas en medio de ese coro de grillos y ranas y pajaritos con insomnio. Por cierto, usted tiene hoy cara de pajarito con insomnio... Ahora confiéseme una cosa, Rolo Dupuy, ¿es Freud o soy yo misma quien no lo deja dormir?...» «¿Usted? ¿Freud? ¡Pero si yo duermo como un bebé!», mintió él, y precisó: «En cambio, usted no tenía cara hoy de sentirse bien». «Sí, me sentí despreciada, y quería estar cerca de usted...», dijo ella, por lo que él preguntó, con el corazón en un puño, intentando controlarse: «¿Pero es que no le gustan los demás? ¿Y Ugliano, no le gusta Ugliano?». Ella pensó un momento antes de responder, se cogió un mechón de pelo, lo enrolló en su dedo, inclinó la cabeza con coquetería antes de soplarlo y declaró: «Héctor Ugliano siempre tan lanzado, me mira con cara de sátiro, y me da miedo que de pronto me salte encima como un gallo...». «¿Y si todos acabáramos peleados por culpa de usted, compañera?» «¿Por culpa mía? Imposible, porque yo no los voy a dejar, así que me van a compartir sin peleas... ¡Ay, tan divinos los dos!»

No, no se iban a pelear por ella, al menos con los puños, pero sí iban a competir. Y esa misma noche, él ya competía. La prueba fue que se dio prisa en hacerle saber que había sido el primero en descubrirla, como si con ello esperase acrecentar sus méritos ante sus ojos. Había sido en los tiempos del colegio, mucho antes de entrar en la Universidad, en ese barrio del sur, cuando al salir de clase la veía parada en la puerta de su casa parloteando con los estudiantes, pues a pesar de su labio levemente hendido, que inspiraba las burlas de los más jóvenes, todavía ciegos a sus encantos, ella se dejaba ver allí, muy lozana y coqueta, luciendo zapatos de tacón y medias con vena.

De hecho –según revelaciones escuchadas aquí y allá entre los estudiantes– fue el primer sueño erótico real de decenas de alumnos, y de nada valieron las sorpresivas redadas del hermano Gustavo, el Prefecto, asistido por el hermano Felipín, profesor de Química y Geografía, hasta el que llegaron los rumores acerca de la joven del barrio que, vestida como una mujer adulta, se paraba en la puerta de su casa a las cinco de la tarde, la hora soñada por los más tímidos, que, incapaces de engrosar el corro de sus admiradores, alborotaban en la puerta del bar de la esquina...

—No, por dios, usted se confunde, ¡pero si en esa época yo era como el cusumbo solo! –protestaba ella, llena de asombro–. Acababa de llegar a Bogotá y, además, nunca viví en ese barrio...

—Sí, sí, era usted... –insistía él–. ¿no vivía pues en la carrera 52 con la 67, cerca del El Salitre?

—No, era algo cerca de allí, pero no allí... ¿Y usted, camarada, quiere que yo le celebre haber sido uno de esos pipiolos tan pendejos que le gritaban a mi doble todas esas cosas?

—No, yo estaba allí, pero no era de los que gritaban...

—Ah, sí, pero los animaba...

—¿Que yo los animaba? Avemaría purísima, qué cosas dice usted, camarada... Pero mire, ya que usted tenía un doble en Bogotá, creo que es digna de que le cuente algo distinto... –se escuchó de pronto decir al final, con un temblor en la voz.

—¿Qué?... –dijo ella, desviando la mirada.

—Mire, usted me recuerda mucho a una tía que tuve. Se llamaba Odette... ¿No quiere que le hable de mi tía Odette? –le dijo deprisa él, riendo.

—Cómo no, ¡tan divino! –tarareó ella, chispeante, burlona–. Pero si yo me muero de ganas de que me hable de todas sus tías, una por una, y si nos queda tiempo hablaremos también de sus tíos...

—No, por favor, yo solo quiero hablarle de una tía, una sola, de mi tía Odette...

Entonces, excitado, y con el corazón en un puño, le habló de su primer amor, o la primera mujer a la que sin saberlo deseó, el primer fantasma real de su vida y de su infancia. La tía Odette, tan parecida a su madre que sin duda no era, en su inconsciente (loor y gloría a ti, Simón Bojórquez, alias el Jíbaro, que fuiste el primero en sugerirlo y llamar la atención sobre la propensión del inconsciente a confundir a las personas basándose en los parecidos), más que una versión rejuvenecida, corregida y sobre todo «soltera» de su madre... Pero no solo se trataba de la tía Odette, sino también del único sitio donde había sido feliz en su infancia, aquella casona estilo colonial –en otros tiempos casa de inquilinos–, llena de patios y habitaciones que, situada en las afueras del pueblo, casi en pleno campo, era el lugar adonde se habían ido a vivir juntas, con sus hijos, varias tías maternas. Allí el gato Yulo era un modelo de felicidad para los niños, sobre todo para él: se paseaba por patios tomando el sol y haciéndose la toilette, sesteando cuando o con quien quería...

Y ahí estaba el quid del asunto, el comienzo de ese momento especial que a él, a veces, le gustaba llamar punto Aleph: algo ocurrido a medio camino entre la vigilia y el sueño, pero, con todo, lo suficientemente sólido como para dejar una huella indeleble en su recuerdo, si no en su carácter... ¿Empezó cuando aquella madrugada de luna llena el gato entró en el dormitorio donde le habían hecho un hueco entre sus primos, y él, el único que se despertó, se puso a perseguirlo por los pasillos? ¿O cuando lo vio introducirse por la ventana en el cuarto de la tía? No lograba recordarlo... Solo podía rescatar del pasado la imagen más intuida que real del hermoso cuerpo sobre la cama, de costado, las piernas desnudas. Después, cuando sus ojos se acostumbraron a la penumbra, y reconocieron el rostro, vio que ella no dormía sino que lloraba, y se quedó paralizado. ¿Entonces se le acercó por propia iniciativa, o, más bien, esperó que ella lo llamara? Imposible saberlo... A partir de ese momento, todo se fundía en la imagen de Yulo: el gato le abrió el camino, fue su guía mágico. «Un animal sagrado para los egipcios», pensaría muchas veces luego, antes y después del Jíbaro, «y también para Baudelaire». Allí estaba en su recuerdo el niño, jugando con el morrongo de piel oscura y ojos amarillos, ya dentro de la zona mágica y prohibida, mientras la tía Odette los miraba a los dos, intrigada, con los ojos húmedos aún. Fue cuando el gato empezó a ronronear que, contagiada por la languidez del animal, para no sacar la mano de debajo de la almohada, la tía Odette levantó la pierna y le rozó al niño la boca con la rodilla... En ese mismo sitio, él la besó; luego, se abrazó a su pierna como si jugara no a las niñas bonitas, sino a los niños que saben decir Miau... «Rolo, qué haces», dijo ella, asustada. «Miau, miarrau», respondió él, y entonces, por fin, ella rio.

—Usted, señorita, es la primera mujer a la que cuento todo eso —dijo él.

—Miau miarrau —glosó la Boquineta muerta de risa.

Sin embargo, hubiera sido demasiado pedir que la carambola se produjera ya entonces. Mirándolo con los ojos brillantes, la Boquineta se limitó a besarlo maternalmente en la mejilla, pero no movió la rodilla hacia él, no. Él se volvió para mirarla y la vio, risueña, enmarcada allá al fondo por la pared abigarrada donde resplandecía el Sagrado Corazón de Jesús rubio, rodeado de banderolas, con una cadencia en la mirada que no era precisamente la de la tía Odette, sino la de una criatura indefinible y extraña, juguetona e inconsciente, que se burlaba de él y lo torturaba. ¿Por qué lo besaba de tan melindrosa, púdica manera, sino porque los besos en la boca los reservaba para el Jíbaro?... ¿Y lo mismo no ocurría con la tía Odette, que los reservaba para el borrachín que la hacía llorar? «¿Realmente se puede compartir a una mujer?», se preguntó, bajando luego la mirada, y algo le dijo que aún podía guardar esperanzas... «Seguro ocurrirá la próxima vez... ¿Pero cuándo será la próxima vez? ¿Cuándo San Juan agache el dedo? ¿San Juan, o el Jíbaro?»

—Tan divino mi pajarito con insomnio, tan divino... —decía ella acariciándole la cabeza, mientras él solo soñaba con un movimiento de su rodilla, su rodilla...

XXI

Entre risas, los dos amigos salieron del restaurante y caminaron hasta el boulevard Saint Germain. Allí, frente a dos bares con marquesina y toldo que se veían una vez doblada la esquina descubrieron un banco vacío en el que decidieron sentarse un rato, estimulados por la brisa suave que soplaba en el boulevard. Durante unos instantes permanecieron en silencio, abandonados a una especie de lasitud tranquila y vagarosa, semejante a un punto muerto; luego, de pronto, Ugliano se irguió, negó con la cabeza y, descruzando las piernas, dijo:

—Sí, fue realmente una lástima que no hubieses hecho ese viaje a París con el Jíbaro...

—¿Tú crees? —dijo él, tras pensar un momento—. ¡Pero si se moría de ganas de volver a Bogotá! En el fondo él no quería hacer ningún viaje...

—De todos modos, Rolando, hubiera sido interesante...

—Interesante, o patético... —musitó él, sin entusiasmo.

Entonces, inspirados por su frágil y momentánea compenetración, miraron con interés a la gente que pasaba, como si esperasen ver a alguien que, parecido a Bojórquez, les brindase una idea aunque fuese aproximada de lo que hubiera sido el Jíbaro en París. Pero ahí enfrente, con el contrapunto de las sirenas y los cláxones, solo desfilaban melenudos y barbudos, jóvenes alborotadores, muchachas bullangueras y saltarinas, ancianas ensimismadas y grupos de veraneantes con gorrito de tela que miraban aquí y allá, nadie que tuviese el aspecto serio y ungido por la gracia distante y burlona del Jíbaro. Sin embargo, un tipo desastrado, barbudo y con boina, que remontaba lentamente el boulevard fumando su pipa y parecía flotar en su burbuja fuera del espacio y del tiempo, les llamó la atención, y se miraron en silencio, como si sus pensamientos convergieran en algún punto sobre el que no resultaba necesario hablar... «Posiblemente un guerrillero de vacaciones en París», se dijo con ironía, «como uno de esos que conocimos en casa de madame de Grégoire por aquella época.»

Y, de pronto, en su mente, como un meteorito, se abrió paso aquel sueño... Venía de muy lejos, de la época misma en que, tras la muerte del padre Camilo, se hablaba de todo menos de estudiar, y la vida del grupo discurría entre debates inútiles y borracheras, y ocurrieron tantas cosas absurdas que, una vez recordadas, parecían ellas mismas absolutamente irreales, por lo que, en suma, sueño o realidad, qué más daba... En él, en un penumbroso cónclave de música y aguardiente, había sido elegido unánimemente por ellos para ser el sustituto del Jíbaro, que se iba por fin a la montaña, ¿no había que convencer a toda esa gente de lo importante que era estar al tanto de lo que cocía el inconsciente? Había que aprender de los errores, ¿y cuál más gordo que la anunciada, casi deseada muerte del curita? De modo que en el intervalo él debía velar por ella, cuidarla a su modo, sin tener que recibir instrucciones ni dar explicaciones, su cuerpo entero para él, como una hermosa tarta que se comería por partes, sin tener que compartirla con nadie. Y allí, en esa extraña postura, que le brindaba la visión del pubis profundo de la muchacha enmarcado por las rosadas plantas de sus pies, él esperaba semidesnudo, desbordado por los acontecimientos, feliz y al mismo tiempo aterrorizado. Uno de ellos, ¿el Jíbaro en persona?, venía a mirar cada cuarto de hora, para comprobar si la unión se había consumado ya, ¿estaban ya abrazados?, ¿se besaban?, hasta que al fin él se levantó tambaleante y puso una silla contra la puerta, para impedirle la entrada. Fue entonces cuando descubrió en su sueño que ella lloraba, lloraba por el Jíbaro o por el curita pero solo para él, el Rolo Dupuy, que cuando volvió en sí estaba íngrimo en la cama, íngrimo pero bañado en semen, en semen clandestino y fetichista...

Como si leyera en su mente, Ugliano, sacándolo de su ensimismamiento, retornó a un tonillo entre polémico y admonitorio:

—Compañero, muchas de las cosas que vivimos entonces no fueron más que delirios, fantasías onanistas, pues ninguno de nosotros, incluido el Jíbaro, estaba maduro para nada, ni siquiera para una mujer...

—Cómo así, pendejo, ¿ni siquiera para una mujer?

—Si no, mírenlo a él, el Jíbaro... Ni siquiera fue capaz de salvarla de los mamertos, su relación con ella fue un absoluto fracaso...

—¿Un fracaso? A ver, cuente, que eso sí que no lo sabía.

De pronto se olvidaron de todo, del ruido y de la gente, y se miraron con curiosidad, como si acabaran de descubrirse.

—¿Cómo así que no lo sabías? –dijo Ugliano, más consternado que incrédulo, descruzando las piernas y enderezando el torso para acercar su cara a la de él–: ¿no te acuerdas de la época en que ella empezó a llamarnos camaradas? ¿Y de que cada dos por tres aparecía con un ejemplar arrugado de *Voz proletaria*? ¡Para no hablar de lo nervioso que todo eso ponía al Jíbaro! Porque a él no le gustaba nada, aunque lo disimulara como podía...

—Pero dime de una maldita vez qué fue lo que pasó... –cortó él, que se sentía desnudo, desnudo y casi ridículo, a lo que se añadía aquella sensación de haber escuchado antes todas esas cosas, de haberlas escuchado y luego, tal vez, haberlas olvidado...

—Que también un mamerto le había echado el ojo a la muchacha —respondió Ugliano, esta vez sin darse ínfulas—. Un mamerto que la espiaba y que al parecer le gustaba mucho a ella. El Jíbaro la sedujo imitando la danza de los panecillos de Charlot, y el mamerto haciéndole un hijo, fíjate en la diferencia... ¿No recuerdas cómo le encantaban los niños?

—Sí, sí, no solo imitaba cómo hablaban o lloraban sino que hasta los recogía por la calle, ¿pero qué vaina me cuentas? —repetía él con desasosiego, reacomodándose sobre el banco—. ¿De modo que el mamerto la perjudicó? ¿Y por qué yo no recuerdo nada de todo eso, mierda?

—Porque a lo mejor nunca lo supiste...

—¿Que nunca lo supe? ¡Imposible!

—Ya sabes cómo eran de persistentes los mamertos... —siguió hablando Ugliano, y mientras él lo escuchaba pensó, en una especie de contrapunto, que todo resultaba posible, es decir, que aunque cada dos por tres él descubría que había olvidado esto o aquello, la verdad era que nunca lo había sabido más que por una simple sensación de déjà-vu. ¿Fue eso lo que le pasó con aquel, un tipo alto, pelicrespo, que había estado en Rusia, se ocupaba de reclutar gente joven, y, para desgracia suya y del Jíbaro, parecía el hermano gemelo del padre Camilo? No, juraría que nunca oyó hablar de él, pero no estaba completamente seguro... Como le habían encontrado una mancha en el pulmón, los camaradas decidieron mandarlo a Rusia para que se curara... ¡a Rusia!

—¿Es que no te acuerdas de que, en esa época, hasta las gripes se curaban en Rusia? ¿Te imaginas el resto?

—Sí, sí, me lo imagino... —dijo él, mirando con consternada distracción a un grupo que pasaba, muy bullicioso, de españoles o portugueses.

—Pues el tipo debió seducir a la Boquineta con la propuesta de un viaje a Rusia para que le operaran los labios. Y a ella debió encantarle la idea, lo que sin duda fue más que suficiente para que se le abriera de piernas y tuviera un hijo con él... Después, del viaje a Rusia nada: la operó años después un cirujano de Bogotá. —Mamertos hijos de perra... –farfulló él y pensó: «¡Un asunto digno de Freud!...». En efecto, ¿tanto hablarle a la muchacha contra el reformismo y la falsa premisa mamertiana de que en Colombia la revolución debía pasar por la burguesía nacional, tanto explicarle que tampoco valía la pena irse al monte con un fusil o un kalasnikob, a la manera cubana defendida por los del Moec, para que al final fuese ella quien encontrase su propio camino, bajo las faldas del antiguo capellán de la Universidad? Pues estaba claro que, antes de que el curita se quitara la sotana, la muchacha ya había puesto los ojos en él, y por eso el entusiasmo de ella, sordo y oculto, fue a la hora de la verdad más fuerte que las dudas sembradas en su cerebro virgen por el Jíbaro, emperrado en hacerla entrar en la historia por la puerta falsa de Freud. Y, de ese modo, llegó un día en que ella se armó de valor y sustituyó el retrato del Sagrado Corazón de Jesús rubio por una foto del padre Camilo, acerca de quien, con un orgullo irisado de picardía (y él hubiera jurado que lanzando chispitas húmedas por los ojos), confesó a todos los que repararon en el cambio: «Desde niña me gustan los curas, y por eso les digo que para mí Camilo es el revolucionario ideal, camaradas. Primero, porque en vez de psicoanalizarme puedo confesarme con él, segundo porque está verdaderamente bueno, está como un tren...».

En cuanto a él, casi lo celebró para sus adentros, pues estaba escrito que esa había de ser la única vez en las vidas de los estudiantes, y en la historia del país, en que se vivía algo genuino, surgido del deseo de todos y prácticamente al margen de las viejas consignas, pensó, y se vio una vez más en aquel mitin en que, al no encontrar sitio entre el público, había tenido que trepar con la Boquineta hasta el techo de un camión estacionado cerca, debiendo contentarse, agarrado todo el tiempo a una barra de hierro, con contemplar solo la espalda del orador. Lo había escuchado bajo el sol, alto y apuesto, hablando ante miles de estudiantes enfervorizados, en los radiantes prados de la universidad, lo había escuchado con el calor y la insensatez de los que ignoran que viven un momento único, pero he aquí que la arenga se interrumpió y, cuando creía que al fin iba a verlo de frente, su visión se estrelló contra la imagen de un rostro con los ojos cerrados, aprisionada como en un cristal roto en el cuadrilátero fúnebre de una página de periódico...

—Rolando —la voz asordinada y casi cautelosa de Ugliano lo hizo volver a la realidad—. ¿Te acuerdas cuando quedábamos en el Cisne?... Siempre era el último en llegar, y entraba despacio, muy solemne, con un libro bajo el brazo, como ese tipo que acaba de entrar...

—Sí, me acuerdo. Pero el tipo que acaba de entrar —dijo él, mirando hacia el bar al otro lado de la acera—, por su peinado con raya y gomina y sus gafas de carey me recuerda más al Gran Zubiela...

—No, hombre, Zubiela no iba al Cisne, él prefería el Automático...

—Ah, vaya, me olvidaba de que eres especialista en tertulias y bares de la época... —se burló él.

—Era mi vida, Rolando. ¡Mientras tú te quedabas leyendo como un monje en su celda, yo cogía la buseta y me iba al centro!... —respirando aliviado por ese inesperado cambio de rumbo, que volvió a hacerles visible el boulevard, con su reconfortante bullicio, oyó decir a Ugliano, quien señaló que antes de Bogotá había hecho lo mismo en Medellín, donde la calle Junín, a la que llegaba caminando por el paseo la Playa, era más estrecha pero tenía más encanto que la Séptima. Allí, entre el parque de Bolívar y la avenida la Playa, se había quedado lo mejor de su juventud... Allí, a esa hora entre chien et loup, tan baudeleriana, se juntaban los fijos de «la célula del Mac Donald» en la cafetería del mismo nombre: Álvaro Tirado, Moisés Melo, Jorge Restrepo, y, cuando estaban en Medellín, Jorge Orlando Melo y el Gran Zubiela, mientras los muchachos de la universidad, Hugo López, Juan Carlos Echavarría, Ernesto Pérez y José Gabriel Sanín se hacían en una mesa cercana, a intentar contagiarse de los primeros.

—Y era entonces cuando llegaba el mono Ugliano, con los bigotes sonrientes y bien atusados, me lo sé de memoria –bromeó él–. Venía de juninear y cruzarse con fulanita, a la que estaba seduciendo por puntos a fuerza de decirle «mamacita» al pasar junto a ella...

¿O venía más bien del restaurante Versalles donde el novelista Manuel Mejía Vallejo posaba de escritor y escribía y de vez en cuando se dejaban caer Darío Ruiz, Elkin Restrepo, Óscar Collazos? Recordaba muy bien que Ugliano atribuía a estos cuatro magníficos el mérito de haber enseñado a gentes como ellos que también en el valle de Aburrá se podía intentar ir de lo particular a lo universal a través de la escritura, aunque ese viaje resultase más difícil que atravesar los Andes a pie. Pues bien: había sido todo eso lo que se había perdido el Rolo Dupuy por ser hijo de Bogotá. Una ciudad nacida vieja y muerta joven, como la definiera en su día el poeta, o en la que ni siquiera había un maldito puente para arrojarse al Sena, como bien escribió él...

—Pero, Rolando, ahora no estamos ni en la séptima de Bogotá ni en la calle Junín de Medellín, sino en pleno boulevard Saint Germain, fíjate lo que son las cosas... –entre irónico y festivo, Ugliano señaló con la mano la gente que iba y venía–. Hemos progresado una barbaridad... Además, aquí las chicas, como dicen ustedes, los que vienen de España, son despampanantes.

—Pero es que a ti, ahora como antes, a ti la multitud hormigueante te sigue poniendo tan lúbrico, tan lúbrico...

—Sí, compañero, me pone tan lúbrico, porque a otros los pone tan lúgubres, tan lúgubres, *c'est mon caractère*... –insistió Ugliano, acariciándose el bigote–. Ninguno de los dos ha cambiado.

«Pero tú te has hecho más creído», pensó. «Más creído y más insensible... ¿Es que no ves cómo el Jíbaro desapareció casi sin dejar huella?», estuvo a punto de reprocharle luego, antes de explayarse, en una especie de murmullo apagado, sobre la extraña sensación que las almas sensibles tienen cuando, tras haber intentado dejar una huella enorme en el mundo, al final descubren que el mundo lo convierte a uno en una huella pequeñita, un montoncito de huesos, algo muy interesante para los estudiosos del futuro... –¿Te has parado alguna vez a contemplar un fósil?–. Visto desde allí, desde la Francia eterna, en ese boulevard Saint Germain *fourmillant de rêves,* eso era ahora Simón Bojórquez alías el Jíbaro, el que entraba de forma tan solemne en el Cisne, con un libro bajo el brazo: una mierdecita de gusano escrito en la roca, dejado allí por un descuido del tiempo, un accidente de la materia que solo serviría para que los arqueólogos del futuro supieran que en un país de Sudamérica llamado Pendejilandia existió en la década del sesenta una variante del revolucionario de café: el revolucionario freudiano... *homo insurrectus freudianum!!*

—¡Rediez!... –comentó Ugliano–. ¡Qué cosa tan tremenda!

—Rediez, sí, mejor dicho, reonce... ¡Remil!

—Porque oyéndolo hablar a usted, compañero poeta, descubro la pobre mierdecita que soy... –dijo el hombre de los festivos bigotes, tragando saliva, y lo miró con malicia–: ¡Que me aspen si lo poco que seremos dentro de mil años, no nos demuestra lo mucho que tenemos que disfrutar hoy!...

—Sí, ¡que nos aspen!

—Rolando, quiero hacer boum... –dijo, mirando un grupo de muchachas que iban calle arriba, en dirección a la Place de la Sorbonne.

—...*faire boum?*... ¿Pero no habíamos quedado en que eso ya estaba superado, y que lo que ahora querías era *pourriture?* –dijo él, entre sorprendido y divertido por la risa espasmódica y canallesca con que el otro celebró su propia broma–: eres un maniaco sexual –añadió luego, y se puso de pie–: pero, pardiez, ¡también un buen tipo!...

—Y tú eres un perfecto cara de caballo –respondió Ugliano riendo, dándole un golpecito en el hombro, y propuso–: Rolando, vámonos a pasear por Les Halles, para despejarnos un poco... ¡Cáspita, solo tenemos que atravesar la Cité y coger la rue des Halles!

—Sí, vámonos a pasear por el Hades –dijo entonces él, sin que, demasiado alegre y difuso, demasiado chispeante y ávido, su amigo captase de sus palabras más que el sonsonete bromista y festivo, y comentó para sí–: y, así, tal vez hasta lleguemos a ser los primeros en cruzar el Tártaro por el Pont des Arts...

Voyez venir à vous un mort libre et joyeux;
Philosophes viveurs, fils de la pourriture...

Se levantó del banco con gesto resuelto y enfiló en compañía de su amigo hacia el lado del Sena, cuyo aroma húmedo y fresco, después de varias horas de charla, lo impregnó al llegar a la rue Saint Jacques como una bienvenida liberación. Ya en el Petit Pont una especie de emoción sorda lo poseyó y, después de varios minutos contemplando el río en silencio, Ugliano lo cogió del brazo y lo empujó hacia la rue de Rivoli, donde la noche era ya un animado desfile de luces y de rostros fantasmagóricos. Cuánta alegría había en ese bullicio nocturno que parecía celebrar él mismo el abrazo de dos viejos camaradas, pensaba, mientras caminaba junto a Ugliano, y cuánta oportunidad en la figura de esa muchacha negra que, unos metros más adelante, allá donde el hormigueo al final de la rue des Halles anunciaba la entrada del Metro, cantaba en la esquina a voz en cuello: *For the times they are, are changing...* Fue en ese momento cuando, sin mediar palabra, intercambiando con su silencioso acompañante una breve mirada cómplice, aceleró el paso y llegó a la esquina justo a tiempo de oírla clamar, en su impresionante imitación de Josephine Baker: *Come writers and critics, that critizies with your pen, keep your eyes wide. Your chance won't come again...* Luego, dejándose llevar por el embrujo de una ciudad que despoja a sus visitantes de los paisajes más íntimos del alma con la misma facilidad con que un prestidigitador nos quita la corbata o el reloj sin que nos demos cuenta, y además haciéndonos reír, Ugliano, mientras la escuchaba, empezó a escarbar en sus bolsillos en busca de una moneda, que finalmente encontró y dejó caer en el sombrero de la cantante en el momento en que esta, mirando hacia el cielo, acometía otro pasaje de su larga, infinita canción: *Come writers and critics... For the looser now will be later to end, for the times they are, are chan-changing...*

XXII

No, el mapa ofídico de París de monsieur Farfán antes que una broma, un capricho de la fantasía, o incluso una realidad conceptual avizorada en uno de sus impromptus, era un objeto real, que crujía al ser desplegado, como bien pudieron comprobar aquel día un buen grupo de sus asiduos y admiradores. Provistos de varias pipas de barro cargadas ya con una mezcla perfumada cuya fórmula era un secreto del anfitrión –unas pipas idénticas, según explicó alguna vez, a las que Flaubert había coleccionado en su viaje a Oriente–, ellos lo vieron desplegar sobre la mesa su *opus magnum*, con una premura y falta de elegancia por cierto muy poco apropiadas para la ceremonia y, ayudado por Octave –un neófito que se vestía y peinaba como un hippie y al que le gustaba mucho platicar con su maestro sobre los sucesos de mayo– procedió a pegarlo con chinchetas a la pared, anunciando:

—*Écoutez, mes enfants...*

—*Nous voilá tous préts, notre maître...* –bromearon algunas voces.

—*Écoutez et jugez...* —canturreó el disertante, como si tatareara un aire de ópera, mientras terminaba de desplegar su creación con gestos torpes y lentos, rascándose el lunar bulboso de la barbilla, y añadió–: mi propósito era confeccionar un mapa que fuera al mismo tiempo guía y camino. Pues bien: este mapa es como la carta robada, que está a la vista de todos, y sin embargo nadie ve...

En cuanto al neófito que ese verano esperaba ya ser reconocido como uno de los viejos, aún recordaba como aquel –al que estos se atrevían a llamar el señor de la montaña– hablaba sin quitarse el sombrero, en una imagen que correspondía a una de las últimas visitas a su casa en compañía de Giorgios... Y también que en algún momento un tipo que tenía al lado –un individuo de aspecto sudoroso, tan alto que podía verlo todo desde su sitio sin problema, a diferencia de su compañero más joven, quien, con su cara de maleante y su gorra de apache, ¿uno de los amiguitos carcelarios de monsieur Farfán?, debía ponerse a veces sobre las puntas de los pies–, le dio con su huesudo codo un golpecito de aviso y le ofreció una de las pipas. Primero miró sin comprender, pero después, cuando el larguirucho le guiñó un ojo, ponderando la mezcla con gesto cómplice, aceptó la pipa y fumó...

«¿Cuántos años usando los mapas de las guías sin reparar en ese detalle? Lo habías notado tú por ejemplo, Alain?», le decía en ese momento monsieur Farfán a un tipo pecoso y pelirrojo y una voz tímida le respondió secamente que no, desde el sitio donde aquel estaba junto a la ventana...

«Hace años encontré en él la fuente de mis dos guías secretas de París... Solo ahora me animo a hacerlo público, en honor a mis jóvenes amigos, *mes pauvres petits...*», dijo el disertante, haciendo un amago de quitarse el sombrero, con visible emoción, y fue entonces cuando él se distrajo recordando que, al comienzo, meses atrás, había tenido en sus manos en casa de Giorgios dos libritos de tapas plastificadas, uno azul y otro verde, con el prestigioso sello de les Éditions de Minuit. Giorgios se los había traído por sorpresa, muy alegre, con un vasito de chablis, la segunda vez que lo llevó a su buhardilla, con la intención de impresionarlo: «¿conocías estas dos manifestaciones de nuestro gurú?». Pero él solo sabía por entonces que monsieur Farfán era bretón, que había luchado en la Resistencia, que había estado unos años en la cárcel, ¿o fue en Les Eaux Vives, una especie de sanatorio para enfermos mentales?, que había sido discípulo de René Guénon y que se había carteado con Gide, Malraux y Mircea Eliade –quien había ponderado en uno de sus escritos sus conocimientos de mitología céltica–, nada de lo cual había sido suficiente para impresionarlo, ni siquiera sumándole ahora lo de las dos guías, que por cierto a él le parecieron de un mérito más bien relativo, ¿pues una guía de París no podía escribirla cualquiera?... Recordaba cómo de forma más bien desganada, con una curiosidad lastrada de escepticismo, empezó a hojear la primera, descubriendo que, dedicada a George Bataille, era también una inmensa compilación de citas literarias y –el rasgo más destacado–, que en sus tupidas páginas la ciudad, tal como la presentaba el autor, parecía más bien un enorme falansterio literario: no había en ella ninguna calle que no hubiese tenido su escritor, o en la que no hubiese ocurrido algo relacionado con el arte o la literatura, para no hablar de la política... Ahí estaban Robespierre y Marat en el Procope, el café más viejo de París, Lenin y Trotsky en La Tartine, en les Marais, diseñando los planes de la futura revolución rusa, Sartre y Simone en Les Deux Magots, por mencionar solo algunos... ¿Pero de ahí a que París pudiese ser también el escenario de un culto ctónico, o de un descenso a los infiernos, no había todavía un abismo, difícil de salvar?...

«¿Por qué un mapa ofídico? Pues fijaos bien...», decía en ese momento monsieur Farfán, golpeando de forma reiterada el mapa con su varita, para convocar a los distraídos. «Una vez fecundado su óvolo en la Cité, la ciudad empezó a crecer de forma constante, llegando a romper durante al menos seis o siete veces sus barreras...» Por otro lado, hubiera sido estupendo adoptar la idea de que la ciudad había crecido en forma de cono invertido, como el Infierno de Dante, ya que entonces hubiéramos podido citar el mapa de Gaetani, o bien suscribirnos al símil del cáncer, con lo que le hubiéramos dado la razón a monsieur Maurice Garçon, de la horrible Académie Française, que así lo escribió en una no muy antigua guía de París, prologada por el no menos horrible Cocteau...

De pronto, se concentró en el mapa, que era más bien un collage confeccionado sobre un vulgar desplegable, de esos que traen las guías para tormento de los turistas en días de viento, si bien en su centro se podía apreciar, cubriendo casi completamente la ciudad, la forma de una gran serpiente enroscada. Luego, aguzando la vista, quiso seguir la espiral formada por los distintos arrondissements, y una especie de modorra lo invadió, un sopor que parecía simplemente reforzar la insólita armonía de aquel recinto estrafalario, con su heteróclito grupo de seres humanos y su ambiente saturado, en el que el olor espeso del humo se mezclaba con el sudor del verano y un hedor a estiércol de ave de origen desconocido; entonces retrocedió con disimulo hasta el sofá, planeando dejarse caer en él, pero sus movimientos no pasaron desapercibidos para Giorgios, quien desde su rincón lo miró con una mezcla de preocupación e interés...

«Sin embargo, era más exacto decir que creció no de forma concéntrica, como un elemento químico –puntualizaba en aquel momento monsieur Farfán–. ¡Un París cristalográfico hubiera sido el comienzo, o el final, de la utopía!... Pues no: París creció en espiral, como lo hacen los organismos animales. Un París animal, serpenteo, que se cierra y se abre, sin dejar de ser una unidad, y que, por tanto, debe tener una cabeza, un cuello, un vientre... Bastaba fijarse en el primer arrondissement, que incluía solo un fragmento de la Cité: el Palais de Justice, Les Halles, el vientre de

París. En el primero y segundo están los órganos más importantes, sí, ¿pero qué extraño órgano había sido el hotel Pimodan, en la isla de Saint Louis, donde en el siglo xix se reunía un célebre grupo de amigos a experimentar con el hachís?...

»De súbito, tras siglos de absoluta inmovilidad, la gran serpiente de París despertó, y empezó a desplegarse. El premier arrondissement elevó su extremo izquierdo hacia lo alto y, como si se desperezara, enseñó sus fauces, compuestas por la rue de Rivoli y el quai des Tuileries. Un ojo Les Halles, y un hueco de la nariz, la Place Vendôme. La enorme cabeza logró despegarse al fin, inclinándose hacia él sin verlo, gracias a dios, y entonces el segundo y el tercer arrondissement, que formaban el cuello, con una especie de temblor, intentaron moverse de su sitio... El hechizo fue interrumpido por un estrépito de alas que restalló junto a la ventana de la izquierda, desde la que se podía mirar la esquina de la rue du Mont Cenis con la rue Saint Rustique y, ahí fuera, un par de palomas empezaron a zurear. Entonces, se oyó de nuevo la voz del viejo de la montaña, clara e irreal a la vez.

»...en un principio estaba la Cité en el centro del triángulo formado por los tres monasterios... No, en esos tiempos la ciudad no era el encantador apiñamiento que ustedes pueden contemplar ahora a través de las ventanas aquí, en Montmartre, una abigarrada mezcla de casas y árboles y callejas inclinadas, pues había bosques y manglares entre las zonas habitadas, a un lado del río, y al otro estaba la Cité, en el centro del mismo. En cuanto a los monasterios, se hallaban fuera de las murallas, aislados, y tan solo los unía el sonido de las campanas... Las mismas que sonaron cuando llegaron los normandos en el año 841, y luego tres veces más antes del cerco del 855, que duró trece meses... ¿Hubieran podido resistir tanto tiempo los parisinos sin ayuda de las campanas? Si ahora ya no las escuchamos, como en la Edad Media, cuando la gran oreja humana se orientaba en el mundo a través de la acústica y, de campanario en campanario, el orbe cristiano no era más que una caja de resonancia de la fe –un eco de eso son los versos de Poe: *bells, bells, bells*–, ¿entonces qué podemos hacer? ¿Podemos decir que nuestra pobre aunque imponente Savoyarde es algo más que una encantadora reliquia, cuando ya nadie reconoce su timbre y las putas de Pigalle ni siquiera alcanzan a oírla? ¿Y qué decir de las de Saint Denis, o las del más distante bois de Boulogne? Por qué ahora, queridos míos, no somos más que una parte ínfima del gran ojo de una civilización que solo vive por y para las imágenes...»

En ese punto, el conferenciante y los contertulios, confundidos en una especie de repulsivo amasijo, daban vueltas en su mente, sobre el fondo del zureo de las palomas, y él se sentía cada vez más mareado... ¿Vomitar? Dentro de su cabeza, una voz le decía: «Cuando visitaste a monsieur Farfán por primera vez ya lo sabías, ¿y ahora no es demasiado pronto para huir?...». «Madrid, una ciudad triste» había dicho la española melancólica, cuyo piso de la Place Daumesnil compartía desde hacía días con Héctor Ugliano, una ciudad tan solo alegrada por las palomas, donde la gente sueña con París como las ánimas del purgatorio sueñan con el paraíso; un sitio donde no se podía hablar de política ni ver las últimas películas y era preciso guardar silencio, porque todos eran como las cucarachas de una gran caja o, mejor aún, los ratones de laboratorio de un macabro experimento. ¿Llegaría hasta allí el ruido de las campanas? ¿O, mejor, habría algo que no fuera precisamente ruido de campanas? De pronto, le pareció oír unas campanadas que venían desde muy lejos, tal vez desde el otro lado de los Pirineos...

Y, entonces, lo vio totalmente desnudo, lleno de impudicia y desfachatez... Tenía mamas de anciana, ¿en realidad era una hembra? Monsieur Farfán hermafrodita, monsieur Farfán Tiresias, agitando los brazos frente a él como un cuervo las alas, mientras sus tetas de sapo se balanceaban de forma espantosa, monsieur Farfán presidiendo su reunión de desclasados parisinos para él, monsieur Farfán cortejándolo entre zureos como una paloma monstruosa: currucutú, currucutú, currucutú, mientras todos lo miraban y se desternillaban...

«Pero estaba hablando de Paolo y Francesca», con una voz crecientemente chillona, el disertante lo hizo volver a la realidad. En un círculo donde los pecadores eran arrastrados de un lado a otro por un viento tempestuoso, el viento de la lujuria, aparecían ellos en el infierno leyendo las aventuras de Lancelot. «Pues bien, se me antoja que con esa pareja lectora Dante ha querido representar a todos los que, en algún momento, hemos llegado al pecado a partir de una lectura. ¡Cuántos Paolos y Francescas leyendo en el siglo XIX *Madame Bovary* y en nuestro siglo *El amante de lady Chatterley*!...» dijo monsieur Farfán, rascándose de forma obscena el pezón derecho, eréctil y enrojecido, como el de una hembra en celo... «Y es que con lujuria hemos vivido», clamó seguidamente, dando a su voz una sonoridad apocalíptica, mientras sus mamas de puta vieja y roñosa se balanceaban. «Con lujuria nos arrastramos por este jardín maldito, ¡con lujuria más que con usura!», insistía, indicando con su varita mágica un sitio en el centro del mapa, a la altura de la Place de la Bourse, y empalmando con uno de sus temas predilectos: «Pues el malentendido proviene de que ustedes, *mes chers amis*, siempre han estado remitiendo los males de la humanidad a la lamentación: ¡con usura!, mientras que yo siempre he reivindicado la importancia de la lujuria... Porque un caballo desbocado como el de la lujuria, capaz de arrastrar a los hombres de un extremo al otro, podría neutralizar al de la usura, bajo cuya sombra han forjado su producto los utopistas más famosos en nuestros días, para los que, opino, habría que habilitar un nuevo círculo en el infierno...».

Aquí tuvo la impresión de que monsieur Farfán le sonreía, guiñándole un ojo desde su sitio, bajo sus gruesas cejas de fauno, y añadía: «¿Se imaginan a todos nuestros santones paseándose descalzos sobre ascuas encendidas, bajo la férula de los burócratas, sanguinarios como perros rabiosos, que serían los encargados de la buena marcha de ese círculo, mientras recitan en voz alta las páginas del Manifiesto Comunista o del *Libro Rojo* de Mao? ¿Eeeeh? Ah, la Historia, querido amigo...».

«¿Y sobre los amigos de madame Violeta de Grégoire no habría dicho lo mismo?», pensó él, mientras le daba una profunda chupada a una de las pipas, que volvió a pasar por su sitio, de la mano esta vez del tipo con cara de gañán. «¿Por qué guardar silencio sobre Salgado, el anarquista colombiano que vivió en España, donde participó en mayo del treinta y siete al lado de los cenetistas en la defensa del edificio de la Telefónica contra el asalto de los comunistas que controlaban el orden público de la Generalitat, amén de otros episodios de la guerra civil, antes de huir a Francia, donde fue maquisard y pasó a un campo de concentración alemán, del cual pudo escapar para refugiarse en Colombia, donde protagonizó a su vez otros intentos terroristas? ¿O sobre Graíño, el aviador republicano que combatió al lado de Malraux, viajó a Francia y luego a Rusia, país que cambió finalmente por Colombia? En mayo del sesenta y ocho tanto uno como otro estaban en París, donde, después de haber enfundado sus viejas discordias doctrinarias, eran la mejor reserva moral e ideológica de madame Violeta de Grégoire, por lo que resultaba lógico que sus jóvenes legionarios tuvieran en cuenta su opinión a la hora de decidir lo que querían hacer en la vida, o incluso los sitios donde decidían expiar sus penas de amor...

«Ahora nuestro pequeño va a entender mejor», le pareció que decía en ese momento el hombre-puta-vieja-roñosa, refiriéndose a él. «Hace seis o siete meses llegó desde su remota ciudad de los Andes, con el propósito de defender a Sartre de los matones estructuralistas... Jajajá, los matones estructuralistas, ¿Qué les parece?», decía el hombre-puta-vieja, intentando hacer reír al público a costa del escarnecido joven sudamericano. «En su país imaginó que Sartre –*pauvre petit*– era torturado en Francia por los estructuralistas, fijaos en la sutileza, y quiso atravesar el océano de Victor Hugo para acudir en su defensa, pues allá en su país, *mon dieu*, los intelectuales adoran al becerro de oro, mejor dicho, el gallo de oro: *le Coq Galois*... De ese modo, si en el siglo XIX ese gallo estuvo representado por Victor Hugo, al que los "colombinianos" escribieron una carta en 1867, para preguntarle si era buena la constitución que acababan de redactar, en el siglo XX lo está por Sartre, fijaos en la capacidad de sublimación de esa pobre gente... Y hoy, justamente cien años después, nos mandan *un enfant de coeur* en auxilio de Sartre –decía el puta-vieja, sarcástico y burlón, cínico y desconsiderado, y todos se giraron hacia el aludido, riendo, con una mueca entre tierna y compasiva–. Pero no os llaméis a engaño, pobres "colombinianos", Victor Hugo os contestó que erais angélicos, yo, delegado de Sartre, os digo que sois para siempre el infierno de los otros, el infierno unos para otros... Y de eso sabe mucho nuestro amiguito aquí presente, el que vino en ayuda de nuestra gran puta filosófica y estrábica, y que ya empieza a viajar solo por el vientre del reptil. Pues no te equivocas, amigo mío, si ya imaginas que en esa ciudad endiablada que no es más que una selva oscura en el fondo nos buscamos y encontramos guiándonos por el olfato físico o mental, como los animales –propuso, volviendo a su mapa, que golpeó insistentemente con su varita– o incluso como los niños... Pues, en el mundo del *petit de l'homme*, todo comienza por el olfato de sus propias posesiones, pero dejemos eso, pues para no herir susceptibilidades no quiero ocuparme de Freud, precisamente hoy...»

—Ahora prefiero decir unas palabras sobre ciertos adultos tan problemáticos como precoces, incontinentes por narcisismo excesivo, que se quedan *ad portas* porque, en el fondo de sus almas, consideran que la mujer es indigna de su *liquor vitae*, y por eso le arrojan su semilla como un escupitajo. Estos son sin duda los peores, porque se han instalado desde niños en la imagen hipertrofiada que les brinda la solicitud de sus madres –añadió el sapo-en-el-agujero, croando con toda su fuerza, y continuó explicando que, en cambio, los incontinentes por carencia de afecto son unos meones nostálgicos, que añoran en cierta forma esa edad dorada de su existencia en que eran premiados con besos y caricias cada vez que dejaban escapar su posesión de una forma sólida o líquida...–. Son unos sujetos que establecen un curioso intercambio afectivo a base de demostraciones y pruebas. Frecuentemente son meones que se ocupan mucho de su *petit polisson*, para otros *le colosse*, al que tratan con mimo, como a ellos mismos les gustaría ser tratados. ¿Has visto a las viejas cursis cuando hablan con los niños o los perritos? Ante un niño esas viejas damas se arrojan sobre él, cacarean, aflautan la voz sacando de ella las modulaciones más espantosas, que ellas creen acariciadoras, le dicen toda clase de monerías... –le oyó explicar–. Yo supe de uno que hablaba *avec son chinois*, en chino por supuesto, y otro que sostenía animada y versallescas conversaciones teológicas *avec son colosse*... O decía, cuando iba a orinar, *Maintenant je vais faire pleurer mon colosse...* ¡Dos metáforas en una sola meada! –se celebró a sí mismo monsieur Farfán, como si acabase de hacer una carambola, coreado por las risas burlonas de los demás, tras las cuales a él le pareció que empalmaron con la canción de sapo-en-el-agujero–:

Et interrogatum est sapo-en-el-agujero...
Et responsum est cum cachinno: non est inventus...

Luego, de súbito, le pareció oír de nuevo la voz del disertante:

—... pero no os preocupéis, no os hablaré otra vez de la mierda, sino de la incontinencia o, si así lo preferís, los esfínteres, *mes chers amis...* Es el músculo de la cultura el que nos modela y deforma gracias al simple ejercicio de la rutina. ¡Pero no hay una bolgia de los incontinentes como no la hay para los que renquean o llegan con retraso! ¿Cómo castigarlos? Si consideras a los incontinentes como una variedad de los lujuriosos y los ambiciosos, de los que compiten y son incapaces de amar, entonces podemos empezar a ver claro. ¿Cuando lo perdemos todo y nos volvemos estériles, qué otra cosa producimos sino mierda? ¿Y de cuántos puede decirse en realidad que no dejarán como testimonio de su paso por el mundo más que sus veinte toneladas de excrementos que, según mis cálculos, es lo que produce un hombre cada medio siglo de existencia? Pero, en fin, por más que nuestra capacidad *des grands plutôt que des petits merdeux* sea lo que mejor nos define, gracias a dios, o mejor al diablo, desde hace mucho no vamos por el mundo evacuando donde primero sentimos ganas, como las vacas o los caballos. Y no es que desprecie las cualidades terapéuticas de nuestras evacuaciones, ¿alguna vez has ojeado la *Farmacopea excrementicia* de Paullini, publicada en Francfort en el siglo xvii? Allí encontrarías algunas exquisiteces que hoy revuelven las tripas a nuestros delicados paladares, por ejemplo la fórmula para curar la epilepsia, excrementos humanos y orina de efebo, o la tisis, orina batida con un huevo fresco, o la sublime melancolía, enfermedad de los dioses, excrementos de oveja o de buey. «¿Quieres que continúe?» –preguntó monsieur Farfán, que de pronto apareció a su lado.

—Por favor, no... –musitó él, inclinando el cuerpo hacia delante y tapándose la boca con la mano.

Un destello maligno parpadeó entonces en las pupilas verdes del señor de la montaña... En cuanto a su malogrado discípulo, apenas si tuvo tiempo de darse la vuelta y doblarse, sacudido por la primera arcada, que puso ese regusto a vómito en su paladar, mientras le parecía oír que allá, en algún sitio, el amable coro de gañanes, fracasados y pervertidos burlones entonaba otra vez la canción de sapo-en-el-agujero...

Et interrogatum est sapo-en-el-agujero...
Et responsum est cum cachinno: non est inventus...

—Tendrías que haberme dicho que reaccionabas tan mal... ¡Pero si era una mezcla muy suave! –le dijo Giorgios, a la salida del acto.

En la esquina de la rue Cortot estaban solo ellos dos, mientras aún se divisaba allá al fondo, junto al Sacré Coeur, a los últimos asistentes dispersándose en dirección a la rue Azais, para bajar la colina por ese lado.

Giorgios lo miraba intranquilo, con cara de circunstancias, la sombra de sus ojos porcinos emborronada por culpa del sudor, como si hubiera sido maquillado por un niño. Finalmente, al ver que él dudaba al despedirse, lo invitó a su piso, argumentando que en un día como ese tenía que venir a su cueva, pues quería ocuparse de él, ser un *petit peu sa tante*, solo para resarcirlo del mal trago pasado...

—Cuando te ofreció que te quedaras era sincero –dijo aún Giorgios minutos después, mientras caminaban–. Y no tenías nada que temer, ni tenías que haberte ofendido...

—No estoy ofendido –dijo él, aunque la verdad era que las bromas que había gastado monsieur Farfán a su costa, basándose en las confidencias que a lo largo de varios encuentros le había hecho a título personal, le sentaron como un jarro de agua. Se sentía decepcionado, ¿o es que aparte de confesarse con ese viejo pretencioso habría tenido que esperar su absolución?

Como si leyera en su mente, Giorgios le dijo que a lo mejor al final las cosas habían salido tan mal a causa de que no había sido todo lo sincero que debía con monsieur Farfán...

—¡Pero si me confesé casi con él!

—Casi... ¿No lo ves? ¡Tú mismo lo dices!

—Sí, casi...

—Seguro que te reservaste lo más importante, y él se dio cuenta...

—¿Lo más importante? ¿Acaso alguien sabe qué es lo más importante?

—Sí, él. De una manera u otra, siempre lo sabe... –dijo Giorgios, con una sonrisa sibilina, como si rozara algo inefable–. Es una prerrogativa de quien siempre habla con el corazón en la mano, y de quien espera ser correspondido... ¿Le contaste por ejemplo lo de tu tía Odette?

—No, no entiendo por qué tenía que contárselo...

—¿Le contaste la primera vez que el *petit de l'homme*... en fin, tú ya me entiendes?

—No, tampoco. La verdad es que eso nunca se lo he contado a nadie...

Mientras hablaban, empezaron a bajar el tramo que les faltaba de la rue Mont Cenis para alcanzar la Place du Tertre, desde la cual, por entre los árboles, se alcanzaban a ver las dos ventanitas del piso de Giorgios...

—¿Creías que podrías engañarlo? Tienes que saber que solo la emprende contra alguien, como acaba de hacer contigo, cuando se siente muy decepcionado...

—No me imagino en qué pude haberlo decepcionado... ¿Tú sí?

Giorgios no respondió, y se limitó a hilvanar en favor de su maestro una serie de vaguedades que no hizo ninguna mella en él, desbordado como se sentía por los acontecimientos, por la idea de abandonar París, en fin, por ese horrible sentimiento de desamparo...

En la escalera del apartamento esperaban dos personas que, sin haberse puesto de acuerdo ni conocerse, habían venido al mismo tiempo a visitar al artista: un belga llamado Leonel y un español llamado Jorge, ninguno de los cuales tenía maneras de *pédé*. Con el primero apenas intercambió un saludo pero con el segundo, al que fue presentado por Giorgios como «un colombiano muy interesado en España», intercambió unas cuantas frases para deleite del anfitrión, que se declaró enamorado de la musicalidad del idioma hablado al otro lado de los Pirineos. Luego se fue con él a la cocina para ayudarle a preparar una infusión...

Fue allí donde, de pronto, no pudo reprimir una especie de sonido, entre lamento y sollozo, que brotó de su pecho y quedó atrapado en su garganta. Cuando Giorgios se volvió, lo encontró doblado sobre sí mismo, llorando... «*Oh, lala, mon dieu, q'est ce qui se passe? Ah, oui, c'est l'Espagne*... *Mon dieu*, se va a largar a España solo, sin su media naranja, se va a morir de sed sin ella en ese horrible país, y llora como un mocoso...», comentó, como si se dirigiera a una tercera persona, y siguió hablándole durante unos minutos, en francés y griego, y también en inglés, dándole golpecitos en la espalda, y hasta llegó a darle dos besos en la frente; pero él solo reaccionó cuando sintió una cosa cálida, rasposa y húmeda en su mejilla, como una lengua de vaca.

—Perdona... No pude aguantarme, quería saber si también eran saladas... –bromeó Giorgios, recogiendo su larga lengua de rumiante–. ¡Pues lo son! Y cuando estés en España, podrás contar que en Francia un maricón te cató y te dio un certificado en humanidades –bromeó.

Tras esa especie de estallido, y ayudado sin duda por la infusión de Giorgios, se sintió mucho mejor. Incluso se mostró más comunicativo; Giorgios lo miraba encantado, como si le dijera con los ojos: «así se hace, pequeño». Fue entonces cuando descubrió que Jorge, el español, se había metamorfoseado en Jordi, un catalán que echaba pestes contra España, y que tenía un amigo en Barcelona, llamado Terenci, que era su protector... De forma muy exaltada hablaba con Leonel del centralismo castellano, y aquel, que era valón, lo apoyaba haciendo envenenados comentarios contra los flamencos. Finalmente Giorgios intervino señalando que siempre había pensado que Grecia y Turquía eran países hermanos... «¡Imagínense mis queridos el fiasco!» Había pasado los primeros quince

224

años de su vida en Estambul, y nunca pensó que llegaría a amar Constantinopla más que a Atenas, pues siempre los atardeceres sobre el Bósforo lo habían emocionado hasta las lágrimas, para no hablar de *sa tante*... Por todo eso, y otras cosas con las que no consideraba de buen gusto agobiarlos esa tarde, los nacionalismos lo ponían fuera de sí, y prefería hablar de lo que, invocando la charla de monsieur Farfán, llamó «geografía mágica de la infancia», una geografía sin naciones donde todo se confundía y tenía «la secreta y maravillosa consistencia de los sueños». Fue entonces cuando Jordi objetó: «sí, pero en mi infancia yo creía que los Pirineos separaban a Cataluña de España, y no a España de Europa», y él intervino al fin: «Y yo creía que los pirineos eran una tribu salvaje...». ¿Pues no era eso lo que evocaba el plural de Pirineo?... «¡Los indios pirineos!...», se burló Jordi, «¿y de dónde habrían venido?», preguntó Leonel, picado por la curiosidad. «Sin duda del Norte, porque en esa época las tribus salvajes siempre venían del norte», como las demás tribus bárbaras, francos, álamos, vándalos, godos y visigodos... Y ocurrió que mientras los francos se habían quedado en los valles, los indios pirineos subieron a las montañas y se hicieron fuertes allí. Los que pudieron verlos hablaban de gentes hirsutas y vestidas con pieles de oso, que solían mirar hacia abajo desde lo alto de las rocas y hablaban un lenguaje extraño, el pirenaico, una mezcla de sonidos guturales carente de escritura... Aunque en una cueva que se suponía habitada por los pirineos unos sabios muy sacrificados y frioleros encontraron unas tablillas escritas en escritura rúnica. «*Oh la la*», decía Giorgios, mientras que Jordi, apurando su copa, movía la cabeza y le animaba con sus gestos... Pero no había que exagerar: los pirineos fueron la tribu más salvaje de todas, y, en ese aspecto, solo resultaban comparables a los pijaos, o a los motilones, y a los jíbaros, reductores de cabezas... «¿Y por qué desaparecieron, tus pirineos?», preguntó Jordi, condescendiente, con un sonsonete risueño. «La culpa de esa tragedia la tuvo el hermano Felipín», respondió él, muy serio, en perfecto dominio de sus recursos oratorios e impulsado por una especie de inspiración redentora que lo hacía sentirse seguro de sí mismo. El hermano Felipín, su profesor de química y geografía, un tipo austero y pequeño, con cara de búho, unos ojillos perspicaces y atentos, y sin duda uno de profesores más competentes del colegio. Fue él quien, en la hora más tediosa, entre las tres y las cinco –oh tardes luminosas y soporíferas en que ni siquiera los majestuosos y temerarios elefantes de Aníbal lograban sacar a los alumnos de la modorra de las tres y media– como un malvado búho con pechera blanca, acabó con la saga de los pirineos. Allí estaba el joven y ensotanado sabio hablando ex cátedra, dejándolo todo muy claro para la eternidad: Pirineos era el nombre de una cadena montañosa que separaba España de Europa... Se llamaba así porque se suponía había nacido de las piras, Piri–neos, y lo peor de todo, estaba separada de los Andes nada menos que por un océano que se tardaba en atravesar veinte días en barco y doce horas en avión. Pues diez mil kilómetros era nada menos la distancia que separaba al joven Rolo Dupuy de los Pirineos...

«Pero ahora ya estás más cerca, querido», objetó Giorgios, que no ocultaba lo mucho que disfrutaba con los disparates de su amigo; «ahora son solo cinco o seis horas en auto y con un poco de magia podrás recuperar tus pirineos... Espero que no te ataquen, cuando te vean...» «Pero yo creo que los indios pirineos desde hace varias décadas visten uniforme gris y tricornio, ya los verás...», sentenció Jordi, como un pájaro de mal agüero, creyendo que él no lo entendería, ¡él, que de inmediato supo que se refería a los guardias civiles! No, no le eran desconocidos, ya que muchas veces los había visto en los noticiarios españoles que se pasaban en los cines colombianos... Como si escuchara una enormidad, Jordi puso los ojos redondos: «¿se veían los Nodos españoles en los cines colombianos?». Sí, los mismos que se veían en Madrid y Barcelona, en Sevilla o Bilbao... Se proyectaban en la matinée de los domingos, e incluso en las sesiones normales, para los adultos, gracias a que el gobierno español los repartía en algunos países de

Sudamérica. Por eso un niño colombiano de la década de los cincuenta podía llegar a estar perfectamente informado de las cosas extraordinarias que ocurrían en España, y de las que una especialmente lo impresionó: la de que un niño de doce años podía llegar a ganarse la lotería, como le ocurrió a aquel que, dichoso y sonriente, vio desfilar un día ante las cámaras, jaleado por aquella musiquilla –las trompetas de los Nodos– que para todos los niños como él se había convertido en el anuncio de algo incitante y maravilloso. Por otro lado, también le llamaba mucho la atención la cantidad de cosas que se construían en España, desde presas, puentes, edificios, canalizaciones, viaductos, y hasta un valle: el Valle de los Caídos, tanto más por cuanto que no tenía noticia de nada que se construyera en su propio país... Y en lo tocante a ese señor pequeño y barrigudo que aparecía en todas partes inaugurando cosas, no se sabía realmente quién era. ¿Era tal vez el presidente de España? ¿O tal vez el rey, como lo había sido Fernando VII? A veces los niños tocaban el asunto y se embarullaban tanto que hubo alguno que llegó a sostener que se trataba del presidente de Colombia. Pero un día, liándose la manta a la cabeza, explicó que en realidad era el Caudillo de España, como se decía en los propios Nodos, y si uno es Caudillo no necesita ser presidente ni rey. Por suerte nadie quiso preguntarle por qué, y él continuó tan feliz, como aquel otro niño del vecindario –un gordito de cuya familia se decía que había viajado una vez a Andalucía–, al que le encantaba ponerse un trapo doblado a modo de fajín y cruzarse una correa vieja al pecho para hacer de Caudillo e inaugurar cosas, tan pronto un charco de ranas como un cementerio de grillos, e incluso una improvisada canalización destinada, tras un aguacero, a liberar la calle del agua estancada y permitir a la gente pasar de un lado a otro.

Con toda probabilidad, ese niño había detectado ya que su país era un pausado y dilatado desastre, donde, por circular por carreteras que eran antiguos caminos de herradura, los camiones se despeñaban matando a decenas de personas, o turbulentas aguas desbordadas arrastraban barriadas enteras, o inesperados deslizamientos de tierra sepultaban a inocentes campesinos en las faldas de la montaña, y así una tragedia tras otra, mientras que en algún lugar allá lejos en la pantalla alguien se ocupaba de construir e inaugurar. Que ese niño inaugurador, ya de joven, hubiese querido viajar a España con una beca del Opus Dei, era algo previsible... ¿Cuántos amigos suyos, y compañeros de colegio lo hicieron? Sin duda muchos más que los que viajaron a Rusia con becas de la Academia de Ciencias de la URSS. En cuanto a él, gracias a su padre, nunca tuvo esa veleidad: porque unos años después descubrió al fin que el caudillo que inauguraba cosas en los Nodos era el mismo que su padre había tildado de criminal, y al que hubiera querido ver muerto, colgando por las piernas como Mussolini (¡qué bien recordaba el pequeño Rolo la revista, en blanco y negro, donde vio por primera vez la impresionante foto!), en esa época dorada en que el pequeño entomólogo hospedaba a sus cucarachas en suntuosas cajas de cartón... Claro que su padre nunca le habló de que hubiera que hacer lo mismo con Stalin, como descubriría años después en la universidad, gracias a Sartre, y fue ciertamente ahí donde el hijo no pudo darle la lección que se merecía a su propio padre... «¡El hijo que enseña al padre! ¡Qué hermoso hubiera sido!», Giorgios rompió el hechizo del relato, mezcla de fantasía y mea culpa, obligando a desperezarse a los otros dos, que se miraron con sorpresa y estiraron los brazos, y recitó con aire sibilino y voz cantarina: «El hijo cargando con su viejo, Anquises, qué fantasía más hermosa, la predilecta de monsieur Farfán...».

XXIII

En ese momento, cediendo al empuje de la multitud, retrocedió con Ugliano hasta la esquina, donde se oyó una especie de fogonazo. Sin saber cómo, los dos se encontraron frente a un hombre de rostro patibulario que, con una horrible botella verde en la mano y un trapo del mismo color atado en la cabeza, se movía en medio de un incierto círculo de curiosos con la agilidad de un filibustero. El desconocido los miró desafiante, levantó la mirada hacia la gran tapa de marmita de la noche como si retara al cielo, entonces abrió la boca y, con un sordo estrépito, vomitó una bocanada incendiaria junto a Ugliano, que lo obligó a retroceder. «¿Carajo, qué fue eso?», preguntó el hombre de los bigotes muy pálido y asustado... «Un comefuegos, hombre, ¿nunca has visto un vulgar comefuegos?», le explicó él. «Ah, si es un simple comefuegos, entonces esto aún no es el infierno», bromeó en voz baja Ugliano. Después, como si el susto le hubiese hecho perder el sentido de la orientación, miró a un lado y a otro, se apartó del grupo y casi huyó hasta la esquina de enfrente, donde se paró, volvió a mirar con desconcierto y gimoteó: «¿Dónde estaba Les Halles, Rolando? ¿Mis queridos Les Halles de *Irma la douce* y *El vientre de París*? ¿No era allá, detrás de esas columnas?». «No, so burro, era aquí mismo, ¿no ves que esta es la rue Rambuteau? ¿Es que no reconoces la rue Rambuteau, adonde veníamos a espiar a la bella Normanda?» «¡No me acuerdo de eso!», protestó Ugliano, al tiempo que una ráfaga de viento traía el último eco de la cantante, *for the times they are, are chan-changing...* «Se llamaba Louise y tenía un puesto de pescado cerca de la puerta más cercana a la rue Pierre Lescot. Nos sonreía haciendo pucheros cuando veníamos a mirarla de lejos, maravillados de que Zola hubiera podido describirla cien años atrás, tetas incluidas, en medio de los cestos llenos de salmones y carpas, gobios y truchas, para no hablar de otros animales, en especial los cangrejos, los bellos y crujientes cangrejos traídos de Alemania. Te leí la descripción, está en *El vientre de París*. ¿Recuerdas?» «Sí, claro, mejor dicho, ¡qué me voy a acordar!, ¿pero de verdad crees que era la misma pescadera la que nos regaló aquellas truchas podridas?»

«¡Sin duda era la misma!... Solo que, como ya te expliqué hace un montón de tiempo, no eran truchas sino bagres», insistió él, y Ugliano, con una mueca que oscilaba entre el desaliento y la contrariedad, le recordó que el bagre era un pez tropical. «Sí, tienes razón, aunque en realidad me importa un bledo –reconoció él–, truchas o bagres, galgos o podencos, qué más da... Lo importante es que entiendas que la ciudad está habitada por arquetipos que se mantienen de generación en generación, y que de hecho son como sus *genius loci*. Si hubieras hablado con esa mujer hubieses podido comprobar que, desde hacía cien años o incluso más, estaba vendiendo en el mismo lugar sus bagres y sus crustáceos...» «Y hablando de bagres, aquella vez te quedaron deliciosos... Por cierto, ¿qué te parece si buscamos unas cervezas?», propuso Ugliano, mirando a ambos lados de la calle. «¿Cervezas, para qué más cervezas?», preguntó él, extrañado, y Ugliano no parpadeó siquiera cuando le respondió: «Para el camino, compañero, el camino a Pigalle, a Santiago, adonde quieras, ¡no quiero quedarme sin cerveza!». De pronto el rostro del interrogado se iluminó y, agarrando a su amigo por la manga, lo arrastró hasta la puerta de un restaurante situado en una de las callejuelas que desembocan en la rue des Halles, en cuya vitrina se podía ver un amplio surtido de peces y crustáceos. «Espérame aquí», le dijo, antes de desaparecer, y, a través de los cristales, él lo vio discutir con énfasis con el hombre del mostrador, quien, después de ir a la cocina a consultar con otro, como pudo ver desde la calle, al fin pareció acceder al requerimiento del intempestivo y enfático cliente y procedió a envolverle algo, que metió en una bolsa a la que añadió luego media docena de latas de cerveza. Luego, cuando salió con su adquisición, de la que no comentó ni una palabra, el hombre de los bigotes se empeñó en llevarlo a cierto sitio a cien metros de allí...

Estaba tan excitado que él optó por seguirlo sin rechistar. ¿Qué otra cosa podía hacer? Ugliano avanzó hasta la esquina, la dobló y, con un gesto de júbilo y asombro, reconoció la pequeña plaza, llena de luces y animada, dentro del cuadrado delimitado por los árboles, por una concurrencia tan bulliciosa como fantasmagórica. Después, mirando a lado y lado, se dio prisa en encontrar sitio en uno de los cuatro largos bancos de piedra que enmarcaban la fuente, y le entregó una cerveza... «Mira todo esto, ¿no te parece una maravilla?», dijo él, al sentir el frío cortante de la lata en su mano, «tanta gente joven, ¿y habrá al menos uno, uno solo, que sepa que esa fuente, construida en el siglo XVI, está ahí desde hace por lo menos doscientos años, desde que desapareció el cementerio?» Pero su reflexión debió despertar contradictorios pensamientos en su amigo, que a su vez comentó: «¿Te acuerdas de la vez en que nos encontraron, al Jíbaro y a mí, borrachos en el cementerio? ¡Qué rasca nos pegamos ese día Rolando! ¿Se había peleado con su Dulcinea? De modo que nos fuimos a ver al Gran Zubiela, que esa noche, tras una partida de ajedrez con el Gran Durruti, y debidamente tonificado por una tanda de whiskis, nos habló de Niezchte y de la voluntad de poder y, fíjate qué olfato tenía el muy cabrón, terminó con un impromptu sobre la infidelidad...». Luego, en tono meditabundo y negando con la cabeza, añadió: «¿Quieres que te diga una cosa? Esa vez el Jíbaro se emborrachó conmigo porque no me tenía miedo como a ti... Fíjate que poco antes del accidente, la última vez que nos vimos, me dijo que fuiste un tipo con huevos, capaz de jugarte la vida a una sola carta, que te lanzaste *à corps perdu*, que era una verdadera lástima que no hubieras vuelto a publicar...». Como si le costara creer lo que acababa de oír acerca del Jíbaro, preguntó: «¿Te dijo precisamente eso? ¿Que yo me había lanzado *à corps perdu*?». «Te lo juro, por Dios», dijo Ugliano, y repitió muy excitado: «*à corps perdu*, es decir, a cuerpo descubierto, sin salvavidas...». Luego, levantando la mano, añadió: «Ah, y ahora también recuerdo que me dijo que tenía un dinero reservado para un viaje a París, solo que tenía que ponerse de acuerdo contigo, ¡qué hijueputa la vida, hermano, qué hijueputa!». «¿Por qué hijue-puta?», dijo él estúpidamente, solo para sofocar esa cosa amarga que, atravesada en su garganta, le impedía hablar ahora con el mismo desapego de antes. «Porque ahora yo soy quien está con-tigo, en vez de él...», dijo Ugliano, levantándose de un salto para plantársele enfrente e insistió, como si lo desafiara: «¿No crees que la vida hace trampas en el juego?». «Sí, lo creo», respondió él casi con miedo y, sosegándose tan repentinamente como se había exaltado, Ugliano contempló entonces con distraída atención el entorno alegre e íntimo de la Place des Innocents, tan apreciada por Jean Valjean, el protagonista de *Los miserables*, y sobre todo tan vinculada al nombre de Villon –ah, *belle Heaulmière* que, en su Puerta del Infierno, Rodin transformó en *vieille Heaulmière*–, el poeta que, según le explicó entonces, paseó por el barrio su bulliciosa humanidad de asesino y crápula, cuando en ese mismo lugar existía ya un cementerio con ese nombre... «Rolando, ¿a ti a veces no te ocurre que te sientes como un personaje de novela?», preguntó de repente Ugliano, e insistió: «Como un personaje de novela, que puede desaparecer en cualquier momento porque el autor lo utiliza para algo?...». «Claro», respondió, risueño, «es lo más normal, todo el mundo se siente en París como un personaje de Victor Hugo o de Balzac... Así me siento también yo ahora mismo». «No, no, Rolando, lo digo en serio. Hace un momento tuve la impresión de que mi autor se había olvidado de algo con respecto a mí», insistió Ugliano, y preguntó: «Por cierto, ¿cómo sabes que había un cementerio en este lugar?...». «Por el olor a podrido», dijo él, «pues ni siquiera la revolución pudo borrarlo cuando decidió trasladar los restos a las Catacumbas.» «Ah, la *pourriture*, de nuevo la *pourriture*... Porque, sí, la revolución, para este pobre gusanito son los bailes y las fiestas del trece de julio, Rolando, ¡ya verás las muchachas que te presentaré dentro de nueve días!», canturreó Ugliano y, sin darle tiempo de pro-testar, se preguntó: «¿pero por qué carajo olerá tan mal aquí?».

Sin esperar respuesta levantó la nariz y olfateó el aire en varias direcciones como un animal de presa, luego se olió a sí mismo y, sin darse cuenta, terminó husmeando el paquete que llevaba en la mano. «Ah, se me olvidaba... Eso fue exactamente lo que nos regaló la gorda aquella vez, y lo que como prueba definitiva y conmemorativa yo te regalo ahora», dijo de carrerilla y le entregó con improvisada solemnidad el paquete, que él abrió enseguida, descubriendo su contenido: dos truchas medianas, que apenas si habrían alcanzado para un comensal... «Gracias, hombre, no tenías por qué molestarte...», farfulló, consternado. «Pero, maldita sea, ¿qué diablos quieres que haga ahora con un jodido par de truchas, eh?»

—Se las llevas de regalo a tu francesita pecosa...

—Vaya recuerdo de París, un par de truchas de río, ¿estás loco, o qué?

—No, no estoy loco, pues le puedes decir que las pescaste en el Sena, los enamorados cometen tonterías así...

—¿Los enamorados?... Estás borracho, no sabes lo que dices. Te suplico que no vuelvas a mencionarla, ¿me oyes?, no lo vuelvas a hacer...

—Estás loco por ella, muchacho, ahí está el quid del asunto... Pues no creas que no te he calado hasta el fondo, compañero, la mujercita esa de la foto es el resumen de todas: de tu tía Odette, de Graciela la Boquineta, de Magalí la loca, y de tu mamá, tu cruel mamá, la exterminadora de cucarachas, que te abandonó... Debe tratarse de una francesita muy berraca, de las de pelo en pecho, ya que las resume a todas, la pequeña...

«Vaya hijueputa», pensó, sorprendido e indignado. «¿Por qué se pone a hablar de ti ahora, con esos aires de sabiondo, y encima presume de acertar con *le mot juste?* Pues eso es lo que eres Solange: una francesita berraca. Y los tienes bien puestos, qué duda cabe.» De pronto se quedó inmóvil, tratando de escuchar los jirones de música que venían por el lado de la rue Rambuteau, hasta que al fin le llegó el rumor de una estrofa entera: «*Et moi je revois ceux qui restent. Mes vingt ans font battre le tambour. Je vois s'entrebattre des gestes... Padam... Padam...*».

XXIV

¿Cuántas pecas de su cara había logrado contar aquella vez valiéndose de la lupa? Aunque se sentía como insecto bajo el microscopio, ella se moría de risa ante su empeño de hacer un censo completo, pero él estaba tan abstraído en comprobar cómo la cosa se complicaba en la zona cercana a las orejas, para no hablar de lo que ocurría en la nariz, que decidió aguantar. Por fortuna no tuvo que hacerlo mucho tiempo, pues antes de acabar él se cansó y dijo: «ochenta, no está nada mal para una cara de mono como la tuya». Entonces, ella preguntó: «¿Era también pecosa alguna de tus chicas?... ¿La tía Odette? ¿La Boquineta? ¿O tal vez Magalí?...». «No, ninguna», respondió él con seguridad, aunque después de dudar un momento. «Tú eres la primera, y la última... Lo que no recuerdo es si tu madre las tenía, ¿por qué no te quedaste con la foto?» «Imposible», dijo Solange, y explicó con un suspiro: «si una foto entra en ese pequeño baúl ya no hay nada que hacer». Luego, cuando él la envolvió en una mirada interrogadora, añadió: «ya te lo dije, está vigilado por una muerta, la abuela Évangeline, que empezó la colección hace unos cincuenta años, antes de morir en la misma casa». «Es perfecto, ¡el cofre de los dioses penates!», pensó él, y recordó aquella noche de tempestad en L'Ardèche, cuando Solange apareció arrastrando un bulto, sobre el crujiente suelo de madera. Por cierto, ¿por qué no habían vuelto desde entonces? El verano anterior había sido a causa de la tía Amelia, la esposa del tío Serafín, el que vivía en Inglaterra, muerta por sorpresa de un ataque al corazón, ¿pero el verano siguiente, qué impedimento tuvo el verano siguiente? ¿Y, de haber tenido alguno aún, no hubiera podido ir a visitarlos durante el invierno, como aquella vez?

Durante los últimos días, en sus melancólicos paseos por París, había recordado con nostalgia que la última vez que fueron a Montelimar decidieron pasar una semana en la capital, visitando exposiciones y librerías, yendo a la ópera, viendo las películas que aún no habían sido estrenadas en España y charlando con madame de Grégoire, que estaba encantada con Solange. Tanto, que hizo con ella lo que hacía con muy pocas personas y solo en raras ocasiones: contarle las estaciones más intensas de su vía crucis revolucionario en Colombia. Entre comentarios de incredulidad, silencios de estupefacción y exclamaciones admirativas, durante la parte luminosa de la tarde, en la mesita de la cocina, la receptiva Solange vio desfilar una etapa entera de la vida de madame de Grégoire, primero en un barrio de Bogotá dirigiendo un grupo de apoyo a los campesinos que llegaban a la ciudad huyendo del campo, de donde habían sido expulsados a sangre y fuego por la chusma o el ejército, luego en la cárcel de mujeres de Bogotá, donde convivió durante meses con las mujeres de mala vida, a las que enseñó a leer y escribir, y finalmente en el mismo París ayudando a tantos exiliados o sirviendo de enlace a los camaradas, ella, siempre generosa y sacrificada, madre adoptiva de cuanto colombiano descarriado aterrizara en la capital...

Fue a la vuelta de ese intenso viaje en auto cuando Solange se sintió indispuesta, por culpa de algo que había comido en un restaurante, y él propuso pasar la noche en Lyon. A la mañana siguiente ella se encontraba mejor, aunque parecía triste y enfurruñada; desde la misma ventana del hotel contemplaron la Colline de Fourvière, con su extraña basílica de torres octogonales, recortándose bajo un sol alborozado. «¿No te gustaría dar un paseo por el barrio antiguo antes de partir?», propuso él, para animarla. Fue así como el regreso se alargó un día más, por culpa de aquella parada en Lyon, de cuyo hermoso barrio antiguo Solange se empeñó en revelarle in situ los secretos, conocidos por ella desde niña, y recuperados para la posteridad –dato que a él podía interesarle– gracias a los buenos oficios de Malraux. Pero lo que a él más le impresionó fue la catedral Saint Jean, con los medallones de su fachada y su reloj astronómico, cuyo mecanismo se quedó contemplando embebido hasta que Solange protestó aduciendo que se moría de hambre. También recordaba los paseos por la orilla del Ródano, el exaltado intercambio, entreverado de alusiones políticas, que tuvo con un español republicano, risueño y lenguaraz, al que confundió con un viejo conocido de Barcelona, y la confidencia que le hizo Solange en la Place des Celestins, en el barrio de La Presqu'Ile...

Cerca de allí unos niños jugaban entre los parterres, ella los miraba con un ensimismamiento risueño mientras él consultaba el mapa de la ciudad, pero dijo pronto: «¿sabes lo que soñé hace dos días?». Lo hizo con ese tono especial, ni muy risueño ni muy tenso, pero sí muy cauto y comedido, que utilizaba para las grandes ocasiones. «Soñé que mi abuela Évangeline, la de las fotos, había tenido un desliz con su amante y estaba a punto de parir... ¡En casa todos estábamos felices!» No supo si fue por puro nerviosismo que él soltó una carcajada, una carcajada que se le cortó en seco en la garganta cuando reparó en la expresión seria y contrita de Solange. Con voz apagada y mirándolo a los ojos, preguntó: «¿Entonces no es un chiste?». «No, Rolando, deberíamos hablar», la escuchó decir y algo lo obligó a desviar la mirada hacia lo alto, recordando la época, felizmente tan lejana, en que él todavía podía reprocharle que no supiese lanzar chispitas húmedas por los ojos, como las colombianas, y demorándose en el pacífico cielo azul cuyos lejanos cirros lechosos repasó un instante, como si temiese un posible cambio atmosférico, antes de posarla de nuevo, inquieta, sobre los niños que jugaban en la plaza...

Pensó, aquella vez, que ya habían quedado atrás los terribles días en que Solange no paraba todo el tiempo de pensar en el pobre de Maurice, por el que no sentía más que una «tierna amistad», y que de inseguro *soupirant* él había ascendido ya a tierno compañero de alegrías e infortunios, sin que hubiera llegado a lamentar demasiado el abandono de aquella vida mostrenca en la que vegetaba desde años atrás. Muy por el contrario: casi llegó a sentir deseos de acompañarla a Montelimar, para pasar la navidad con su familia... «¿No te dije ya que, siendo como eres, mis tíos te recibirán con los brazos abiertos?... Manolo el Temerario te contará la batalla del Ebro, donde estrechó la mano de Malraux, sí, el mismo de ahora, pero en una fase anterior... *Merde*, les darás una alegría enorme.» La predicción se cumplió con creces: mama Joujou –que en realidad era tante Joujou– casi lloró de alegría, si bien tuvo la discreción de quedarse callada y no meter la pata con ninguna alusión casamentera a las que al parecer era tan dada, y el tío Lucien se empeñó simplemente en llevar a la joven pareja a la Roche d'Alba, donde tenían varias casas de pueblo y pasaban todos los veranos.

Se trataba de una pequeña aldea de origen medieval, situada en la parte más arisca y ventosa de l'Ardèche, junto a unas ruinas romanas, y ordenada en torno a una enorme roca –antigua torre vigía–, contra la cual parecían querer pegarse las casas, en un denso apiñamiento pautado solo por los callejones estrechos por entre cuyos espacios solitarios las ráfagas se lanzaban cuando soplaba el viento y, al no encontrar la salida, sucumbían con frecuencia en la rabieta de un súbito remolino o el golpetazo de una puerta mal cerrada. Nadie se asomaba a las ventanas, nadie recorría los callejones, si bien tras los muros de todas esas casas de piedra cerradas o abandonadas parecían vivir criaturas invisibles que de día tiraban las puertas y de noche ululaban de forma espantosa, y fue ahí cuando, inspirado, por una vez él creyó tocar algo imposible con los dedos. «Esto es exactamente lo que imaginé como tierra de dragones, Solange, el sitio donde siempre quise vivir y envejecer haciendo el amor y olvidado del mundo...

¿no quieres que te hable de nuevo de monsieur Farfán? Él decía que había por lo menos tres ciclos en el ser humano y, como yo ya estoy terminando el segundo, me encantaría vivir aquí contigo el que me queda o los que me quedan, solos para siempre, y entre dragones», le susurró una noche al oído, amorosamente, en medio de una tormenta de nieve, mientras la leña ardía en la vieja chimenea y los dragones resollaban afuera, ¿también ellos llenos de amor?, y a modo de respuesta Solange se levantó desnuda y, tras cubrirse con una manta, desapareció como un fantasma por la puerta que daba a la parte más abandonada de la casa.

Cuando volvió, no arrastraba cadenas sino un pequeño baúl, sobre el que puso un pie blanco y desafiante, y recitó con aire de triunfo: «como se sorprendió Max Jacob, el hombre lleva consigo las fotografías de sus ancestros...». Luego, se inclinó sobre él y lo abrió, con mucho cuidado, dejando que de su interior se escapara un olor rancio, a polvo, papel húmedo y polillas. Completamente abierto, el pequeño baúl parecía una especie de tortuga bocarriba, a la que hubiesen arrancado el caparazón inferior... Las tripas y los órganos, vistos a la luz del candil, eran ese enorme rimero de postales y de fotos, atadas con cintas de colores, y algunas de ellas mismas en color; una parte selecta estaba ordenada en cajas de puros, bautizadas por lugares y por años, y también allí las había de todos los grosores, épocas y estilos. El fantasioso y extravagante tío Lucien, que las había reunido y conservado, había escenificado en el reverso de cada una las fechas de nacimiento y muerte, con su incierta, casi tosca caligrafía: «nací en...; morí en...». Durante buena parte de la noche vio desfilar a tres generaciones de Dousolières, empezando por el tatarabuelo Simón Dousolière, que había estado en París en 1870... «Dicen que se escapó por un pelo de ser fusilado en el Père-Lachaise... ¿Sabes lo que pasó en el Père-Lachaise, *legume*?» «Claro que lo sé, me lo enseñó mi padre a los quince años», respondió él con dignidad, y no reparó en la forma cómo, por un momento, la mirada de ella pareció ensombrecerse. Luego fue el turno de los hijos, empezando por un niño cariasustado, con chichonera, el tío abuelo Lucien, que veinte años después aparecía en otra foto de soldado durante la Primera Guerra Mundial, o la longánima tía abuela Germaine, de monja en una misión de la China –año 1930–, continuando por el tío Valentin, que vivía en Inglaterra, el tío Alfonse –un pied noir–, en una colina de Argelia (de los hombres de la última generación, era el único que tenía las dos fechas: nací en Lyon, en 1928 y morí en Orán en 1955), y terminando con aquella muchacha pecosa, que a primera vista él creyó era la propia Solange. «*Mais non, c'est pas moi, c'est ma mère, la fille cadette!...*» ¿De modo que la madre? Sí, la menor de todos los hermanos, quienes la adoraron viva y la lloraron muerta, y tardaron mucho en reponerse del accidente en el que murió con su joven marido («nací en Lyon, en 1934 y dejé el mundo en una autopista de Aix en Provence, en el verano de 1960»), en lo que no les fue de poca ayuda el encargarse de la pequeña Solange, que fue criada por todos ellos como uno más de sus hijos... «Dicen que se pelearon por tenerme... La verdad, *mon grose legume*, me han querido tanto que solo muy tarde empecé a comprender que era huérfana», concluyó Solange aquella noche, antes de quedarse dormida en sus brazos.

Fue a la mañana siguiente cuando, al poco de despertar, enseñándole la foto de la madre, él dijo en tono conminante: «Quiero una foto tuya como esta, una foto en la que se te vean muchas pecas...». «Puedes sacármela tú mismo, tendrá que ser con mucha luz», respondió ella, y fue en busca de su máquina, una pequeña Nikon con flash que había encontrado recientemente abandonada en el parque del Retiro en Madrid. Después, aún en pijama, empezó a abrir las ventanas para que entrara la luz pero el aire helado la hizo desistir. Un frío seco y luminoso, penetrante y casi corrosivo los obligó a meterse de nuevo en la cama, renunciando al proyecto de bajar al primer piso para encender la chimenea,

239

apagada no por falta de leña sino por pura indolencia desde el día anterior. Por eso, fue sobre el mismo colchón, con sus mantas en desorden, donde tuvo lugar la improvisada sesión de fotos, principalmente la cara, las mejillas y las nalgas –¡respingonas nalgas de Solange, con sus dos hoyuelos a la altura del cóccix, que a él le gustaba llamar Sol y Ángel, dos niñitas gemelas y dulces como la miel que se burlaban siempre de él!–, así como las pantorrillas de bailarina, y las rosadas plantas de los pies. Tras una disquisición sobre la filosofía de la parte por el todo, que a ella le pareció muy influida por el estructuralismo, él se lanzó a una demostración en clave erótica, que no pudo llevar hasta el final, pues Solange no hacía más que reírse, ¿no tienes hambre, *legume?*, y, una y otra vez, la mente de él volvía a las historias que acechaban en las fotos del baúl. «¿Pero de verdad nunca has echado en falta a tus padres?», dijo de pronto al final, a lo que ella saltó; «*Mais non, je te l'ai déjà dit...* Te repito que fui la niña más feliz del mundo». En vez de un padre y una madre, había tenido varios, muy celosos de su respectivo papel..., ¿por qué le costaba tanto entender algo tan simple como eso? ¿No era porque tanta felicidad familiar lo desconcertaba? En efecto, a él le costaba entender que aquello fuera real, y que en la forma como ella le contaba que ocurrieron las cosas no hubiera habido trampa, sin hablar de Freud... «¿Pero qué tiene que ver Freud en todo esto?», protestó Solange, cuando, envueltos cada uno en su manta, decidieron ya al mediodía arriesgarse a bajar corriendo hasta la cocina, donde, actuando a toda prisa, y en medio de un gran estruendo de voces, llamaradas y cacerolas prepararon algo de comer, una omelet enorme con tomates de la última cosecha, pan basto, horneado en Alba el día anterior, café con leche de cabra y mermelada en conserva. «Pues como *La fille du régiment* fui una niña feliz, no le busques cinco pies al gato...», sentenció ella cuando comían ya, entre dos bocados, y tras un momento de duda, lo miró y le acarició el rostro con la punta de los dedos, tan comprensiva. «En cambio tú, sé que tú no lo fuiste, pero eso es la prueba de que no basta tener padres para serlo... *Oui, le petit de l'homme c'est quelque chose de simple et aussi compliqué*, vaya con el cachorro del hombre, y ahí están Keittel y Katembruner para demostrarlo.» A él le encantó que ella hubiera utilizado la expresión, con aire melancólico la tarareó en forma de tonadilla mirando hacia la pequeña ventana por la que entraba apenas luz suficiente para ver sin tener que encender la roñosa bombilla que, cubierta de cagarruchas, pendía sobre sus cabezas. «Por cierto, de tu madre solo me has contado aquella escena con las cucarachas, pero de tu padre nunca me has contado gran cosa... debió ser un tipo muy buen mozo, ¿no tienes una foto de él, *legume*?» Casi sintió pena de no tener ninguna para mostrársela, ni de su madre ni de su padre, pues en aquel momento hubiera encajado muy bien en la situación una foto de este, el militante comunista de los años cuarenta, el que le enseñó aquella revista con las fotos del proceso de Nurembeerg, el que le habló de la Guerra Civil Española, y el que –y ese fue el principal error con su hijo– tan pocas cosas le contó que fueran ciertas acerca de Rusia... por lo demás, ¿qué militante hubiera podido hacerlo en su país y en su época? De pronto, al comprobar que Solange lo observaba preocupada por entre las guedejas de su pelo en desorden, reaccionó. «Lo siento, amiguita, conmigo te has ganado la lotería. No hago más que quejarme, y para colmo te cuento esa ridícula historia con mi tía, y luego lo de las cucarachas..., ¿cómo es posible que te hayas enredado con un tipo que siente nostalgia de cosas como esas?», dijo, haciendo escarnio de sí mismo, entre guasón e histriónico. «A mí lo de las cucarachas me tiene sin cuidado, con tal de que no empieces a coleccionarlas de nuevo, porque entonces tendría que hacer lo mismo, ¿pero qué haces, *legume*? Aquí abajo no quiero, ¡déjalo, por favor, déjalo!...», dijo ella, quitándose el pelo de la cara con ese rápido movimiento de cabeza, al mismo tiempo señal de alarma y toma de conciencia, que a él tanto le gustaba, mientras todavía parecía querer negociar: «aunque si fueran cucarachas gigantes de Madagascar yo sería más indulgente, ¿no te conté que en París conocí a una española que criaba hormigas colombianas y cucarachas gigantes de Madagascar? ¡Parece que son muy decorativas y hasta limpias!», remató Solange, agarrando un cucharón de madera, por si acaso, pero luego sonrió, bajando la guardia, y declaró: «¿sabes? A la mierda con las cucarachas gigantes de Madagascar, a la mierda los dragones, a mí lo que realmente me preocupa es un tipo que solo piensa en untarme el culo de miel y no tiene una maldita foto que mostrar a su compañera...».

Solo entonces él se detuvo, sorprendido; luego, tras dudar un momento, señaló con énfasis: «no, no es cierto... ¡tu legumbre tiene una!». Volvió corriendo al piso de arriba, hurgó en su billetera y bajó de nuevo a grandes zancadas. «Mírala», dijo con orgullo, pegándose al fuego de la cocina y ofreciéndole a su compañera el pequeño rectángulo de borde irregular y ya un poco ajado. Solange lo cogió con gesto inseguro, y en tono guasón, canturreó: «me estás enseñando una foto, ¿la foto de tu vida?»; luego, al mirar, observó: «no, no es la foto de tu vida... ¿Pero qué es esto, y este señor quién es, y este otro? ¿Dónde diablos está el niño que fuiste y que quiero ver?». «*Pas de petit de l'homme* en mi caso», dijo entonces él. «Allí hay ya un hombre hecho y derecho, mejor dicho hecho y ya un poco torcido, el que ves ahí, en medio de los otros dos, el Rolo Dupuy...» Solange miró muy aplicadamente, junto a la ventana, y al cabo de unos instantes preguntó: «estás irreconocible, Rolando, con esos pelos tan largos, pero el tipo a tu derecha, tan parecido al joven Durruti, ¿quién diablos es?». «Ese es Bojórquez, mi compañero de universidad», respondió él, reconfortado de que a ella le hubiera llamado la atención su viejo amigo, y añadió: «el otro, el rubio de los bigotes a lo Porthos, es precisamente Ugliano, o el mono Ugliano para sus íntimos...».

XXV

Pero no, Ugliano ya no lo oía. Poco a poco la noche de París, la noche insomne y fulgurante, vieja como la vieille Heaulmière y joven como la más reciente de sus rituales trotacalles, la noche que fluye como un río silencioso y sulfuroso que todo lo arrastra y lo transforma, lo había ido convirtiendo en otro que ni en nada se parecía ya al que había sido veinte años atrás, y hacía unos segundos había empezado a interesarse por una pareja de rubias noctámbulas que tocaban la guitarra allá al otro lado y desde lejos le indicaban algo por señas, llevándose insistentemente los dedos en forma de uve a los labios. «¡Cigarrillos, se han quedado sin cigarrillos!», clamó alegremente Ugliano y, levantándose en el acto, se puso a recorrer la plaza, yendo de grupo en grupo. Cuando llegó hasta donde estaban las muchachas, una de las cuales hablaba con estrépito, les entregó el producto de su improvisada colecta, un montoncito de cigarrillos de distintas marcas que ellas le agradecieron entre risas. Ahora se trataba de que él se integrara en el grupo, lo que hizo a regañadientes, no sin antes mirar hacia atrás, como si se despidiera de sí mismo, o del que había sido hasta entonces. Las jóvenes, la una alta y caballuna, de boca grande y obscena, la otra pequeña y viva, con una menuda y expresiva cara de mono, resultaron ser dos inglesas que, algo achispadas ya, propusieron sin más a Ugliano la formación de un cuarteto que compitiera con el que gemía a voz en cuello en el otro extremo de la plaza... De tal modo, aceptada la propuesta, él se encontró formando parte de un improvisado grupo que, para suplicio de la más cercana concurrencia, entonaba curiosos pout-pourris sudamericanos que se entrecruzaban y se interferían hasta tal punto que a veces tenía que interrumpirlos a todos para poner orden, mientras allí cerca Ugliano se desgañitaba gritando, o bien batía palmas con alguna de las jóvenes...

Fue en uno de esos momentos cuando él aprovechó para unirse a un grupo distinto, donde otras jóvenes, que debían ser estudiantes de música, cantaban romanzas y aires de ópera, y él se arregló para introducir uno que desde hacía rato le cosquilleaba en la garganta: «Nel *furor delle tempeste, nel straggi del Pirata, cual imagine adoratta se presenta al mio pensier... se presenta al mio pensier*». Luego, envalentonado –¿no había aparecido de pronto la luna, la Casta Diva por el lado de la rue Saint-Denis?–, llegó el momento de otro trozo de Bellini que, aunque para soprano, se atrevió a entonar desafinando y suscitando las risas de las muchachas, Casta Diva («casta Diosa que alumbras estos sagrados y antiguos lugares, vuelve hacia nosotros tu bello rostro»...) y eso le pareció el mejor testimonio de los veinte años transcurridos y de esa especie de parcheado saco de colores (uno de los parches, su propio gusto por la ópera), en que se había convertido su vida. Pero he aquí que, reapareciendo a su lado, Ugliano le dijo, como si leyera en su mente: «Que Bertrand de Born no sea un calavera o un perverso polimorfo sino un descabezado, de acuerdo, pero que la luna sea la Casta Diva, ¡eso nunca! Yo quiero llamar al pan pan y al vino vino, ¡al diablo con la ópera!...». Fue ahí cuando una de las muchachas del grupo de la ópera, la que al comienzo había pedido a Ugliano un cigarrillo, aplaudió y anotó: «la luna, en argot *on dit la cafarde, la cafarde ou la moucharde*» e, irritado, él insistió en la ópera, atreviéndose con Verdi: «*Va, pensiero, sull'ali dorate, va, ti posa sui clivi, sui colli...*». Al oírlo, Ugliano buscó con la mirada el apoyo de las muchachas y, actuando para ellas, se llevó el índice a la sien y lo movió en círculo, tras lo cual los tres («*Oh, mia patria si bella e perduta. Oh, remembranza si cara e fatal! Arpa d'or dei fatidici vati...*») la emprendieron con una rumba descubierta y aprendida sin duda en el mismo ámbito bullicioso de Les Halles, ¡al diablo con la ópera!

Cantaron durante un buen rato, hasta que un par de espontáneos se acercó, alentados por las risas y guiños de la muchacha más grande, y la de rasgos más delicados, que respondía al nombre de Glenda, sacó de su rosado y amarillo bolso de lona un cuadernito impreso y propuso entonar una canción argentina en honor de sus amigos sudamericanos...

Mirando ambas el cuadernillo, empezaron:

En el país del no me acuerdo
doy tres pasitos y me pierdo.

Más interesada en reírles a los dos espontáneos, que tenían aspecto de macarras y movían los brazos tatuados, Rita perdió el ritmo, por lo que Glenda la reprendió con un codazo y, sin arredrarse por ser la más pequeña, la amenazó con quitarle la guitarra y rompérsela en la cabeza; luego, siempre riendo, las dos se reconciliaron y volvieron a empezar:

En el país del no me acuerdo
doy tres pasitos y me pierdo.

Un paasito para allí,
no recuerdo si lo di.
Un paasito para allá
¡Ay, que miedo que me da!

...momento en el que Ugliano se levantó y fue a colocarse tras las jóvenes, metió su cabeza rubia y decidida entre las de ellas para poder ver el texto, miró a su compañero, después a los dos macarras, que seguían pendientes de las muchachas, y rio feliz, uniéndose sin más al coro:

J'unisse poinçonneur des Lilas
Le gars qu'on croise et qu'on n'regarde pas
Y a pas d'ensoleiller sous la terre
Drôle de croisière...

Cuando finalmente agarró a una de las chicas y bailó con ella, los otros también empezaron a bailar, y él pensó que Ugliano parecía una mala imitación de Gérard Philipe bailoteando por una botella de tequila en *Los orgullosos*, ah, inolvidable Gérard Philipe, pero aún no había pasado a otra cosa cuando, propinándole a aquel un sonoro cachete en la mejilla, Glenda se puso a insultarlo en inglés, encarándose con él, lo cual brindó a uno de los tipos la oportunidad de intervenir...

Después se produjo un forcejeo, la guitarra rechinó, una mano se levantó y se cerró, se oyó una exclamación de rabia y, cuando acertó a reaccionar, Ugliano estaba ya en el suelo. Lo ayudó a levantarse, y antes de que su ego herido pudiese reaccionar, y la gente empezara a acercarse, agarrándolo por la manga lo arrastró lejos de allí.

«Eres el pendejo más grande que conozco...», reprendió a su amigo, sintiendo de pronto que la insensatez de este lo revestía a él de una imprevista y serena autoridad. «Primero lo de los pescados podridos y ahora esto... ¿Cómo se te ocurre meterle mano a una muchacha así? ¿Dónde te has creído que estás, hombre? ¿En un puteadero de Bogotá?» Con la mirada baja, y tapándose el ojo con un pañuelo, Ugliano lo escuchaba en silencio, mirando distraído hacia uno de los bares, a esa hora no muy concurridos, que había en la esquina de Berger con Saint-Denis. En cuanto a él, desde donde estaba podía ver cómo en el mostrador de dicho bar un joven servía cerveza en vasos de plástico, y más allá, gracias a la intensa iluminación del local, cómo un tipo mestizo y desgreñado, pero con la cabeza cubierta de finas y saltarinas trenzas que le rozaban los hombros, hablaba enfáticamente por teléfono, moviendo mucho los brazos, golpeando de tiempo en tiempo la pared con el puño, muy cerca de un cartel que ponderaba el viaje a Grecia ese verano...

De pronto Ugliano dijo bruscamente, señalando hacia el café: «vamos, hombre, no nos quedemos aquí. Está claro que te mueres de ganas de entrar y, en cuanto a mí, lo que necesito con urgencia es un trozo de hielo y un espejo, quiero mirarme al espejo...». «Y yo tengo ganas de vomitar», dijo él.

XXVI

«¿Rolando?», escuchó su voz apurada, de timbre luminoso, y comprendió que Solange llamaba por algo extraordinario. «¿De verdad eres tú? *Mais qu'est ce qui se passe?... Et où est tu?*», dijo él con expresión neutra. «¿Que dónde estoy? Pues en Madrid...» «¿Por qué me llamas?», insistió él, tensando la voz. «Menos mal que me mandaste esa postal con tu número, porque ni siquiera se lo dijiste a doña Violeta...», dijo ella, como si propusiera un tono suave y rutinario; «Ah, Rolando, tengo que decirte algo...». «Te estoy escuchando», observó él, con frialdad. «Por cierto, ¿está lindo París?», se dio ella otro respiro a través del hilo, pareciendo de pronto muy insegura, y cuando él contestó que, aunque en la ciudad no hacía muy buen tiempo, estaba muy linda, pero muy sola sin Solange (*très seule sans Solange*), «y no te puedes imaginar hasta qué punto...»), su voz pareció muy triste, al menos eso fue lo que él sintió a través del hilo, mientras sus ojos recorrían la pequeña recepción del hotel, solo dos sillas de skay, con una mesita y un revistero, y un cartel en la pared junto a la puerta del ascensor, que por suerte continuaba durmiendo aquella mañana su sueño de dragón encantado: *Voyagés en Grèce cet été, Viaje a Grecia este verano...* «¿Sabes que en Grecia, según los periódicos, estos días está haciendo un calor infernal?», dijo ella, y de inmediato se enmendó: «Perdona, Rolando, ahora lo que quiero decirte es que...». «Sí, no me preguntes por París, ni me digas qué tiempo hace en Grecia, supongo que no me has llamado para eso», dijo él, en un arranque de mal humor, y alzó tanto la voz que el portero

247

le sonrió haciéndole un gesto apaciguador y llevándose el índice a los labios, al tiempo que señalaba con un expresivo gesto hacia las habitaciones de arriba, donde seguramente todavía había gente que dormía. «¿O es que quieres decirme que me añoras, que quieres venir corriendo para ver París, para adornarlo todo con flores, como solo tú sabes hacer?...» «¿Con flores? Así es, Rolando, tiene que ver con flores... Pues lo que yo quería decirte es que...», la escuchó comenzar de nuevo, como aquella vez cuando lo desafió precisamente a eso, a viajar solo, a irse a París o adonde fuera sin ella. «¿Recuerdas nuestra charla la última noche? Sí, tenías razón: estoy enfermo, retrocedo... ¿y eso no merece un ramo de flores?», aprovechó entonces para decir él, pero ella ya no pareció escuchar sus palabras. «Por favor, Rolando, no vayas a creer que si me dices esas cosas voy a ir corriendo a buscarte, no, ya no», declaró ella, deprisa, y él casi vio sus ojos verdes y traviesos moviéndose con angustia mientras hablaba. «Y si quieres saber lo que haré con mis vacaciones, te diré que me iré donde mis tíos sola, no iré hasta París, que se vaya a la mierda París...», terminó un tanto crispada. «Sí, que se vaya a la mierda París», apoyó él, «al menos en eso estamos de acuerdo, ¿no? ¿Pero y Grecia?... ¿Que se vaya a la mierda también Grecia? Siempre quisiste ir...» «¿Grecia? *Merde, la Grèce!*» «El calor, te gusta el sol, te gusta el mar, te gusta viajar...», dijo él, sin poder apartar los ojos del cartel que ponderaba el viaje a Grecia ese verano. «Pero lo que no entiendo es que me llames para decirme todo eso...»

—Rolando, por supuesto, no te he llamado para eso. Desde hace rato te estoy intentando decir que... –la oyó proclamar en una especie de estallido, con voz dura.

Entonces él guardó silencio, y sintió que algo se le contraía dentro del pecho...

—¿Ha pasado algo?

—Violeta ha llamado hace una hora. Lo siento mucho Rolando, no sé cómo decírtelo...

—¿Se trata de algo malo?

—Sí... –dijo ella, y él oyó el suspiro con el que, al otro lado del hilo, pareció darse valor–. ¿Recuerdas aquel amigo que estuvo contigo en París, aquel del que me hablaste tantas veces?...

—Sí, ¿te refieres a Héctor Ugliano?

«Sí, el de la foto aquella a lo Dumas, el que está en medio de los otros dos», pensó que ella iba a añadir, «¿recuerdas aquella vez en la Ardèche? ¡No se te iba a olvidar una cosa así!...»

—Creo que sí... –escuchó que decía allá lejos Solange–. El rubio, me parece recordar, ¿no era uno con una especie de mostacho?...

Ella sabía de sobra que sí, y también que los de la foto habían sido sus dos grandes amigos de juventud, con los que había cultivado lazos de unión a través del tiempo, viéndose cada diez o cada veinte años y sabiendo cada uno de los otros dos a través de las noticias transmitidas por la gente, mensajes que iban y venían en la memoria de viajeros de paso por Madrid, por Barcelona, por París... «El tercero de la foto, el mosquetero delgado, ligeramente estrábico, y larga cabellera, ya sabes quién es.»

—...ayer lo encontraron en el hotel. Parece que estaba muy enfermo –creyó oír que decía la voz de Solange a través del hilo, y prestó atención–. Tenía una cita en el hospital y, sabes, cuando no lo vieron aparecer... Lo siento, Rolando.

Se hizo una pausa... ¿había oído bien?

—¿Me estás diciendo entonces que ella te llamó para encargarte que me dijeras que Ugliano había muerto?... –dijo al fin, con voz destemplada–. ¡Pero si cuando lo vi ni siquiera me dijo que estaba enfermo!

—No te dijo nada, sí... –resumió Solange, muy aplicada, cumpliendo con su misión lo mejor que podía–. Pero te pidió con mucha insistencia que fueras a verlo, posiblemente lo que pasó fue que no captaste bien el mensaje...

—El mensaje...

—Sí, parece que él lo llevaba todo en secreto... Y que en realidad había ido a París a hacerse un tratamiento, ¿sabes?, pues tenía un primo o algo así que era médico en el Hospital Cochon. En fin... deduzco que no fuiste a verlo...

—Pues no, no fui... –dijo él, después de dudar un momento–. ¡Ah, qué cosa tan berraca!

—No fuiste, claro, tú nunca captas ese tipo de mensajes.

—Por favor, reproches no en este momento...

—Sí, perdona... –por una vez la voz de ella pareció, aparte de contrita, algo avergonzada a través del hilo–. Es que llevaba varias horas intentando hablar contigo y cuando lo logré me había puesto ya un poco nerviosa. Incluso terminé por creer que lo conocía, imagínate... Siempre que me hablabas de él te reías tanto, aunque, la verdad, no sé si esto va a afectarte mucho o poco...

—Sí, era un tipo rubio, muy buen mozo, de ojos azules tras las gafas y bigotes de mosquetero, ¿mucho o poco?...

—Mucho, supongo...

—El mono Ugliano. ¿Recuerdas que en mi país a los rubios les dicen monos?

—Sí, lo recuerdo...

—¡Te juro que tenía muchas ganas de volver a verlo! ¡Te hubieras reído una barbaridad con sus ocurrencias!

—Me lo imagino, Rolando, me lo imagino... –apoyó ella, y ahora su voz parecía un suave, casi tierno contrapunto de la de él.

—Y hablaba siempre como si acabara de descubrir el Mediterráneo, moviendo los brazos, y lanzando tacos a diestra y siniestra. Por eso tenía la virtud especial de hacer que uno acabara hablando de las cosas más raras... Pues no, no creo que vaya a afectarme mucho. Un poco a lo mejor...

—¿Tú crees?...

—Me estaba preparando para hablar con él, anotando todas las cosas que le quería comentar, para que no se me fuera a olvidar nada.

—Me lo imagino... Tú eres así, tomas notas para todo, tomas notas para vivir, y luego te quejas de que la vida se va sola, sin tomar nota de ti...

—¡Bravo! Muy buena esa... –reconoció sarcástico él–. Espera un momento, que la anoto...

Al oírlo, Solange lanzó una especie de risotada sollozante a través del cable y él recordó que los dos bromeaban un poco de esa manera, entre tensos y ocurrentes, en la época en que todavía él la llamaba por teléfono para invitarla al cine... ¿Habían debido permanecer así? ¿Había sido ese el error: irse a vivir juntos?

—Y entonces mi cabeza se convierte en una especie de escenario en el que todos ensayan sus papeles... Así deben empezar los que terminan hablando solos por la calle, ¿no crees? –añadió entonces, meditabundo–. Por cierto, ¿te expliqué que nuestra última pelea la ensayé? Pero no me sirvió de nada, porque tú ganaste por puntos, no, qué digo, por knock out...

—Mañana a las doce en Le Service Catholique des Funérailles, rue Falguière. Cae por el lado del Hospital Necker, un día me acompañaste... ¿recuerdas el niño de madame Gilbert, la amiga de Violeta?

—Sí, perfectamente. ¡A dónde no te habré acompañado en París, muchacha loca, sería capaz de irme contigo al mismo infierno!

—Procura salir a tiempo, no sea que calcules mal y llegues tarde –dijo ella, ahora rápida y cortante.

Tras un resoplido de él, se escuchó un silencio, duro como una losa, y después otra vez su voz:

—Sí, claro... ¡Me sigues conociendo, hermanita, y te preocupas por mí como en los mejores tiempos!

—No es eso. Es que llegas tarde a todo...

—Sí, eso: llego tarde a todo... Pero dime una cosa: ¿cuando vuelva a Madrid también me llamarás?

—Sí, Rolando... Te llamaré, para saber de ti y preguntarte si estás bien.

—Bravo, cuidadora de niños enfermos, hermanita de San Vicente... Pero mira, yo creo que es mejor que... Escucha muy bien lo que te voy a decir: si no puedo volver a ocuparme de tu..., ni volverte a a ver lanzar chispitas húmedas..., ni decirte cómo me enloquece tu..., es mejor que no, ¿entiendes?

—Sí, entiendo, ¿y tú?

—¿Y yo qué?

—¿Tú qué entiendes de toda esta locura?...

—¿Que qué entiendo? Entiendo que hay que hablar... Ya sabes, el lenguaje...

—¡El lenguaje!

—El lenguaje es la casa del Ser...

—Ajá... Buen momento para citar a Heidegger, ¿no fue él el que dijo esa bobada?

—Sí, sí, fue Heidegger... –respondió él–. Pero no fue una bobada. Tuvo que remontarse hasta los griegos para encontrar le mot juste...

—Ah, toujours le mot juste...

—Sí, siempre la expresión justa, la palabra exacta...

—¿Sabes una cosa? Volviendo a la famosa foto, tengo que decirte que los de nuestra generación, el Jíbaro incluido, y el Gran Zubiela, cómo no, fuimos unos tipos duros, como rocas, mejor dicho: como fósiles... Ça c'est le mot juste...

—¿Por qué hablas en pasado? ¡Aún estás vivo!...

Silencio.

—¿Te burlas de mí? –dijo al fin él.

—Por dios, Rolando, ¡cómo voy a burlarme de ti!... Tienes que saber que tú has sido... En fin, ¿vas a ir a ver a nuestra amiga? Deberías hacerlo, ahora es ella lo único que nos une...

—No te preocupes, hermanita de la caridad, iré a verla cuando encuentre le mot juste... Pues el verano aquí sin ti, ¿qué es?

—Por aquí incluso está nublado, parece que va a llover...

—Verano de mierda...

—Sí, Rolando, a lo mejor la mierda es...

—¿Qué dices, pecosa, qué dices que es la mierda?

—... la verdadera casa del Ser...

—Que viva la mierda pues...

—Sí, que viva la mierda. Y ella sí que nos une... Pues en realidad ella es lo único que une al hombre con el hombre, la mierda...

—*La merde, oui...*

—Ah, y también el pipí, ya sabes, ¡el pipí!

Subió los peldaños de dos en dos, por suerte sin cruzarse con nadie, entró en su habitación, se inclinó sobre el wáter e intentó vomitar. ¡Sí, era *le mot juste*! Pero su cuerpo, al contraerse, solo emitía unos hipidos secos y carrasposos, que lo hacían sentirse avergonzado... «¿Puede una media sucia volverse a sí misma del revés?», se dijo al fin, a modo de consuelo, antes de echarse en la cama, donde terminó por quedarse dormido. Pasados unos minutos algo que ocurrió en su sueño, y que ya despierto no logró recordar, lo hizo levantarse de súbito con el propósito de salir del hotel. Afuera la luz recortaba ya los edificios con luminosas cuchilladas que, rotundas y oblicuas, agujereaban la tarde, dejándola maltrecha y agonizante en medio de un melancólico contraste de luces y sombras. «Aquí el sol revive antes de irse y allá en algún sitio el mono Ugliano está muerto», pensó absurdamente, «¿y yo adónde voy?» Entonces en la esquina de Saint Augustin con Richelieu divisó a un clochard que bebía de una horrible botella verde, brindando a la salud de la Bourse, cuyas esbeltas columnas, iluminadas allá arriba por los últimos rayos, parecían algo irreal. ¿Imitarlo, por ejemplo, pegándose una rasca él solo? ¿Pero era esa la palabra apropiada: rasca? ¿Y si más bien se iba de visita a la rue Vulpien? Ah, tenía que llamar antes a madame de Grégoire... Unos minutos más tarde, ya en el metro, los interrogantes habían dejado de asediarlo, pero actuaba como un sonámbulo. Empezó a volver en sí cuando ya estaba dentro del edificio en el 105 de la rue Lafayette...

Ahí el viejo portón de madera que daba acceso al patio, la puerta de la derecha dotada de visillos y la escalera que prefirió al ascensor, una escalera de crujientes peldaños recién encerada, con su muelle alfombra pautada por relucientes barras de cobre, y la intimidad de la penumbrosa luz que descendía suave desde lo alto mientras él ascendía despacio la espiral y, casi enseguida, balbucientes aunque inconfundibles, las primeras vibraciones del pasado. El olor a cera y perfume ¿no era el mismo de entonces? ¿Y qué decir del brillo de la pasamanería? Bajo la viva luz del sol de la tarde el cobre lanzaba tristes destellos dorados, era el mismo metal reluciente que le anunciaba la inminencia del encuentro con Étienne, aunque ese día, la primera vez que la vio, tras haber escuchado varias veces su voz en las grabaciones de su hermano, ella asomó primero la mitad de la cara, que pareció inclinarse bajo el peso de la espesa guedeja, luego sonrió y abrió un poco más la puerta, de la que seguía casi colgada, y solo cuando él estaba ya adentro dijo «*pardonne-moi*», echando a correr semidesnuda por el pasillo. Entonces entendió que Étienne estaba en el piso y no «arriba» y tuvo apenas tiempo de ver las pantorrillas de bailarina y la saltarina mata de pelo de la muchacha, en una dinámica y fugaz orquestación, antes de que ella lanzara el grito estridente que anunciaba a Étienne la presencia de su amigo sudamericano en el recibidor...

Bonita evocación para hacer justo en el momento en que, el dedo posado sobre el botón del timbre, se disponía a apretarlo. Apenas si tuvo tiempo de pensar que, en caso de que le abriera él mismo o su hermana, ninguno de los dos lo reconocería... ¿Pero los reconocería él a ellos? Este segundo interrogante lo dejó perplejo ante una mujer, todavía joven, que se mostró en ese momento tras la puerta. «*Oui, monsieur?*» dijo, y él tardó un momento en responder, ocupado como estaba en intentar reconocer en su cara algún rastro de la bella *ménade* casi adolescente que todavía le sonreía desde el pasado. La mujer lo miró al fin con alarma y se resguardó un poco tras la puerta, que apuntaló disimuladamente con su cuerpo. Entonces él se dio prisa en pedirle disculpas y le preguntó por la familia Hortefeux. Ella lo miró sorprendida, pronunció el apellido que acababa de oír para hacer memoria y casi le pidió disculpas cuando su mirada se iluminó y le dijo: «*Mais ça fait au moins dix ans, monsieur!...*». «¿Hace diez años?», repitió él, entonces ella se relajó, pareció soltarse un poco de la puerta y, disimulando apenas su consternación, le repitió que, en efecto, en ese piso había vivido antaño una familia apellidada Hortefeux que se había mudado hacía unos diez años a una casa de *la rive gauche* cuya dirección ignoraba pero que debía figurar en la guía. «*Atendez-vous*, una vez una vecina me dijo que alguien joven había muerto..., *une femme peut-être?*», concluyó con cara de no poder precisar su información. Al despedirse él se disculpó por las molestias, ella respondió con una sonrisa y se quedó mirándolo hasta que lo vio desaparecer al final de la escalera...

«Hace diez años, alguien muy joven...», pensaba todavía cuando, a la altura del metro Poissonière, al otro lado de la placita, reconoció con sorpresa la marquesina del viejo café de la esquina, que no había cambiado apenas en veinte años, y eso lo animó a entrar en él y sentarse en la mesa más apartada. Una suave melancolía lo invadió ante la visión de las mesas bañadas por la luz que se filtraba a través de las ventanas de cristal esmerilado, o del ventilador de aspas que colgaba del techo, pero solo al divisar unos croissants algo mustios alineados dentro del viejo mostrador de madera, cayó en la cuenta de que se moría de hambre... Aunque ya no era hora de desayunar, si no más bien de merendar, pidió dos con una taza de café y, mientras comía, pensó en todo lo que le había ocurrido ese día, en la llamada de Solange, ¿por qué la noticia de la muerte de Ugliano lo remitió a través de un sueño a Magalí? De pronto, algo se iluminó dentro de su cerebro. Era su casa de Madrid, por la mañana, él bajaba a recoger el correo y encontraba aquella carta de Magalí, una vieja carta de Magalí, después de veinte años... La cuestión era: ¿por qué, al leerla, ya entonces pensó en Héctor Ugliano? ¿Por qué diablos se preguntó qué hubiera dicho Ugliano de ella? ¡Como si la imagen de la muchacha, en una extraña carambola, lo remitiese a la del viejo amigo, en el momento de partir, como si los dos, cada uno por su cuenta, se hubieran dado cita en su mente, o bien, como si hubiesen decidido mantenerse vivos para él, en una última representación...

XXVII

La rue Berger se mantenía casi tan animada como el trozo del boulevard Sébastopol que se veía al fondo, la noche estaba en su apogeo y el bar, que un sistema de espejos colocados tras el mostrador hacía parecer más grande de lo que era, estaba lleno de turistas, por lo que se plantó con Ugliano en el mostrador, donde el barman, sin preguntar, atendió enseguida el insólito pedido de hielo y agua de Vichy de los recién llegados. Tras envolver dos cubitos en el pañuelo, y aplicar el envoltorio a su ojo izquierdo, que parecía ahora inyectado en sangre, durante unos instantes Ugliano se consoló despotricando, entre trago y trago, contra los macarras de París. Apuraba un sorbo, levantaba la mano, lanzaba un taco y, al descubrirse reflejado en el espejo, se sobresaltaba; entonces, apartando el emplasto de hielo del ojo dolido, lo miraba y le preguntaba si ya se había puesto morado. «No, todavía no», le respondía él, tras mirarlo de nuevo, y se preguntaba si ya no era hora de despedirse. ¿Pero cómo separarse de ese modo, cuando la ciudad seguía ahí, como un sordo apremio, un desafío que la noche hacía más intenso, y Ugliano había terminado por adquirir esa apariencia de pollo desplumado?

«Sí, un pollo desplumado», se dijo midiendo por el rabillo del ojo a su amigo, y tuvo un acceso de risa, que lo sacudió de la cabeza a los pies. Ugliano lo miró con una mezcla de sorpresa y desconfianza antes de echarse a reír él también, y fue así como la risa de ambos rasgó como un conjuro la piel de la noche, cuya baba espesa empezó a manar para los dos... «Qué maravilla, me he trompeado con un macarra», dijo Ugliano celebrando el estallido, y él lo corregía: «no seas optimista, el macarra te trompeó a ti...». «¿Pero te diste cuenta, qué tipo más rápido, che? En un abrir y cerrar de ojos me tiró al suelo y se quedó con nuestras muchachas.» «¡Sí, un tipo macanudo», glosaba él, «estoy seguro de que ese no se sentirá nunca como un gusanito arqueológico...»

Un joven y delgado actor que debía volver del sitio donde había estado posando de estatua del Comendador empezó a cruzar a la derecha, frente al snack. Cuando lo vio Ugliano salió a su encuentro y le dio una moneda; a modo de agradecimiento el hombre le hizo una reverencia casi versallesca y le dijo: «los muertos que vos recordáis gozan de buena salud, os informo...». Luego, consciente de su dignidad, prosiguió su camino. Ugliano, embebido, lo vio alejarse hasta que su leve silueta se disolvió entre las sombras que se perdían en dirección a Saint Eustache, y murmuró: «Hubiera jurado que era Miguel de Francisco...». Después miró a lado y lado, como si hubiese olvidado donde se encontraba, momento que él aprovechó para anunciarle: «Ahora volvamos a lo nuestro. Tenemos que encontrar un taxi...». Ugliano abrió los ojos con alegría y no se hizo de rogar: en dos zancadas alcanzaron el boulevard y luego subieron por él hasta que encontraron un taxi en la esquina de Rambuteau.

Como en un sueño, girando varias veces a la izquierda, el auto los paseó un rato por los boulevares, tras un amplio rodeo alcanzó Rochechouart y, frenando bruscamente, los dejó en la bulliciosa Place Pigalle. Había sido muy cerca de la misma donde, en su segundo día en la ciudad, él había encontrado casualmente a la mujer, ¿cómo podía evitar que Ugliano –que guardaba silencio, la mirada expectante y una sonrisa en los labios–, no la viera él también, y pudiera reparar en su cara y en su boca?... Cruzaron rápidos la plaza, esquivaron los coches y, dejando a un lado el ruido de los cláxones y la corriente de paseantes parlanchines y alborotados que circulaban por las aceras y, allá en el centro, bajo los árboles, se internaron por una de las calles que bajaban: la rue Frochot. Fue como entrar en una zona menos bulliciosa pero más especializada, donde algunas mujeres hacían su trabajo con desenvoltura rondando los andenes o montando guardia en los portales, y los ojos de Ugliano, muy atentos tras las gafas, iban y venían de una a otra, brillantes, inquietos, casi temerosos. Los dos amigos tuvieron que bajar hasta el boulevard Victor Massé y volver a subir por Pigalle antes de que el que servía al otro de guía se detuviera de repente en la esquina, a pocos metros de donde los había dejado el taxi... ¿Cómo es que no la había visto antes? Conversaba apaciblemente con un tipo espantoso, seguramente su chulo. «¿Te gusta esa?», le dijo el que hacía de guía al de los bigotes, que miró el talle esbelto de la mujer, ceñido por un cinturón dorado, su negra minifalda de cuero, que dejaba al descubierto la rodilla y parte del muslo, sus bien torneadas piernas, a las que la seda negra de las medias daba un brillo mórbido y casi hiriente, sus botines negros con espuelas doradas, y solo al final la cara: entonces palideció.

—¡Ah, hijuemadre!... –tartajeó, doblándose por la cintura, golpeando el aire con la mano, y luego se volvió hacia el otro, lo miró indeciso y le reprochó–: sí, se parece una barbaridad, si no fuera porque... ¡pero qué cabrón eres!

—¿No era eso lo que querías?... ¿No llevas toda la noche hablando de una calaverada?

—No, mejor dicho sí... ¿Pero por qué precisamente con una que es como su doble, pendejo? ¿Es una venganza o qué?...

—¿Una venganza?

—¡Bien lo sabes, maldito! Ella nunca me tragó...

—Porque nunca la miraste como a una persona. Y porque, frente a las mujeres, siempre actuaste como un depredador...

—No me jodas, hombre..., ¿después de todo lo que hemos hablado me sales con esas? –protestó el de los bigotes, mirando hacia el suelo, negando incrédulo con la cabeza; luego, los ojos le brillaron tras los cristales de los anteojos y, como un púgil que recalienta sus músculos, comenzó a dar saltitos–: ¿Qué eres la reencarnación del Jíbaro? ¡Pero si no sabes siquiera dónde estás parado! Ah, ¡que si Magalí, que si Solange, y ahora que si la Boquineta!...

—Malparido... –dijo el interpelado, y apenas si tuvo tiempo de esquivar el puño que, en un abrir y cerrar de ojos, vio cerrarse, elevarse en el aire y avanzar directo hacia su cara–. ¡Hijueputa!

Luego, se miraron con odio, como dos enemigos, y debió haber sido cuando el agredido vio acercarse a la mujer que el agresor, sin más, desapareció...

Plantada de forma casi desafiante a su lado, ella sonreía, cómplice.

—*T'y viens te reposer, mon bon?*... –dijo, torciendo los ojos hacia la derecha, donde debía tener su refugio.

—No, estoy con mi amigo... ¡No puedo dejarlo solo!

—¿Qué amigo? –dijo ella, mirando a lado y lado con sus ojos chispeantes–. ¡No veo a nadie!...

—Estaba aquí hace un momento. Se asustó al verla a usted, a pesar de su edad. *Il est très, très timide, mais surtout très con...*

—Ah, ah, entiendo... ¿Estás en órbita, querido?... *Mais ça ne fait rien, tu me plais,* ¿verdad que eres sudamericano? –dijo, guiñándole un ojo, pero como él le mintió, aduciendo que era un español de pura cepa, un castellano viejo de Bogotá, si eso era posible, ella replicó: «*C'est dommage, parce-que je suis née à Saint Lô mais j'ai travaillée un an dans un hôtel à Acapulco*». Después, continuó hablándole en un cómico castellano de acento gutural pero salpicado de inglés... «Soy very good como Notre Dâme de Guadalupe, te voy ag megmerizar avec ma fee verte, ya log verás. Sí, siempre tengo preparado un bombardier...», afirmó en el momento en que, al mirar a un lado, el hombre pálido se percató de que Ugliano, o alguien que mucho se le parecía, le hacía señas con la mano bajo los árboles del boulevard. «Vete a la mierda» pensó, y siguió a la muchacha hasta un piso vecino, donde, después de cobrarle, se sentó al borde de la cama, encendió su bombardier y se lo ofreció a su cliente tras darle una lenta y profunda chupada. En cuanto a él, se dejó caer en el suelo, a sus pies, le besó las manos, ronroneó como un gato, y, finalmente, apoyando la cabeza sobre sus rodillas, la contempló embelesado. Vista así de cerca, resultaba menos impresionante aunque más cálida, por su aire confiado y risueño, el de una muchacha cuya historia resulta fácil de imaginar; «te entiendo, ¿quieres que te muerda, ratoncito mío? ¿O, más bien, que te arañe y te coma como una gata, miau, miarrau?», dijo ella haciendo morrisquetas y mirándolo con picardía al tiempo que simulaba unas zarpas con sus manos, de uñas rojas y curvadas, «¿o más bien quieres que te demuestre lo que es una gata en celo?», remató, y él solo atino a constatar: «¡tus ojos, no tienen chispitas húmedas tus ojos!...». Pero como ella no entendió, ni le dio la menor importancia a sus palabras, él bajó la mirada, decepcionado, y ella concluyó: «entiendo, estás triste, no quieres hacer el amor, solo quieres que alguien te diga cosas agradables, ¿verdad?...». Él la miró sin entusiasmo, limitándose a asentir con la cabeza y a interesarse por su cicatriz, y ella volvió a un tono más rutinario para contarle que en México la habían operado mal, había sido un error no esperar para hacerlo en Francia, pero estaba ahorrando para una nueva intervención. No había pasado todavía un cuarto de hora, cuando la mujer consultó su reloj: «no puedo esperar mucho rato, querido, tengo que hacer mi noche...». Él quiso besarla en la mejilla pero ella le salió al encuentro con un arrebatado beso en la boca y lo despidió. «Vuelve cuando quieras, *mon petit chat*, estoy toda la semana menos los jueves...»

Otra vez fuera, nada llamó su atención aparte de un grupo de jóvenes que charlaba a voz en cuello en el centro de la plaza, a la salida del metro. Más adelante, cuando retrocedía por el paseo del boulevard de Clichy con la intención de bajar por la rue des Martyrs, reparó en unas voces que llegaban desde un banco bajo los árboles. Dos hombres se insultaban allí en español, el uno menudo y ruidoso, y el otro más grande, de cara bonachona, con la cabeza caída sobre el pecho, se dejaba zarandear por aquel, que alternaba los puñetazos con los abrazos. El atacado reaccionaba, abría los ojos y profería una amenaza inútil, después se reía como un loco y volvía a inclinar la cabeza. Aguzó el oído y escuchó: «¿Que hoy te quedaste sin mojar el churro? ¿Y a mí qué me cuentas, mamarracho?...», le decía en voz alta a su compañero, y luego, como si interpelara a los transeúntes, reflexionaba: «¡no te jode el tío! ¡Como si fuera tan fácil mojar todos los días?». Entonces, al reparar en el que se había detenido a observarlos, el otro le preguntó: «¿qué te parece, colega? ¿Tú, has mojado tu churro hoy?». «No, no lo he mojado, creo que se me ha secado para siempre», rio él, que de repente sintió ganas de bromear. El hombre contempló al insólito mirón con un asombro risueño, lo que su amigo el borrachito aprovechó para lanzarle un papirotazo. «Oh, oh, oh... ¡Ayyy!», dijo aquel, realmente dividido entre el que lo requería pacíficamente y el que lo agredía, y, empujando hacia atrás al monigote peleón, le comentó luego con cariño: «escucha Mac Nolo, este dice que se quedó sin churro, está peor que nosotros...». «¡Nada como el churro madrileño!», dijo entonces el borracho menudo, y le propinó un puñete a su amigo, acertándole esta vez justo en el mentón. «Es cierto, nada como el chocolate con churros en Madrid.» «En Madrid se jode mejor», dijo el grande, contemplando con filosófico desprecio la hormigueante corriente humana que circulaba con un murmullo sordo en torno a las chicas. «*Padam, padam, padam*», de pronto le pareció a él oír muy cerca, traído por la brisa que venía de Montmartre, el rumor de la canción: «*Padam... Padam...padam, il arrive en courant derrière moi...*»

...padam, padam, padam...

Luego, olvidándose de todo, se integró a esa ruidosa pareja de amigos andaluces en París, ¿o eran tal vez murcianos?, en su noche de putas planeada desde hacía tres años, que eran la viva imagen de la decepción. Aparte de que las mujeres que escogieron después de mucho mirar no eran nada del otro mundo —¡la mía olía a naftalina!—, habían jodido a toda prisa, y los habían desplumado. Luego los dos festejantes hablaron de España, al diablo con París, ¡bah! Todo era mejor en España, empezando por los churros, continuando por las paellas y los jamones y terminando por las mujeres, incluidas las parientas... sí, ¡que viva la paella valenciana y el chocho andaluz!

De pronto, la figura estrambótica de una mujer se destacó en el centro del boulevard, a la derecha. Arrastraba un cochecito de bebé en el que, a juzgar por la música que salía de él, debía llevar entre otras cosas un aparato eléctrico (casete o radio, era imposible saberlo desde la distancia) y, por su forma de caminar, animosa, casi alborozada, así como por la cantidad de baratijas que zangoloteaban en su pecho, incluidas varias conchas, más que una clocharde parecía un peregrino de Santiago extraviado en las calles de París. Con el pelo largo y alborotado, de talla mediana, cuando pasaba junto a los turistas les gritaba a voz en cuello, por sorpresa, «*padam, padam padam*», provocando la desbandada entre ellos. Después, doblándose por la cintura, golpeándose con las palmas en los muslos y haciendo gestos obscenos, se paraba para reírse a carcajadas, y volvía a su cochecito: «*padam, padam, padam...*».

Ya en el epicentro de la noche, la observó embebido, casi dichoso, como si el milagro tantas veces anunciado y esperado sucediera al fin, y así todo empezara o terminara por última vez. Sin comprender nada, pero creyendo estar a la altura de todo lo que ocurría, los andaluces señalaron a la mujer con el dedo y se burlaron: «¿tu novia? Es guapa, la morenaza», repetían, desternillándose. Luego el pequeño Mac Nolo se puso solemne e inició una perorata sobre la superioridad española, el Real Madrid, los jamones, los quesos y los chochos andaluces, y terminó cantando: «que viva España...».

Se alejó de ellos sin despedirse y avanzó hacia la mujer, quien al cruzar junto a la entrada del metro miró hacia la rue Pigalle, dudando si seguir por el boulevard o girar hacia la derecha, que fue lo que finalmente hizo. Casi sintió palpitar su corazón al verla acercarse, *padam, padam,* ¿por qué no irse con ella adónde fuera? Por lo pronto, la mujer no debía tener buen olfato, pues pasó junto a su conmovido admirador sin reparar en él, y, en cambio, dejando de alborotar, empezó a bajar modosamente por Pigalle. Con una mezcla de temor y rencor la siguió a cierta distancia, solo, mientras dentro de su cabeza oía el murmullo de su propia voz: «...puedes decir Rolo Dupuy que durante las últimas horas has vivido intensamente gracias al blablablá de un muerto, y ahora te has quedado completamente solo, es decir, libre al fin, tú, pobre gusanito que aún vive y colea...». De pronto la clocharde avistó un banco y se sentó en él, a descansar, refunfuñando, *ah, la vie quelle saloperie, merde quoi...* Del cochecito, que aparcó a un lado, sacó varios cucuruchos, uno de los cuales se convirtió como por arte de magia en una pipa, y empezó a fumar. En pocos segundos un penacho de humo espeso la coronó en el centro de la noche, un penacho que parecía tirar de ella hacia lo alto y, en todo caso, atraía la mirada de los que pasaban.

En cuanto a él, procurando siempre no llamar la atención de la mujer, se situó en la escalera de un soportal cercano, medio oculto tras la verja, y al final, sin dejar de contemplarla, se quedó medio dormido...

Luego, no supo cuánto tiempo después, una sombra en pena, una sombra envuelta en una especie de halo que lo difuminaba todo en su derredor lo despertó...

—Rolando, Rolando Dupuy, llevo buscándote desde que doña Violeta me dijo que llevabas en París varios días... —escuchó decir a la sombra, muy cerca de él, y no pudo reprimir un gesto de fastidio. «¿Otra vez él? Pero si lo he llevado en mi cabeza durante horas. ¿Es que no ha sido suficiente?», pensó...

Entonces levantó la vista y vio la cara triste y pálida del otro recortándose contra las farolas de la rue Pigalle...

Ugliano, tan parlanchín e histriónico como siempre, le dijo: «tenía muchas ganas de verte, Rolo, y tú no viniste a visitarme, como ella te pidió... Por eso cuando te vi aparecer en la esquina de la rue Falguière hace unas horas (¿cuántas ya, doce, veinte?), me alegré tanto que me olvidé de todo lo demás, ¡y no me arrepiento, muchacho, hemos pasado un rato estupendo!». Poniendo en su empeño un entusiasmo tan grande que de nuevo su compañero de infortunios no pudo menos que ceder, lo conminó a levantarse y, cuando lo logró, lo obligó a caminar en círculo haciendo eses, y rememoró su principal hazaña de esa gloriosa jornada: la pelea con el tipo y las chicas de la plaza... «Y la canción, ¿te acuerdas de la canción? ¿Cómo era que decía?...»

Ugliano se detuvo en seco y cantó:

Pour Invalides changer à Opéra
Je vis au cœur d'la planète
J'ai dans la tête
Un carnaval de confettis

Pero al final le fallaron las fuerzas y se desplomó como un fardo.

En vano él intentó ayudarlo a ponerse de pie. Desmadejado como estaba, el cuerpo de su amigo se le escurría de las manos y volvía a caer. En el suelo, Ugliano tartajeaba: «*Des p'tits trous, des p'tits trous, toujours des p'tits trous... Des trous d'seconde classe, des trous d'première classe...».*

En esas, despúes de haber estado un rato observándolos, Édith Piaf se les acercó, con una caja de cartón azul en la mano...

—*Tiens, les gars... —dijo—. Est c'que le doudou est malade?*

—Enfermo no. Borracho, borracho como una cuba... –dijo él, mientras Ugliano, los ojos semiabiertos, intentaba enfocarla con la mirada.

—*Ah, s'il est beau, le gars...* –decía la mujer, mirando al yacente con unción–. *Et quelles moustaches superbes!...* Se inclinó sobre él, le acarició la cara y le jaló con fuerza uno de los bigotes, para ver si eran postizos. El tirón hizo volver en sí al yacente, que levantó la mirada y los observó con extrañeza, como un pobre borrachito en el país del no me acuerdo, la cara demacrada y lívida, el bigote torcido y alicaído, un ojo morado y un chichón en la frente –«la mejor prueba de su existencia», pensó y, con voz de borracho, en la noche cálida y espesa, lo escucharon decir–: «Ya me acuerdo, hermano, ya me acuerdo, se llama *Le poinçonneur des Lilas: Y a d'quoi d'venir dingue, d'quoi prendre un flingue. S'faire un trou, un p'tit trou, un dernier p'tit trou...».*

—*Non, c'est Le fossoyeur du Parc sur Eure, à mon ami Serge...* –objetó la clocharde.

Ugliano levantó la cabeza con fuerza y dijo que no, que la canción se llamaba *Le poinçonneur des Lilas...* ¡Todo el mundo lo sabía!

Durante varios minutos, discutieron: *Le fossoyeur du Parc sur Eure*, según ella, *Le poinçonneur des Lilas*, según él. Al final, sin llegar a un acuerdo, lograron cantar juntos:«*des trous de première classe, des trous de seconde classe*», pero después volvieron a discrepar.

—*Des p'tits trous, des p'tits trous, toujours des p'tits trous* –musitó Ugliano.

—*Non, des grands trous, des grands trous, toujours des grands trous...* –se emperró la clocharde.

De súbito, ella se volvió hacia él y concluyó:

—*Il est fou, le pauvre gars...* –luego, miró amenazante al cara pálida–: *c'est toi qui l'a cassé la tête?*

—No, por dios, no. *C'es mon ami!...* ¡Y no está loco !

—A la mierda con el sepulturero... *Moi, je suis pour la vie et pour l'amour, voilà ma chanson... Cet air qui m'obsède jour et nuit, cet air n'est pas né d'aujourd'hui, il vient d'aussi loin que je viens...* –canturreó la mujer, recuperando el rol de Édith Piaf–. ¿Cuánto me querrías tú?

—¿Quién, yo? –dijo el cara pálida, mirando a lado y lado, asustado.

—Sí, tú –dijo ella, ofendida, y con una mueca de desprecio le espetó–: burro, puerco, gusano, *minable, moi, je t'encrasserais comme un cafard...*

«¡Me aplastará como a una cucaracha!», repitió él, y tembló. Después, se tranquilizó: «y pensándolo bien, ¿por qué no?». Sería como la salida de un túnel, un olvidarse de todo y un empezar de nuevo: una nueva vida sin angustias... ¿Era eso lo que quería decir: *padam, padam, padam?* Como ir en un barco meciéndose, *padam, padam,* sin remar, en medio del agua mansa, allá lejos las montañas y las ciudades, *padam, padam, padam, dont l'humeur est vagabonde.* Pensándolo bien, no era mala idea: vivirían en los portales, se alimentarían de sobras, *padam, padam,* y hasta podían emprender el camino de Santiago, haciendo el amor entre pulgas, piojos y cucarachas, sobre todo cucarachas, ah, las cucarachas, ¿desde cuándo hacía que no veía una?

De pronto, la mujer se acercó al cuerpo yaciente de Ugliano, le puso la mano en el hombro y, al ver que no reaccionaba, lo zarandeó. Pero el otro no se movió ni siquiera cuando ella se le acercó y le dio un palmetazo al tiempo que decía «*padam*»...

Con toda su fuerza ella le arreó unos cuantos palmetazos más, al ritmo de *padam padam,* mientras allá al fondo París había quedado ya reducido a la rue des Martyrs, que era como la salida del embudo en que se encontraban, o, mucho menos que eso, un hilo

266

a punto de romperse, algo a punto de perderse en la nada oscura arrastrado por la brisa, por el recuerdo, por la música, por aquel aire triste que se repetía solo en la noche, que se repetía sin fin...

—*Padam, padam...*

Después, sin olvidar su canturreo, se puso a golpear su caja de cartón, de la que empezaron a salir cucarachas como conejos del sombrero de un mago. Mira esa, y esa otra, *padam...*

—¿Quieres que lo transforme en cucaracha? –propuso amablemente ella.

—¡Si eres capaz!... –se burló él.

Muy seria, ella hizo un gesto de bruja, un gesto de «Ahora verás», dijo *padam* y, como por arte de magia, Ugliano desapareció en medio de la noche. Abajo, en el suelo, una blatis americana corrió a un lado y otro como si no supiera qué rumbo tomar...

Contemplando las idas y venidas del insecto, la mujer rio satisfecha; luego, cuando el animal quiso empezar a escalar su espantoso zapatón, la arrojó lejos de una patada. La cucaracha cayó a unos palmos de distancia bocarriba, movió desesperadamente sus patitas y agitó las alas, intentando volverse...

—*Ça coule, le gars... merde, quoi... Et nous, nous dormirons ensemble?*

—*Oui ma dodu...* –dijo él.

—*Alors, donne moi un bisou, mon brave...* –dijo casi convincente ella.

La miró con una mezcla de curiosidad y cariño, y la besó en la mejilla. Ahí enfrente el insecto seguía dando saltos sobre su espalda, intentando ponerse de pie; pero lo que ahora más le interesaba a él era la mujer que tenía a su lado. Sí: aunque pareciera difícil de creer, era un ser humano del sexo femenino, seguramente delicado, tierno, con un tesoro de afectos desconocidos que esperaba aún ser descubierto por un hombre sensible como él. Y, reconsiderando las cosas, no era tan pequeña como le había parecido antes, ni tampoco tan fea como para despertar la risa;

hasta era posible que fuera más joven de lo que aparentaba, pues, limpia y maquillada, seguramente su cara podría llegar a parecer bella, y allí, debajo de la falda mugrienta, esa pierna ofrecía la linda perspectiva de una corva, ah, uno de sus sitios preferidos, el huequecito de la corva, en el revés de la rodilla... Por lo demás, había que hacer abstracción de sus horribles zapatos de hombre; estaba claro que con unos lindos zapatos de tacón otro gallo cantaría, «mejor dicho, otra gallina», precisó muerto de risa, esa era su opinión de avezado observador, de alguien que sabía reconocer el oro debajo de la mierda... «Debajo de la mierda, sí...» Por eso hacía bien en quedarse, y no por Ugliano, ni mucho menos por su chaqueta, que era todo lo que restaba de él, un trapo color rojo desteñido en medio de la noche, y un poco más allá una blatis americana, debatiéndose en el suelo de forma lamentable...

—Entonces sé otra vez un niño y cierra los ojos –dijo la clochardesa–, y cuando los abras verás el paraíso...

Él obedeció: cerró con fuerza los ojos, como cuando de niño quería transformarse en cualquier cosa, y oyó cómo la mujer decía por última vez:

—*Padam, merde, padam...*

XXVIII

Y fue al tercer *padam* cuando él aterrizó sobre el suelo, como un salivazo...

Correr, correr sobre las patas, ¿pero hacia dónde?

Huir, huir, como esa vez los nazis en fuga, que huían de una muerte por aplastamiento, junto a una caja de cartón azul, y ante la mirada espantada de un niño...

De todos modos, correr no era tan difícil. Pues no había que pensar en cada una de las patas antes de moverlas, ¿pensaba él en lo que hacían cada una de sus piernas cuando corría? La cosa fue muy bien concebida por el gran arquitecto: cuando uno piensa: «ahora hay que correr», cada una de las patas recibe la orden y se mueve como ella sola sabe hacerlo. En ese sentido, se puede decir que cada ciudadano-cucaracha lo sabe todo ya al nacer, como si trajera en su memoria el instinto entero de la especie.

Hizo una prueba y comprobó que, en efecto, se podía caminar bien de ese modo. No resultaba pues tan complicado ser cucaracha. ¡Y menos cuando resulta que uno pertenece a una de las mejores especies, como la periplanetas americana, extendida por el planeta entero! Se hubiese muerto de vergüenza si hubiera tenido que descubrirse como una cucaracha alemana, tan pequeña y poquita cosa, tan ligera y mosquita muerta, sobre todo cuando ya estaba establecido que Ugliano era una blatis americana. Porque no, él no iba a ser menos cucaracha que su amigo... ¡Cuando, bien miradas las cosas, debería parecer más bien lo contrario, a juzgar por la forma como Ugliano todavía se debatía bocarriba en medio de la noche!... Lo miró unos instantes, con una mezcla de incredulidad y vergüenza —vergüenza de especie, basada en un orgullo de especie—, luego se acercó a él y, con las patas traseras, lo empujó hacia atrás, hasta que el otro pudo al fin darse la vuelta. Fue en cierto modo la confirmación de que ambos eran blatis americanas; pues si no hubiera sido así, le habría resultado imposible ayudar a su amigo, aparte de que, una vez sobre sus patas, este se hubiese dado prisa en volver con los suyos...

La novedad era que ahora ni siquiera tenían necesidad de hablar para entenderse: entre las cucarachas es un movimiento de las antenas lo que sirve para comunicarse. Y era con imperceptibles movimientos de antena, parecidos a leves agitaciones espasmódicas, como en el idioma de las cucarachas Ugliano le estaba pidiendo que mirara él también hacia lo alto: entonces, al levantar la cabeza —no

269

sin sorpresa de que una cucaracha pudiera hacerlo–, descubrió que allá arriba la giganta sostenía una caja de la que habían empezado a salir, como si gotearan, otras periplanetas americanas algo más pequeñas. Debían ser jóvenes ejemplares que, destinados a ese barrio de París, venían ansiosos de aventuras y ávidos de conocer la ciudad, y, que ahora, con el atolondramiento propio de los jóvenes, se amontonaban en el suelo, integrando una masa bullente y ominosa. Al mirarlos, era fácil pensar que todos esos individuos tan solo se diferenciaban por su comportamiento: mientras unos, al caer, echaban a correr de inmediato calle abajo, otros permanecían inmóviles, como aturdidos, acaso porque habían sido momentáneamente privados del sentido de la orientación, acaso porque todavía no habían aprendido que en la vida había que valerse por sí mismo, sin esperar a que nadie viniera a echarte una mano...

Entonces recordó que, de niño, él ya lo sabía, y que su prematura pasión de entomólogo por las hormigas y las cucarachas había nacido como una manifestación de su curiosidad, pero también de su deseo de aprender y valerse por sí mismo. Con placer pensó en ello aunque ahora todo era tan distinto y, de hecho, los recuerdos del petit del homme se daban en una dimensión que se le escapaba... Ahí estaban, como una excrecencia de su mente, días, años y décadas durante los que había vivido clandestinamente en los rincones aceitosos, en la penumbra espesa de las alacenas, en los más oscuros entresijos entre mueble y mueble, en los resquicios de los azulejos, cerca de las basuras donde los restos de comida despedían su delicioso aroma putrefacto. Y, lo peor de todo, compartiendo el mismo espacio vital con criaturas tan despreciables como los escarabajos, las hormigas, los alacranes y las lombrices, ninguno de los cuales podía normalmente volar. Por eso al final él había preferido a las cucarachas, que tenían alas grandes y firmes, para emprender por sorpresa el vuelo. ¿Quién no se ha quedado sorprendido al contemplarlo? Era algo especial, el secreto que las dignificaba, el broche final con el que se ganaban el favor de los dioses, conmovidos ante *esa especie de esfuerzo suicida todo él hecho de voluntad de ingravidez y ganas de superarse...*

En ese sentido, estaba convencido de que cuando dominara todos los registros del lenguaje entre cucarachas descubriría cómo los individuos más viejos contaban sus vuelos a los más jóvenes, sin olvidar las batallas en las que seguramente habían combatido en un pasado no exento de heroicidad. Unos, por ejemplo, habrían tenido su específica guerra de Troya, que habían ganado, por lo que ahora intentaban regresar a sus casas..., ¿pero dónde estaban sus casas? Muy pocos lo recordaban y, antes las malas noticias que les llegaban de sus países, donde todo había cambiado y el mundo andaba patas arriba, no parecían muy dispuestos a buscarlas. Otros simplemente ignoraban dónde habían ido a parar, tras un largo y agitado viaje en el que sus hembras habían tenido incluso tiempo de reproducirse. Ellas venían muy ilusionadas, cargadas de ovotecas que auguraban una larga descendencia, digna de una abuela cucaracha, de una nietecita cucaracha que un día tocaría a la guitarra la canción de las cucarachas, la carmañola de las cucarachas, y hasta es posible que la marsellesa de las cucarachas...

De súbito, con un sentimiento de sorpresa y alarma, descubrió que la rue Pigalle era ya un hervidero de insectos. Por su forma de caminar cerca de los bordillos, para evitar a los autos, se podía distinguir a los más sabios y experimentados, sin duda los que ya habían vivido en la ciudad, de aquellos otros a los que todavía quedaba mucho por aprender, que iban como si tal por la mitad de la calle o por la acera, para no hablar de los que caminaban incluso en sentido inverso... Los más rápidos habían alcanzado ya la confluencia con la rue Victor Massé y, aunque aún estaba muy lejos, pensó en el momento en que todos dejarían atrás la iglesia de la Trinité y continuarían en dirección sudoeste, hacia el Palacio del Eliseo. Otra legión se encaminaría probablemente hacia el Hotel de Ville, el ayuntamiento de la ciudad, el sitio donde mucho tiempo atrás, con la mandíbula destrozada, había agonizado el ciudadano-cucaracha Robespierre...

Pero, por lo que a él se refería, adonde realmente quería llegar en su nueva existencia de cucaracha era a las catacumbas. Soñaba con bajar hasta ellas para encontrar al fin la Gran Puerta que le franqueara el camino hasta sus hermanos, los derrotados del setenta y los sublevados del cuarenta y ocho...

En eso, un taxi que subía por Victor Massé cruzó la rue Pigalle aplastando montones de individuos que quedaron sobre el asfalto convertidos en dos surcos de pasta blanca y viscosa. Fue un espectáculo tan repugnante como lamentable. Pero las cucarachas eran ya tan numerosas que los horribles surcos no tardaron en desaparecer, gracias a que las otras pasaban sobre ellos, sumando al sordo resuello de la ciudad una especie de rumor leve, el que producían los cuerpos de los insectos al rozar unos con otros. Pues eran ya centenares y miles las cucarachas que, frenéticas, como una legión victoriosa, descendían la calle rumbo a Trinité, convencidas de que el camino las llevaba a alguna parte, centenares y miles de insectos los que corrían calle abajo. Como ellos, él avanzaba en esa dirección junto al mono Ugliano: ciudadano Héctor y ciudadano Rolando, juntos en busca de algo o de alguien, acaso del que había partido con antelación, ¿pero alguno de los dos había anotado la dirección allá abajo?...

Pensó finalmente que las cosas no ocurrían ahora como en esos sueños, semejantes a pesadillas, en los que uno siempre quiere despertar; pues, en realidad, se estaba muy bien siendo cucaracha en un mundo de cucarachas, y ahora que ya lo era solo le quedaba consolarse con la promesa de poder al fin descender a las cloacas, y seguramente, por algún túnel secreto, llegar hasta las catacumbas... En ese momento sintió el ruido del agua y, con un pálpito, reconfortado, pensó que ya estaba cerca. Allí habría comida para todos, mucha comida, y nunca más tendrán que preocuparse, ni siquiera de una posible desintegración... Porque él seguiría en sus átomos, nadie iba a quitarle sus átomos, con los que bajaría hasta el fondo en forma de alma gloriosa transfigurada en cucaracha, como los fugitivos de la Comuna, como los partisanos del cuarenta y cuatro

con sus metralletas, como los revolucionarios y patriotas de todas
las épocas, en una asamblea de huesos, fémures contra fémures y
hermosos costillares de reyes y bufones, obreros y patriotas, partisa-
nos y fascistas, y reinas locas que cantaban a voz en cuello...

Allá, en la acera, un hombre solo y cansado se había quedado
dormido a los pies de una mujer chiflada, que montaba guardia
junto a él, fumando en pipa, y canturreando: *arrétez la musique...*
Ella, que era una emanación de Édith Piaf, y había nacido en un
rincón de la ciudad, podía ser quien quisiera, como una diosa
griega en un mundo sin alma, podía ser la torre Eiffel, podía ser
incluso la estatua de la République, y con esa convicción seguía
allí, gritando en la noche, «*Arrétez la musique*»...

Cantaba y llevaba el ritmo con el pie, para no quedarse también
dormida y, sobre todo, poder seguir velando por su enamorado.
«El tipo debió haber sido en su juventud un hombre hermoso,
con esos pelos tan rebeldes», farfulló ella, a punto de dar una
cabezada. «Sí, y ahora está ahí, junto a mis apestosos zapatos,
voilà...», anotó entre regocijada y perpleja, antes de beber un
nuevo sorbo de su petaca y volver a gritar a voz en cuello: «que
viva la música...», corrigiendo enseguida: «*mais surtout, arrétez la*
musique!...».

Fue entonces cuando, a causa del vocerío estridente, él abrió
un ojo, y pensó que ella era la última figura humana que veía: una
diosa entre harapos, una Circe mugrienta, la reina de las cucarachas, y él era solo una cucaracha más entre las cucarachas que
danzaban a los pies de ella, las incansables, las eternas y humildes
cucarachas...

ÍNDICE

I	11
II	18
III	25
IV	28
V	38
VI	45
VII	52
VIII	64
IX	79
X	86
XI	99
XII	106
XIII	115
XIV	121
XV	134
XVI	146
XVII	156
XVIII	165
XIX	175
XX	190
XXI	202
XXII	211
XXIII	228
XXIV	234
XXV	243
XXVI	247
XXVII	256
XXVIII	268

Vaso Roto Ediciones

Poesía

1 W. S. MERWIN, *Cuatro salmos*
2 ALDA MERINI, *Cuerpo de amor*
3 HUGO MUJICA, *Más hondo. Antología poética*
4 ELIZABETH BISHOP, *Una antología de poesía brasileña*
5 ALDA MERINI, *Magníficat*
6 LÊDO IVO, *Rumor nocturno*
7 ALDA MERINI, *La carne de los ángeles*
8 CLARA JANÉS, *Poesía erótica y amorosa*
9 LÊDO IVO, *Plenilunio*
10 AMANCIO PRADA, *Emboscados*
11 WILLIAM WADSWORTH, *Una noche fría el físico explica*
12 FRANCISCO J. URIZ (seleccionador), *El gol nuestro de cada día. Poemas sobre fútbol*
13 JOUMANA HADDAD, *Espejos de las fugaces*
14 LEO ZELADA, *Minimal poética. Declaración de principios de un anacoreta*
15 OSSIP MANDELSTAM, *Poesía*
16 CLARA JANÉS, *Variables ocultas*
17 AMANCIO PRADA, *Cántico espiritual y otras canciones de San Juan de la Cruz*
18 CHARLES WRIGHT, *Potrillo*
19 HAROLD BLOOM, *La escuela de Wallace Stevens. Un perfil de la poesía estadounidense contemporánea*
20 RICARDO YÁÑEZ, *Nueva escritura sumaria. Antología poética*
21 CLIVE WILMER, *El misterio de las cosas*
22 GIOVANNI RABONI, *Gesta Romanorum*
23 LÊDO IVO, *Calima*
24 VALTER HUGO MÃE, *folclore íntimo*

25 ERNESTO CARDENAL, *Tata Vasco. Un poema*

26 JESÚS AGUADO, *El fugitivo. Poesía reunida (1985-2010)*

27 TERESA SOTO, *Erosión en paisaje*

28 VARIOS AUTORES, *Un árbol de otro mundo. En homenaje a Antonio Gamoneda*

29 LUIS ARMENTA MALPICA, *El agua recobrada. Antología poética*

30 EDUARDO LIZALDE, *El vino que no acaba (1966-2011). Antología poética*

31 MAX ALHAU, *Del asilo al exilio*

32 HENRIK NORDBRANDT, *La ciudad de los constructores de violines*

33 W. S. MERWIN, *Perdurable compañía*

34 MERCEDES ROFFÉ, *La ópera fantasma*

35 DULCE M. GONZÁLEZ / OSWALDO RUIZ, *Un océano divide*

36 VICENTE HAYA (COMP.), *La inocencia del haiku. Selección de poetas japoneses menores de 12 años*

37 JOSÉ ANTONIO MORENO JURADO, *Últimas mareas*

38 ABBAS BEYDOUN, *Un minuto de retraso sobre lo real*

Esenciales

1 GERARD MANLEY HOPKINS, *El mar y la alondra. Poesía selecta*

2 DEREK WALCOTT, *Pleno verano. Poesía selecta (1948-2004)*

3 ANDREA ZANZOTTO, *La muerta tibieza de los bosques. Poesía selecta*

4 ANDREA ZANZOTTO, *El (necesario) mentir. Prosa selecta*

Umbrales

1 CARMEN L. OLIVEIRA, *Flores raras y banalísimas. La historia de Elizabeth Bishop y Lota de Macedo Soares*

2 CHARLES SIMIC, *Una mosca en la sopa. Memorias*

3 Antonio Gamoneda, Clara Janés,
  Mohsen Emadí, *De la realidad y la poesía*
  (Tres conversaciones y un poema)
4 Alfredo Espinosa, *Obra negra / Novela*
5 Georges Rodenbach, *Brujas la muerta / Novela*
6 Joumana Haddad, *Los amantes deberían llevar
  solo mocasines*
7 Lêdo Ivo, *Nido de serpientes. Una historia mal contada*
8 Ricardo Cano Gaviria, *La puerta del infierno*

Fisuras

1 Hugo Mujica, *La casa y otros ensayos*
2 Jordi Doce, *La ciudad consciente. Ensayos sobre
  T. S. Eliot y W. H. Auden*
3 Alessandro Ghignoli y Llanos Gómez (ed.),
  Futurismo. La explosión de la vanguardia
4 Emmanuel Berl, *El tiempo, las ideas y los hombres*
5 Ha Jin, *El escritor como migrante*
6 Georges Moustaki, *Un gato de Alejandría. Conversaciones
  Georges Moustaki y Marc Legras*
7 Vicente Duque, *Enigma y simulacros. Sobre el devenir
  trágico de la escritura literaria*
8 Clara Janés, *La vida callada de Federico Mompou*

Impreso en los talleres de
Gráfica Creatividad y Diseño, México, D. F.
Cuidado editorial a cargo de
Vaso Roto Ediciones.